슬픈 영혼의 사랑

依 偎

莫言題

노벨문학상 수상자 모옌(莫言)의 제자(題字)

슬픈 영혼의 사랑

초판 1쇄 인쇄   2013년 07월 31일
초판 1쇄 발행   2013년 08월 07일

지은이   띵치에丁捷
옮긴이   민경삼·판루신范魯新
펴낸이   손형국
펴낸곳   (주)북랩
출판등록   2004. 12. 1(제2012-000051호)
주소   153-786 서울시 금천구 가산디지털 1로 168,
          우림라이온스밸리 B동 B113, 114호
전화번호   (02)2026-5777
팩스   (02)2026-5747

ISBN 978-89-98666-91-0 03820

이 도서의 국립중앙도서관 출판시도서목록(CIP)은 서지정보유통지원시스템 홈페이지(http://seoji.
ni.go.kr)와 국가자료공동목록시스템(http://www.ni.go.kr/kolisnet)에서 이용하실 수 있습니다.
(CIP제어번호 : 2013013017)

book Lab

　　2012년 12월 세미나 참석 목적으로 중국 난징을 방문했다. 세미
나의 주제는 당대 중국문학의 조류와 우수 작품에 대한 담론이었
다. 사석에서 몇 연구자들에게 최근 중국 문단에서 뜨거운 감자가
된 작품과 동향에 대해 물을 수 있었다. 그들은 대부분 멍치에의
《슬픈 영혼의 사랑》을 거론하며 일독을 권했다. 노벨문학상 수상자
인 모옌(莫言)이 책 제목을 제자(題字)했고, 중국에서 권위 있는 출
판사인 인문출판사에서 펴낸 단행본이었다. 현재 난징에 살고 있는
저명 작가 쑤퉁(苏童)도 본 작품을 중국문단에서 쉽게 찾아볼 수 없
는 "영혼이 깃든 작품"이라고 평가했다. 수많은 매체에서 본 작품을
소개하고 추천했다. 이 작품은 그다지 긴 작품이라 할 수는 없지만
당시 난징에 체류하는 이틀 동안 꼬박 이 책을 읽었다. 그 이후 오
래도록 마음이 진정되지 않았다. 본 작품은 설명할 수 없을 정도로
나의 심령에 거대한 충격을 안겨주었다. 나는 이 작품을 많은 사람

들에게 추천하고 싶었다. 더욱이 한국의 젊은 독자들에게 순진무구한 중국의 러브스토리를 체험할 수 있는 기회를 제공하고 싶었다. 이것이 바로 내가 본 작품을 번역하게 된 동기이다.

본 작품은 중국 남방 출신인 젊은 화가 란샤오티엔과 북방의 한 KTV에서 노래를 부르는 연상의 여인 안펀과의 만남에서 사랑까지의 과정을 그렸다. 그러나 이 작품은 단순히 연하남과 연상녀의 스토리가 아니다. 어느 겨울 란샤오티엔은 시상식에 참석하기 위해 낯선 북방의 도시에 가게 되었다. 그곳에서 이유를 알 수 없이 신분증을 포함한 모든 짐을 잃어 버렸다. 그때 그보다 10살 연상인 아름다운 여인 안펀에게 도움을 받는다. 그 둘은 그것을 계기로 전설 속의 마을을 찾아 나선다. 그들은 도중에 수많은 기묘하고 환상적인 체험을 하게 된다. 그러는 과정 속에 그들 자신의 연애담, 몽정, 초경, 첫 성경험 등에 대한 스토리를 세세하게 나눈다. 인생의 비밀을 하나씩 벗겨 감에 따라 두 영혼은 교감을 가지게 된다. 스토리는 현실과 환영의 세계를 넘나들었다. 작품의 마무리 부분에 이르러 독자는 큰 혼란에 빠지게 된다. 낭만 속에 비정함이 숨어 있으며 비정함 속에 희열이 드러나게 된다. 쟝수성 교육대학의 총장 관샹췬(管向群) 교수는 본 작품에 대해 "이 소설을 읽다보면 무언가에 이끌리고 깊은 전율을 느끼게 된다. 본래 사랑은 처량하다. 러브스토리는 공허한 영혼의 낭만을 담고 있다. 이렇듯 본 작품은 슬픈 두 영혼의 사랑의 희열을 그리고 있다. 각골난망의 사랑, 초월적인 아름다움, 지고지순한 두 영혼의 러브스토리를 다루고 있다. 요즘 일반적인 생각을 매우 신기한 매력을 지닌 작품이다"라고 평가했다.

21세기에 들어선 이후, 문학작품은 다른 현란한 매체들에 비해 비교적 단조롭다고 생각되면서 창작 공간이 점점 고립되고 있다. 오늘날 작가와 독자들은 이전의 작가와 독자의 태도에 비해 조급하고 들떠 있는 경향을 가지고 있다. 비교적 순수문학의 전통을 견지하고 있는 중국조차도 오늘날 인스턴트화된 문학이 주를 이루고 있다. 예를 들면 현장의 이야기를 담은 소설, 역사이야기를 풀어서 쓴 소설 등의 출현이다. 그러나 엄밀하게 분석해 보면 여러 이야기를 짜깁기해서 만들어낸 이야기로 문학의 공간을 침범한 것이라 할 수 있다. 우수한 문학 작품은 망망대해에서 자취를 감추어 표면에 떠오르지 않고 있다. 띵치에는 요즘 보기 드문 우수한 작품을 만들어내는 작가 중 한 명이다. 그는 몇 년 전 발표한 장편소설《극도의 흥분(캉펀: 亢奮)》은 중국에서 매우 강렬한 반향을 일으켰다. 이 작품은 중국의 주요 언론 매체에 연재되어 2011년 중국의 저명한 문학상이 쯔진산(紫金山)문학상을 받았다. 작가는 당시의 영예에 흔들리거나 빠지지 않았다. 스스로 그 작품은 경솔한 이야기, 생활 속에 난삽한 부분을 들추어내어 사람들의 말초신경을 자극한 작품으로 스스로 폄하했다. 얼마 후 그는 다시 본 작품《슬픈 영혼의 사랑(이웨이: 依偎기댐)》을 출판했다. 그는 본 작품을 위해 "백일 간의 암흑기"를 가졌다고 한다. 그 시간 동안 그와 함께한 대상은 한 대의 컴퓨터와 소설 속 인물들인 란샤오티엔, 안펀, 유약하지만 정이 많은 상하이남자, 열정적이며 방탕했던 리즈화, 무고한 모녀를 살해한 탄모우이었다. 작품의 말미에 영혼 밖의 세계를 그리고 있다. 그러한 장면에 이르러 독자는 온몸에 전율을 느끼게 되고 멘탈 붕괴의 경지에 빠지게 된다. 중국의 여러 매체에서 떵치에 대한 많은 보도가 있었다. 아울러 많은 독자들에 입에 오르내리는 이슈가 되기도 했다. 떵치에는 그러한 현상을 보고 다음과 같은 보충 설명을 했다. "본 작품 속의 영혼은 매우 선명하고 밝다. 그들은 비록 음흑 속에 있지만 우리들 생명의 바탕에서 찾을 때 찬란한 광채를 발산한다. 작품 속 생명들은 잔혹한 현실세계에서 비천하다고 할 수 있지만 그들의 순결함은 생명의 환형을 광명으로 바꾼다. 본 작품은 희망의 아름다움을 표현하고 있으며, 이것은 바로 희망을 마무리하는 광명으로 망망한 대지 위의 고독한 생명의 여정을 비춘다. 독자는 분명 두 영혼의 아픔 속에 희망의 회열이 있음을 느낄 것이다."

스토리 발생의 배경 공간은 눈과 얼음 천국인 중국 북방이다. 야부리스(亞布力思)는 바로 작가가 만들어낸 임의의 공간으로 중국 지도 어디에 보이지 않는 지명이다. 작가가 찾고 있는 영혼의 안식처임을 암시한다. 그곳의 풍토와 환경은 한국의 겨울과 닮았다. 두 젊은 연인의 개성은 일찍이 우리가 서로 알고 있던 것 같은 착각을 준다. 세상의 젊은이들은 대부분 그들의 진정한 사랑을 나눌 수 있는 공간을 추구하고자 한다. 기성세대의 간섭을 받지 않고, 느리의 복잡함을 벗어날 수 있는 그런 공간이다. 자유롭게 사랑의 감정을 나누고, 손을 잡고 황량한 공간을 활보하는 상상을 가진다. 한국의 젊은이들도 똑같이 이러한 생각과 태도를 가지고 있을 것이다. 본 작품은 한국의 젊은이들이 추구하는 세계일 수도 있다. 작가 떵치에는 나에게 "눈과 얼음이 만들어낸 신비함과 낭만이 담긴 설정"을 좋아한다고 했다. 이러한 이유 때문에 작가는 겨울의 한국을 방문하고 싶어 한다. 눈과 얼음으로 가득한 겨울 한국의 산과 들판을 걷고 싶다고 했다. 아울러 자신의 작품이 한국의 젊은 독자들의 심령을 더욱 풍부하고 다채롭게 할 수 있기를 바란다고 했다. 이 책의 번역은 난징사범대학교의 판루신(范魯新) 교수와 함께 했고, 현당대문학 전공자인 백석문화대학교의 정수환 교수가 교정과 윤문을 해 주었다. 지면을 빌어 이들에게 감사를 표한다.

2013년 여름, 천안 안서호반에서
옮긴이 민경삼

| 차례 |

2012년이 없었다면
너와의 사랑도 함께 나눌 수 없었겠지!

1장

엄동설한 북쪽의 나라에서 안편은 바보처럼 웃고 있다. 그때 그녀는 계속 탐색하는 듯 뜨거운 눈빛으로 나를 유혹했다. 오해하지 말라. 내가 말하는 유혹은 눈빛으로의 유혹이다. 결코 의도적으로 유혹함은 아니다. 나는 그저 눈빛은 형상이 있다고 생각한다. 우리들의 서로 다른 마음을 표시하는 눈빛은 모두 서로 다른 형상을 가지고 있기에 이해하기 쉽다. 그것은 마치 어릴 적 학교에서의 수채화 수업과 같다. 엄격한 선생님은 채색을 과학적으로 설명하고, 낭만적인 선생님은 채색을 예술적으로 설명한다. 과학적으로 그림을 그린다면 태양을 빨간색 혹은 노란색, 금색으로 그린다. 하지만 낭만적인 그림은 그렇지 않다. 태양은 검은색일 수도 파란색일 수도 있다. 태양은 화가의 심정의 변화에 따라 변할 수 있기 때문이다. 모네처럼 태양을 여러 색의 모래로 그릴 수도 있고, 반 고흐처럼 태양을 회전하는 선으로 표현할 수도 있다. 선마다 하나의 생명을 가지고 있다. 태양은 단일한 생명이 아니다. 나는 사람의 마음이 아무리 복잡하고 어려워도 모두 색채로 표현할 수 있다고 생각한다. 그렇지 않으면 색감에 형상과 움직임을 더하면 된다. 한 장의 그림으로 마음을 잘 표현할 수 있다. 이때 안편의 눈빛을 그림으로 표현하라면 그것은 등나무 형태의 색채이다. 거기에는 원망의 부드러움, 환희의 몽롱함, 그리고 힘이 있었다. 그것은 밖으로 뻗어 많은 작은 손이 되어 당신을 잡는다. 당신의 눈빛을 훔치고 당신의 주의력을 빼앗는다. 더욱 당신의 마음을 흔든다. 당신의 눈빛이 그와 만나지 말았던지, 만나면 도망가려해도 갈 수 없었다. 혹 마음속으로 원했는지도 모른다. 이건 뜻밖의 여행 중 뜻밖의 체험의 기회일 수도 있다.

성탄절 오후, 우리가 초라한 3층의 카페에서 등향차(藤香茶)를 마시고 있었다. 안편이 이야기를 들려주었다. 야부리스 등향차에는 많은 전설이 있다. 이 차를 마시면 사람은 아름다운 환상 또는 불쾌한 환상에 빠지게 된다. 차라고 하기보다 마약이라고 할 수 있다. 독이 담긴 마약. "남방 사람들은 믿지 못할 거다. 이건 아주 오묘해!" 안편은 입술을 삐쭉하고 비스듬히 비추는 오후의 햇살에 어두운 붉은 빛이 보라색으로 보이는 차를 숟가락으로 두어 번 저어 코에 가까이 하며 향을 맡았다. "아무튼 나는 믿을게. 해마다 내가 이 차를 마실 때마다 느끼거든. 오늘 너와의 만남도 우연일지 몰라. 해마다 많은 관광객들이 야부리스에 오는 이유는 이곳의 원시적이고 세상과 동떨어진 모습의 자연풍경, 천연의 맛을 가지고 있는 스키장 때문이 아니야. 이 등향차를 마시러 오는 것이지. 사람들은 평범한 생활을 갈망해. 하지만 때로는 외부의 힘에 의해 움직이게 되지. 외부의 힘은 특별한 힘이 아니야. 별이 부딪히고 바다가 뒤집히는 큰 힘이 아니라는 거야. 아주 작은 힘, 뜻밖의 힘이 우리의 생명에 기적을 일으켜. 하하, 한 잔의 차가 바로 이런 것이야. 사람들의 타락도 어쩌면 생명의 기적, 상상 속의 기적을 찾기 위한 것일 수도 있어. 아주 환상적이야."

그녀는 이렇게 등향차를 자랑했다. 마치 우리의 만남에 아름다운 설명을 더한 듯하다. 적어도 지금까지 그녀와 함께 자리를 하려 물안개 피는 새벽에 수십 킬로 밖의 조그만 도시에서 차를 갈아타고 여기까지 왔다. 나는 야부리스 리조트의 초라한 프런트 앞에서 체크인하려고 했다. 순간 짐이 보이지 않았다. 언제 사라졌지? 택시에 두고 내렸나? 비행장 출구의 화장실? 아니 비행기에서 놓고 왔는가? 심지어 집에 놓고 그냥 비행기에 탔는지? 이리저리 생각해봤지만 온갖 의문만 나의 머리를 엉키게 한다. 짐의 자취는 결국 알지 못했다. 많은 후회를 했다. 조그만 도시에서 택시로 올 적에 계속 잠만 잤다. 해는 아직 뜨지 않았고, 택시는 헤드라이트를 켜고 조심조심 산길을 달렸다. 나는 잠에 빠져 짐을 완전히 잊고 있었다. 잃어버리면 말고. 그냥 입던 옷 몇 벌과 그림을 그리던 재료일 뿐이다. 제일 비싼 것은 펑리 브랜드의 면도기일 뿐이다. 그것은 나의 80×100cm 크기의 유화를 주고 바꾸어 온 것이다. 그래도 무슨 상관! 그저 한 작품의 가격인데. 하지만 짐이 없어지면 세미나초청장, 신분증이 있는 돈지갑 등 모두 잃어버리게 된다. 그런 내가 낯선 아가씨를 보고 당황하며 설명하고 있었다.

"선생님, 당신이 말한 세미나가 예전에는 여기에서 열렸지만 요즘에는 그 세미나가 열리지 않습니다." 낯선 아가씨는 이렇게 말했다.

나는 그 세미나 이름을 다시 상세하게 설명했다. 그녀는 화사하게 웃으며 "없습니다. 진짜 없습니다. 혹시 이름을 잘못 기억했거나, 호텔을 잘못 기억한 것이 아닌가요?"라고 말했다.

야부리스, 어우, 야부리? 아니야, 야부리, 야부리는 북방의 다른 곳인데? 내가 찾는 것은 야부리스, 네 글자로 야부리를 본 딴 지명인데. 세미나 초대장을 보고서 그때서야 그렇게 생각하고 하하 하고 웃었다. 지구상에 수많은 이름들이 모두 그렇다.

"맞아요. 야부리스! 바로 여깁니다." 나는 이렇게 말했다. "세미나 목적은 작가모임입니다. 존경하는 아무개, 안녕하세요, 당신의 작품인 〈먼 곳에 있는 마리와의 여름날〉이 전문가들의 좋은 평가를 받아 이번 세미나에서 2등으로 뽑혔습니다. 모년 모월 모일 어떠한 목적을 가졌다고 하는 작가 모임입니다."

프런트 아가씨가 웃었다. 나의 말을 집중해서 듣고 있지 않았다. 프런트는 바쁘지 않았다. 그녀의 손은 마우스를 떠나지 않았다. 트위터나 게임에 빠진 것 같다. 나는 좀 화가 났다. 거기에 서서 혼자 화를 냈다.

바로 이때 안편이 나한테로 다가왔다. 그녀는 문 밖에서 나의 뒤로 걸어와 호기심에 찬 눈길로 나를 응시했다. 우리의 눈빛이 마주치는 순간 우리 모두 이상한 느낌을 받았다. 당연히 난 이런 이상한 느낌이 어떤 것이고 무엇인지 말할 수 없다. 나는 그녀를 보고 웃었다. 그녀는 잠시 망설이다가 얼굴에 미소를 지었다. 내가 보기에는 신비한 웃음이었다. 그녀는 어떤 상황인지 알아듣고 직접 다가와 이렇게 말했다. "어유! 야! 내 신분증으로 먼저 체크인해! 비용도 내가 우선 지불할게. 일단 체크인하고 시간나면 천천히 찾아 봐!"

늙어서 기력이 없는 사람한테 "야!"라는 칭호는 우스웠지만 나는 감사하다는 말을 했다. 그녀는 웃으면서 모든 것을 해결해 주었다. 나는 정말 그가 시킨 것처럼 조용히 말을 잘 듣는 아이가 되었다. 나는 어쩔 수 없이 자신의 신분도 증명하지 못하는 낯선 손님으로 야부리스 리조트에서 어찌할 바를 모르고 있었다. 안펀이 나타나지 않았다면 나는 그만 주인 없는 개와 같은 신세가 되었을 것이다. 안펀이 나에게 다가오는 순간부터 자연스럽게 그녀를 따라가야만 하는 듯했다. 마치 그녀가 나의 주인이 되고, 나는 주인 없던 개에서 행운이 깃든 강아지가 된 것 같은 느낌이었다.

우연이라면 반드시 시작이 있어야 하는데? 안펀이 마련해준 작은 방에 들어가고, 다시 그녀를 따라 아래층에 있는 레스토랑에 가서 점심 식사를 했다. 사실 좀 피곤해서 방에 돌아가 쉬고 싶었다. 하지만 안펀은 열정이 넘쳐 나를 맨 위층 라운지의 카페로 데리고 갔다. "너는 지금 나의 노예야!" 그녀의 도움에 나는 할 수 없이 제안을 받아들였다. 물론 당돌하다고 생각했고 불안했지만 기쁨도 있었다. 그런데 그녀의 얼굴에는 그야말로 희색이 가득했다. 마치 놀랄 만한 선물을 받은 것만 같았다. "내가 없으면 넌 아무 곳에도 못 가! 짐을 찾기 전에는 날 따라다닐 수밖에 없어. 가만히 내 말을 들어! 하지만 마음 놔. 난 나쁜 사람은 아니니 널 천대하지는 않을 거야. 나를 주인이라고 생각하지 마! 날 애인이라고 생각지도 말고, 날 누나라고 생각해. 어쩌면 너한테 잃어버린 누나가 있었는데 기억할 수 없는 어릴 적에 집을 떠났을지도 몰라. 너의 부모가 온 천지 울부짖으며 찾아다녔지만 찾지 못했고, 20년 뒤에 하나님께서 동생을 우연히 만나게 했는데 바로 오늘의 너와 나인 거야. 하하!"

우리 둘은 이러한 가정이 너무 웃겨 배꼽을 잡고 웃었다. 당신 진짜 이상하게 묘한 상상을 잘하네요. 진짜 당신 같은 누나가 있다면 얼마나 좋겠어요? 그러면 당신 덕을 보는 것이 마음이 편하죠.

"모든 것이 가능해." 그녀가 사람들이 많이 쓰는 말을 하면서 이렇게 말했다. "나는 잃어버린 여동생이 있어."

안편은 열정적이고 그의 말에는 작은 지혜가 넘쳐난다. 더욱 세상을 잘 알고, 재미난 말을 잘 한다. 장난 같지만 구별하기 힘든 농담. 이런 점이 내가 그녀를 좋아하게 했고, 서먹한 느낌도 이내 사라지게 한다.

"내가 이 지방의 특산차를 한 잔 사 줄게."

그녀와 카페의 종업원은 잘 아는 사이 같다. 종업원은 웃으면서 다가왔다. "등향차 두 잔!" 그녀는 이렇게 말했다.

"통, 향. 차?" 나는 차 이름을 몰라! "마시면 마음이 아파? 아니면 위가 아파?"

그녀는 하하 웃으면서 말했다. "등나무의 꽃으로 만든 차야. 마셔봐!"

주문한 차가 왔다.

"우리 우선 차를 우려내자. 잠시 너에게 웃기는 이야기 해 줄게." 안편이 말했다.

"그럼 좋지." 내가 말했다.

"웃기는 이야기를 간식으로 삼자. 좋아! 좋아, 좋아!"

"옛날에 바다거북이 두 마리가 해변에서 만났는데 첫눈에 반해 서로 좋아했어. 그들은 소곤소곤 귓속말을 하고 키스하며 다음 해에도 다시 여기에서 만나기로 약속을 했어. 다음 해 같은 날 수컷 거북이가 일찍 왔어. 그때 암컷 거북이는 벌써 그를 기다리고 있었지. 수컷 거북이는 너무 감격하여 다가가서 '안녕, 자기야'라고 말했어. 하지만 암컷 거북이는 심하게 욕을 하기 시작했어. '이 씨발! 저만 좋다고 아가씨를 바로 뒤집어 주지도 않고, 여기에서 일 년이나 누워 있게 해! 뱃가죽이 타서 터져 죽겠다!'"

억지로 웃지 않자 안편은 이야기를 겨우 마쳤다. 내가 별로 내색하지 않고 있으니 그녀는 당황하며 "웃기지 않아? 이렇게 웃긴데"라고 말했다. 나는 "재미는 있는데, 오래된 개그라서 여러 번 들어본 거야. 진짜 장단을 맞추지 못하겠어"라고 말했다. 안편은 나한테 눈총을 줬다. "이야기가 아직 끝나지 않았어."

"이 년 만에 만난 그들은 뜨거운 키스를 나눴는데 그 바보 같은 수컷 바다거북은 다시 뒤집는 것을 까먹었어. 삼 년째 그가 다시 와서 뜨거운 밀회를 즐기려 할 때 암컷 바다거북은 많은 새끼들을 데리고 해변에서 장난을 치고 있었어. 수컷 바다거북은 매우 놀라고 기뻤지. '애들아. 아빠 왔다' 하면서 애들을 한 번 봤어. '아닌데.' 이 많은 아이들 모두가 자신 아이는 아니었어. '누가 내 아이들이지?' 암컷 바다거북은 '나도 몰라. 누가 당신 애들인지' 하고 말했어. 수컷 바다거북은 혼자 좋아하면서 말했지. '내 아이들을 찾는 건 어렵지 않아. 시간이 걸릴 뿐이지. 이제 커서 여자 친구하고 데이트할 때 뒤집어 놓는 것을 까먹는 애가 내 아들이야.' 암컷 바다거북이 들고는 비웃었어. '흥, 알려줄게. 네가 나를 뒤집는 것을 까먹었잖아. 그 후부터 수컷 바다거북들이 지나갈 때마다 내 하얀 뱃가죽을 보고는 달려와 한 번씩 애무를 했어. 그놈들 모두 일이 끝나면 다시 뒤집어야 하는 걸 까먹다 보니 이렇게 많은 아이들이 생긴 거야. 씨를 뿌리는 수컷은 많은데 성품이 좋고 책임감 있는 수컷은 품절이야."

나는 이번에는 웃음을 참지 못했다. 안편이 말했다. "이번에는 협조는 했는데 어딘가 좀 어색하네. 넌 응당 화가 나서 눈을 동그랗게 뜨고 '이봐, 미녀! 이렇게 추잡한 이야기를 해도 되는 거야?'라고 해야 하는 거 아니야?"

"네가 어떻게 알아? 내가 온 천하에 씨를 뿌리는 그런 놈이라는 것을?"

"그럼 넌 씨도 뿌리지 못하는 그런 사람이야?"

나는 그녀를 때리는 시늉을 했다. "너희 북방 사람들은 대대로 온돌방에 배를 깔고 있으면서 한다는 짓이 이런 이야기만 나누는 거지."

농담이 끝나자 안편은 나한테 차를 따라 주었다. 등향차를 마실 때면 꼭 경건한 마음을 가지고 마셔야 한다고 또 설명해 주었다. "인생의 첫사랑이라고 여기면 돼. 더욱이 처음 이런 차를 처음 마셔본다면 마치 여자랑 처음 데이트한다던지 아니면 처음으로 모르는 여자 옷 단추를 풀어 해변에 눕혀 놓는 것과 같은 거야. 하하. 맞아. 처음으로 여자의 심리를 탐구하는 거지. 그렇게 정중하고 거룩한 한 사람의 인생 의식이라고 보면 돼."

그녀는 능숙하게 둥향차를 저었다. 마시면 좀 쓴 맛이 있지만 삼키고 나면 여러 가지 뒷맛이 있어. 뭐라고 표현하기 어려운 복잡한 맛이야. 마치 꽃봉오리가 전복당하는 느낌이랄까! 진짜 어떻게 형용할 수 없는 맛이야. 차의 구체적인 유래를 알고 싶었다. 안편이 말한 기이한 만남에 대해서도 이해하고 싶었다. 안편은 최소한 우리 둘 이외의 실례를 들어야 한다. 안편은 손을 입술에 가져다 대면서 "쉿! 욕심 부리면 안 돼. 먼저 이 누나가 설정한 순서에 따라 네가 우선 이야기해 봐. 그래야 내가 알 수 있도록 이야기해 줄게"라고 했다.

나하고 만나서 십분도 안 되는 사이에 안편은 내 이야기부터 하라고 했다. 귓가에 '윙윙' 소리만 들렸다. 안편이 늘 옆에서 "이봐! 당신 누구야?"

묻는 것을 느끼고 뒤돌아보면, 그녀는 항상 말하지 않는 모습이었다. 맞긴 맞는 말이었다. 아무런 이유 없이 도와주고 했으니 그 상대방에 대해 알 권리가 있는 것이다. 조금 불안하기는 했지만 그건 미안해서였다.

나는 "나? 좋아. 난 그냥 무명 화가야. 서양화 같은 그런 그림. 평소 출판사에 삽화를 그려 주면서 생계를 유지했어. 그냥 그림을 그릴 줄 아는 청년이야. 화가라고 부르기에는 좀 민망하고. 이번에 남방에서 이곳으로 상 받으러 왔어. 작품 하나가 상을 받게 되었거든. 대단한 것은 아니지만 내 인생에서는 처음이야……."

안편은 말을 끊으면서 "아니. 이런 것은 별로 관심이 없어. 너의 사랑 이야기를 말해봐. 연애는 몇 번이나 해봤어? 지금 여자 친구 있어? 남방 사람이야, 북방 사람이야? 상하이 사람은 아니지? 내가 본 상하이 여자들은 모두 하얗고 포동포동하던데. 약간 살찐 편이지. 입은 요염한가? 있으면 빨리 말해봐."

난 진짜 놀랐다. "당신은 기자야? 기자라도 난 별로 시답지 않은데. 난 그냥 무명화가야. 그냥 유화 작가야. 취재 가치는 조금도 없어."

안편이 소리 높여 웃으면서 "너 화가 아니라며. 나도 기자 아니야"라고 말했고 주위 사람들이 우리를 쳐다보았다. "이래야 우리가 평등하지. 동등한 사람들끼리 만나서 서로 편하게 대하면 좋지 않아? 복잡한 절차를 버리면 좋잖아. 난 이런 사람이야. 나를 볼 때 눈이 편안한 이런 남자를 좋아해. 흥, 너 같은 남자도 포함된다. 그런 사람한테 다가가서 말하는 거지. '선생님, 혹은 녀석, 멋진 오빠, 누나에게 사랑이야기를 들려줘.' 이렇게 말하면 대부분 사람들은 놀래서 불안하게 앉아 있다가 나중에는 자기들의 이야기를 다 털어 놓지. 마치 한평생 쓰디쓴 경험의 이야기를 꺼내 놓듯이. 아주 통쾌했어."

"왜 이렇지? 넌 기자도 아니면서 왜 이런 이야기들을 수집하지? 대부분 사람들이 다 자기 잘난 것만 이야기하는데. 사실 다 평범한 푸념들을 늘어놓지."

"네가 생각한 것처럼 그런 것이 아니야." 그녀는 손을 턱에 받치고 얼굴을 갸우뚱하고 야부리스의 하늘을 쳐다보았다. "한 사람의 한 세상은 정반대이지. 사람마다 이야기들이 평범하지 않아."

"아무리 독특해도 그걸 한데 모아두면 그냥 쓰레기지." 안편의 머리를 만지자 안편은 '쓰레기'라는 단어에 대해 만족하지 않았다. "뭐야, 네가 딱 쓰레기 같아. 남방에서 온 나쁜 자식."

우리는 하하 웃어댔다. 나는 다시 왜 이런 것을 묻느냐고 했다. 안 편은 "나 진짜 널 무시하게 될 거야. 모든 일은 노력을 해야 가치가 있잖아. 내가 좋아하니 쓸모 있는 거야. 너 같은 남방 사람들은 장사꾼이지. 아주 머리를 잘 굴리잖아. 알려줄 게. 이런 이야기들로 맛을 내고 아주 훌륭한 둥향차를 만드는 것이야. 좋은 차는 마음이 좋아야 특별한 차가 되잖아. 당연히 재미난 이야기로 짝을 만들어야지."

안편의 말에 눈을 크게 뜰 수밖에 없었다. 그녀는 항상 사람을 놀라게 만들었다. "어린 남학생. 의심하지 말고. 초패왕 같은 약속으로 너를 대하는 것이 아니야. 너의 이야기가 끝나기 전에 내 이야기에 빠져 있네. 내가 말했지. 우린 평등하다고."

"하지만 난 아직 그런 경험이 없어. 맞다. 너의 이야기가 더 흥미 있어."

"넌 할 수 있어." 그녀는 눈을 가늘게 떴는데 마치 눈빛이 나를 짓누르는 것 같았다. "나한테 요구할 날이 언젠가 있을 거야. 나중에 나를 고모할머니라고 불러도 이 고모할머니 기색을 살펴야 할 걸."

난 참다못해 웃어버리고 말았다. 초라한 옥상 카페에 듬성듬성 있는 손님들이 우리를 주시했다.

"너의 첫사랑 이야기를 해 봐. 첫 몽정이야기라도 해." 그녀는 주위 사람들을 둘러보며 머리를 끄덕이더니 웃음으로 호의를 보냈다. 그리고는 담배를 피웠다. 언제부턴가 테이블 위에는 담배 한 갑과 라이터 하나가 있었다. 그녀는 그것들을 능숙하게 다루었다. 그녀는 라이터를 켰다가 끄는 반복적인 동작을 했다. 그녀의 얼굴에는 이상한 웃음이 돌았다. 그녀는 테이블을 사이에 두고 몸은 앞으로 향했다. 상큼한 향수 향기가 풍겼다. 시원한 레몬 향기와 사과 같이 달콤한 향기였다. 그녀는 내 귀에 대고 말했다. "어떤 여인이라도 자기의 첫 월경, 첫 키스, 첫 사랑, 첫 임신의 기억을 아주 중요하게 여기고 소중하게 간직한다. 맞지?"

그녀의 향기에 빠져 있었다. 그녀의 얼굴은 나와 아주 가까워졌다. 나는 머리를 끄덕이면서 아무 말도 하지 않았다. 그녀의 말이 설득력은 있었지만 체험하지는 못했다.

"이렇게 하자. 꼬마야. 넌 네 것을 말하고, 그 다음 너한테 내 이야기를 들려줄게. 안 돼?"

마지못해 얼굴을 피하려고 했는데 그녀와 눈이 마주쳤다. 그녀의 동공은 까맣게 팽창되어 있었다. 그 안에서 내 머리 그림자를 보았다. 너무 선명해서 놀랄 정도였다.

나 때문에 놀랐다니. 하하. 한 여인의 동공을 통해서 본 내 모습에 놀랐다.

2장

"이런 이야기는 본심을 속이는 것으로 양심이 허락하지 않는다."

내가 아무리 마음속에 있는 욕망을 토로하지 않으려고 했지만 안편, 이 여인의 부탁은 거절할 수 없다. 자기보다 열 살이나 어린 나한테 있는 작은 경험에 대해서도 호기심과 관심을 기울였다. 그녀의 말을 듣고 나니 매우 그럴 듯했다. 그녀의 이런 논리에 의해 따라 갈 수밖에 없다. 잘 모르는 여자지만 여자 아이라고 부르고 싶었다. 그녀의 성숙함을 볼 때 여자 아이는 아니고, 여인이라고 말하는 것이 타당했다. 처음 몇 시간 그녀는 온갖 수단과 방법을 다해 내가 무언가를 토로하지 않으면 안 되게 만들었다. 사람들은 늘 모든 것을 인연이라고 말한다. 설명하기 어려운 모든 불합리한 일에서 출발하여 합리화된 핑계가 바로 인연인 것이다. 인연이라서 아마 안편의 논리의 합리성을 완전히 다시 증명할 수 있을 것이다.

"첫사랑이라면 어디부터 말하지? 첫사랑의 정확한 정의가 뭐지?"

이런 물음에는 많은 비겁함이 묻어 있다. 스물 몇 살 넘은 남자는 안펀에게 남자 아이가 되고. 서른 살 넘은 여자는 여인이라고 하는 것이 더 좋겠다. 자신의 애정과 관련된 지난 일을 이야기하려면 얼마나 많은 힘이 있어야 하는 거지?

안펀은 빙그레 웃으면서 나의 눈을 바라본다. 오후의 햇살은 눈부셨다. 얼음으로 뒤덮인 대지는 마치 사진사가 사용하는 반사판 같았다. 냉정함이 영상의 틀에서 나오는 부드러운 인물을 부각시켰다. 바람 한 점 없었고, 주위는 언제부터인가 차를 마시는 손님들이 흩어져 여유부리는 사람도 없었다. 심지어 소나무 숲에서 작은 다람쥐 한 마리도 나타나지 않았다. 사람을 좀 멍청하게 만들고 지나간 기억 속에 쉽게 빠져들게 했다. 안펀은 진짜 다른 사람의 비밀을 끄집어내는 데 고수였다. 대자연의 힘을 빌리는 그녀의 재능은 일류였다. 눈앞에 있는 이런 자연스러운 풍경에서 그녀의 호기심은 물리칠 수 없을 것이다. 이건 원래 하나의 풍경이다. 안펀과 그녀 뒤에 있는 감독들이 나를 설계했다. 다른 사람들은 모두 연기하고 있고, 나만 모르고 있다. 이는 마치 미국의 《트루먼쇼(The Truman Show)》라는 영화와 같다. 나는 트루먼과 같이 설계되어 들어왔고, 나 자신도 모르는 사이에 남자 주인공으로 안펀을 상대하고 있다. 그녀는 아름답게 꾸민 배우로 촬영장에 가기 전에 이미 대사를 외우고 온 여주인공 또는 여조연이다.

안펀은 역시 나의 마음을 읽고 있다. 내 얼굴을 살피고는 "아무도 우리는 주시하지 않는다. 너와 나밖에 없다" 하고 말했다.

이 말은 나를 미안하게 만들었다. 하긴 그렇지. 둘이 만나서 오후에 차를 마신다면 이야기는 해야지. 애정 혹은 지난 일, 사모하는 사람을 다시 볼 수 없어. 실의에 빠지는 일 등을 속닥거리는 것이지. 나는 한편으로는 자신을 설득하고 한편으로는 안편의 이야기 속에 담겨 있는 진정한 의도를 알고 싶었다.

"남자의 첫사랑은 처음으로 엄마로부터 다른 이성의 특수한 감정에 빠져드는 것이다."

안편은 내 질문을 다시 혼잣말로 따라하더니 손을 흔들었다. "아니야, 아니야! 왜 이렇게 어색해. 처음으로 엄마 이외의 이성에 대해서 복잡한 감정, 설렘, 걱정, 심지어 죄책감 같은 것이 생기는 거지."

이것을 첫사랑의 정이라고 여기면 안 되겠지? 중학교 생물 시간이었다. 근시 안경을 낀 여선생님이 큰 목소리로 "첫사랑"을 읊었다. 소년소녀의 첫사랑은 정의 '싹틈'으로 성적인 것이 아니다. 그것은 일방적, 심리적, 감정적으로, 순결한 마음에서 하는 사랑이다. 가슴속에서 나오는 사랑은 항상 환상적인 색채를 가지고 있다. 비현실적이고 연약함을 가지고 있다. 마치 재미있는 게임과 같이 사람들에게 친근하고 달콤한 기억을 남겨준다. 이렇게 정의하면 안편이 말한 것과 비교할 때처럼 광범위하지는 않다. 자세히 생각해 보면 안편이 말한 방법은 비록 확실하지 않지만 끝없이 기억을 자아내게 만든다.

"아주 간단한 방법이 있어. 자신이 어렸을 때의 기억을 최대한 되찾아보고, 앞으로 나가본다면 너와 관련된 이성을 생각해낼 수 있을 거야."

안편은 "나는 열 살도 안 되었을 적의 기억도 찾아낼 수 있어. 나와 이웃 오빠 사이에 발생했던 자그마한 일도 지금까지 기억하고 있어. 그 당시 마음과 감정의 충격이 컸으니 몇 년 동안 기억하지 않았을까? 걱정이라고 할 수 있고, 첫사랑이라고도 말할 수 있지" 하고 말했다.

안편의 열 살 이전에 발생한 일들을 들으니, 진짜 막장이라고 느껴졌다. 아무렇게나 헛소리하는 것이 확실했다. 소꿉장난하는 여자 아이와 이웃 오빠 사이 관계 설정은 창작력이 고갈된 문예창작 양식이라고 말할 수 있다. 안편은 도대체 뭘 만들려고 그러는 거지?

안편은 말하려 하지 않았다. 이 여인은 마치 영화 속에 나오는 배우처럼 말하다가 멈추고는 자신을 화자에서 청자로 바꾸어 놓는다. 그들은 간사하게도 미움을 전혀 받지 않는 교류할 만한 대상들이다. 난 철저하게 항복하고 말았다. 난 여전히 이 카페에서 "안녕" 하고 일어나면 된다. 다음에는 영원히 만나지 않아도 되며, 첫사랑 이야기를 하지 않아도 된다. 그러나 전혀 떠나고 싶지 않았다. 안편을 만나니 떠나고 싶은 생각마저 없어졌다. 현재 십 위안도 없는 몸이고 신분증마저 잃어 버렸다. 안편이 떠난다면 아예 한 발짝도 움직일 수 없게 된다.

"한 가지 일을 말하면 한 가지를 해줘야 해. 네가 이유를 원한다면 그리고 이익을 갖고 싶다면 하나는 줄 수 있어."

그녀는 여전히 갈등하고 있었다. "모르는 사람한테 첫사랑과 같은 사적인 일을 말한다면 치료가 될 거야."

그녀는 계속해서 "좋은 과거들을 꺼내서 햇볕에 말리면 더 선명할 것이고, 나쁜 과거들을 선선한 바람에 말리면 독기가 없어질 것이다. 우리 고향에서 고기를 절여 말리는 것처럼 충분한 시간을 절여야하고, 선선하고 햇볕에 널어 말리는 과정도 꼭 있어야한다. 이렇게 해야 태양의 마른 향기가 생긴다"고 말했다.

　너 무슨 다른 방법 없어? 그냥 그녀의 요구대로 말할 수밖에 없다.

　안편의 말에 대한 대답은 초등학교 친구인 마리라는 여자 아이로부터 시작되었다.

　한 15년 전쯤인가? 아마 더 될 수도 있겠다. 내 고향은 쑤저우와 상하이 사이에 있는 타이창이다. 매일 가방을 메고 축축한 자갈길을 지나서 마을 서쪽에 있는 한줄기의 강, 다리 하나를 건너면 훤히 트인 들판에 들어선다. 이 들판 중간에 바로 외진 우리 초등학교가 있었다. 내 기억 속에 그곳은 봄이면 온 들판이 노란 유채꽃으로 가득했고, 여름이면 빽빽한 옥수수들이 있었다. 유채꽃 피는 계절이면 공기 중에는 그윽한 향기가 피어올랐고, 옥수수 여무는 계절이면 빽빽하게 심어진 옥수수가 하늘 높은 줄 모르고 자랐다. 그 나머지 두 계절은 볼거리가 없었다. 가을과 겨울의 들판이 어떤 모양인지도 아예 회상하고 싶지 않았다. 내 이야기를 황량한 곳에서 시작하고 싶지는 않다. 유채꽃에서 옥수수밭까지 따뜻하고 달콤하고 향긋한 빛깔이 났다. 반에는 남자마저 싫어하는 이름이자 여자들에게 잘 사용되지 않는 마리라는 이름을 가진 여자 아이가 있었다. 그녀의 키는 나보다 훨씬 컸다. 이것 때문에 나는 스트레스를 받았다. 1학년 때부터 그녀를 주시하게 되었다. 그녀가 클 때까지 몇 년 동안 쫓아다녔다. 매번 우리 집에 표시된 내 키의 표시를 볼 때면 점점 위로 올라갔다. 나와 여자 아이의 키 차이는 아직도 적어 넣지 않았다. 내가 왜 그녀를 쫓아다녀야 하지? 그녀가 나를 무시하기 때문이다. 언젠가는 그녀보다 더 크리라. 손을 허리에 두고 그녀한테로 다가가서 한마디도 하지 않는다. 그러면 그녀는 달아나고 만다.

3학년 2학기, 개학한 지 한 달 후에야 그녀와 처음으로 키를 비교했다. 그녀의 이름은 마리이다. 마리! 왜, 그를 마리라고 하는가? 마리(馬麗:마려) 혹은 마리(馬力:마력)인가 확신할 수 없었다. 그녀의 공책에 비뚤비뚤하고 큼직큼직하게 '마리'라고 쓴 것을 보고서야 확신했다. 그냥 담담하게 눈을 도사리고 봤다. 마리는 창백하고 야윈 얼굴에 몸매도 좋고 매우 귀여웠다. 사실 성격은 조금도 얌전하지 않았다. 소문에 그녀의 아빠는 상하이에서 사업을 한다고 한다. 그리고 그녀가 태어난 지 얼마 후 바람이 나서 그녀와 엄마를 버렸다고 한다. 그녀의 엄마는 그 후로 성격이 거칠게 변해서 걸핏하면 그녀를 때렸다. 불같은 이 여인은 자기와 딸의 생활을 위해 마을에 작은 아동복가게를 차렸다. 몇 년 동안 운영하여 어느덧 옷가게가 의류공장으로 바뀌었다. 불같은 여인은 불같은 여주인으로 변모하게 되었다. 이건 당연히 그 후의 일이다. 우선 처음의 다툼부터 말하겠다.

나는 어릴 적부터 그림 그리기를 좋아했다. 유치원 다닐 때는 어린이 사생대회에서 줄곧 대상을 받았다. 반 아이들을 하나하나씩 그리는 것을 좋아했다. 마리를 그린 것은 1학년 4월이었다. 나는 마리의 얼굴과 양 갈래 머리를 과장되게 그렸다. 마치 괴물 같았다. 아니 괴물보다 더 무서워 보였다. 한 장의 종이에 열두 명의 마리를 그렸고 일 년 열두 달 열두 가지 기이한 옷들을 입혔다. 오래되고 낡은 경운기를 그렸다. 그림의 제목을 '유행하는 12마력(馬力: 마리)의 경운기'라고 했다. 왜 그녀를 이렇게 나쁘게 묘사했었지? 그녀는 일 년 사계절 옷을 바꾸어 입었고 전교에서 옷이 제일 많은 여학생이었다. 그녀는 엄마 가게의 모델이자 옷걸이로 살아있는 광고판이었다.

그녀도 전교에서 성질이 가장 불같은 여학생이었다. 그 엄마에 그 딸이었다. 우리는 마리에게 진짜 도전하고 싶었다. 하지만 사실상 어느 누구도 마리에게 도전할 수 없었다. 국어, 수학은 전교에서 일등, 외국어는 우리 도시에서 일등, 체육은 달리기, 높이뛰기, 심지어 역도, 원반던지기도 제일 잘했다. 남녀 혼합경기도 전교에서 일등이었다. 그녀는 늘 여자 아이들 몇을 데리고 다니면서 남자 아이들하고 싸우기까지 했다. 그녀의 우쭐댐을 어느 누구도 막을 수 없었다. 난 무서워하지 않는다! 이렇게 말하고 아주 추하게 마리를 그렸다. 어느 오후 쉬는 시간에 교실 뒤에 있는 칠판 구석에 그림을 붙여 놓자 학우들이 한순간에 둘러선다. 모두들 환호하며 박수치고 웃으면서 떠든다. 마리는 내가 그녀를 그렸다는 것을 알고 모인 사람을 헤집고 그림 앞으로 나왔다. 그녀의 얼굴은 점점 시뻘게졌다. 그녀는 뒤돌아보고는 많은 사람들 중에서 나를 찾아내고는 큰소리로 물었다.

"씹새끼! 다른 놈들은 예쁘게 그리면서 왜 나는 못생기게 그려?"

"추하지 않아. 너 원래 이렇잖아! 이걸 어떻게 추하다고 말해? 너 예술이 뭔지 알기나 해? 많은 시간을 들여 그린 거야!"

"그래?" 마리는 다시 자신의 그림을 보고는 모든 그림을 하나씩 하나씩 찢어낸다. "추하지 않다. 이거지? 뭐 좆같은 예술이라 치고 난 만족하지 못해. 다른 애들처럼 다시 그려봐! 알았지!"

"안 돼." 나는 말했다.

그러자 친구들은 웃어대기 시작했다. 마리는 그 그림을 구기며 아이들을 헤집고 천천히 나한테로 걸어왔다. 웃는 소리는 한층 높아져가다 갈채로 변했다. 글래디에이터가 주먹을 쥐고 야수에게로 향하는 영화의 한 장면 같았다. 아이들은 흥분하며 우리 둘에게 집중했다. 하지만 난 야수가 아닌데. 나는 그냥 그림 한 장으로 키 큰 여자 아이를 건드렸을 뿐이다. 이 여자 아이가 그림 때문에 다시 자기 자신을 알고, 기가 죽어서 마치 풀을 먹는 기린처럼 머리를 숙일 것이라고 생각했다. 이 여학생은 기린이 아니었다. 사실 그녀는 아마 키 큰 표독스러운 용일 것이다. 나를 향해 으르렁대며 걸어온다. 그녀의 발자국 소리와 나의 심장 뛰는 소리는 아주 잘 맞았다. 긴장감과 사방에서 일어나는 고함소리는 공기 중에 섞여 어우러졌다. 자신감이 없었지만 도망칠 수도 없었다. 난 아무렇지도 않은 척 그 자리에 서서 그녀를 기다렸다. 나는 위험에 직면해도 조금도 두려워하지 말라고 자신을 세뇌시켰다. 그렇게 하지 않으면 친구들에게 꼬투리가 잡혀 창피를 당할 것이다. 나는 머리를 쳐들었다. 대지에서 강한 바람이 불 것 같았다. 온 천지가 피바다가 되고, 수만 마리 말들이 밟고 찰 것 같았다. 거센 강물, 광대한 산과 강, 사방에서 불길이 일어난다. 하하, 하하, 이때 마침 친구들은 삽시간에 흩어졌다. 한사람이 큰 소리로 "선생님이 온다!"라고 외치자 아이들은 허둥거리며 사방으로 흩어지면서 자기의 자리를 찾았다.

마리는 멍해 있었고 나하고 더 이상 주먹을 다툴 수 없었다. 그림을 쥔 손을 들었다가 재빨리 내려놓으면서 뒤에 던져 버렸다. 그리고 내 귓가에 대고 "운이 좋은 줄 알아! 나를 다시 잘 그려주지 않으면 다시 붙을 거야. 길에서 널 막을 거고, 만날 때마다 막을 거야. 막고 때릴 거야. 똑똑히 기억해!"라고 말했다.

그리고는 자기자리에 건너가서 앉았다.

긴장이 바로 풀렸다. 자리에 갈려고 다리를 옮길 때 선생님의 날카로운 소리가 문 안으로 들려왔다. "너 뭐하니? 빨리 자기 자리로 가지 않고. 수업한다!"

여기까지 말하고는 뜸을 들이려고 했다. 나는 머리를 숙이고 차를 마셨다. 차는 미지근해졌고 시원하기까지 했다.

해는 서쪽으로 기울었고 기온도 내려가기 시작했다.

안편은 "더 없어?"라고 물었다.

"네가 보기엔?" 하고 나는 반문했다.

"당연히 끝나지 않았지? 이런 일을 어떻게 이야기라그 할 수 있냐! 너 나중에 맞았지?"

나는 차를 다 마시고는 잔을 들고서 지는 햇빛에 비추었다. 잔은 투명하지 않은 법랑이었다. 법랑 잔을 쓰는 카페는 진짜 흔하지 않다. 나는 자신 있게 혼자 중얼거렸다. "법랑 잔을 쓰는 카페는 진짜 흔하지 않다." "여기서 법랑 잔을 사용하는 이야기도 있다." "어떤 이야기가 있는데? 말해봐. 한 번 들어보자." 안편은 의기양양해서 키득키득 웃더니 "당연히 말해줘야지. 아무거나 하나 말하라고 하면 내가 자신 없을까 봐서? 내 이야기는 마치 이 둥향차와 같다. 너라면 이 차 거품 정도겠지."

"깔보지 마. 여행 때문에 피곤해서 지금 또 배고프네. 나 식당에 가서 뭐 좀 먹어야겠어. 다음에 계속 이야기하자."

먹자고 하니 안편도 일어선다. "오늘 저녁에 우리 맛있는 거 먹자! 그리고 계속 이야기하자."

3장

저녁을 먹은 후 다시 3층에 돌아왔다. 맨 위층 라운지 카페는 영업하지 않았다. 찻잔, 조화, 간단한 메뉴판 등 모두 없어졌다. 그냥 테이블과 의자만 고독하게 그곳에 남겨져 있었다. 공기는 차가웠다.

"야부리스 평균 해발은 천칠백여 미터야. 높은 지방은 삼천 미터가 넘고, 낮은 곳은 아마 사백 미터 정도일 거야. 호수 아래와 산 아래 동굴은 당연히 포함되지 않지." 이어서 안편은 "때문에 어떤 곳은 고원에 속해서 낮에는 따뜻하고 밤에는 아주 추워. 기온차가 아주 크지. 이 리조트는 산허리 중턱에 있다 보니 평균 해발이라고 할 수 있어. 낮과 밤 기온도 역시 커" 하고 말했다.

우리는 바람이 불지 않는 곳을 택해 앉았다. 안편은 먼저 야부리스 기온의 특징과 우리가 묵는 이 리조트의 역사도 설명했다. 이 리조트는 사실 작은 도시의 숙박하는 곳이었다. 지형이 복잡하고 맞은편에 스키를 탈 수 있는 산비탈이 있었으며 풍경은 괜찮았다. 이런저런 이유 때문에 이와 같이 변모하게 된 것이다. 등향차 광고회사 사장은 이곳을 국영기업 개혁 기회를 타서 매입했다. 그는 당연히 바보가 아니었다. 이런 낡은 집들을 보고 한 것이 아니라 여기에 있는 자연조건을 염두에 둔 것이다. 나중에 발전할 잠재력이 있었다. 먼저 모텔 이름을 스키장 리조트라고 바꾸었다. 그 다음 거대한 개발계획을 기획했다. 광고회사 사장은 명성만 있고 자본이 적다 보니 이런 큰 기획을 하지 못한다. 그래서 지금 남방 여러 대기업을 다니면서 이곳에 투자하라고 설득하고 있다.

투자라든가 개발 같은 것에 대해서는 내내 아는 것이 적었다. 관심조차 없었다. 안편은 재잘재잘 쉴 새 없이 야부리스의 기획과 미래를 이야기한다. 잠시 동안 듣다 집중하지 않았다. 야부리스는 이미 어둠속에 잠겨 있었다. 주위에서 불빛조차 볼 수 없었다. 죽음보다 더 고요했다. 그리고 공기는 진짜 점점 차가워졌다.

나는 안편의 체온에 기대었다. 우리는 야외에서의 데이트를 포기하지 않았다. 테이블은 우리 사이를 멀어지게 만들었다.

야부리스에 달이 출현했다. 조심하는 것 같은 모습이 꼭 귀부인 얼굴 같았다.

오늘 저녁 나는 야부리스 스키장 리조트의 낡고 으래된 건물 꼭대기에서 안편과 얼굴을 맞대고 돌의자에 앉아있다. 그녀는 나더러 연애했던 이야기를 말해달라고 한다. 그녀는 나를 만나서부터 자기는 뭐 이런 취미를 가지고 있다 하면서 늘 말하기만 한다. 마치 열심히 일하는 개미 같았다. 음식물에 비유하면 깨라든가 좁쌀 같은 것으로 모든 어려움을 무릅쓰고 수집하여 보관한다. 다치 쌓아둔 음식창고 같았다. 알 수 없는 미래에 생계를 유지하기 위해 공급하도록 한다.

"실패한 첫사랑이라든가 실연이라든가 이런 것을 하나하나 모은다면 이야기집이 되는 거지." 그녀는 이렇게 자기의 취미를 묘사했다.

지금 그녀는 또다시 야부리스의 개발 이전 풍경에 빠진다. 나는 진짜 별다른 호기심이 없었다. 아까도 나의 첫사랑 같은 것을 이야기하고 싶지 않았지만 지금보다는 나았다. 개발했던 그 상인들의 노력에 관련한 이야기와 비교한다면 말이다. 나는 차라리 오후에 말한 주제로 넘어가고 싶었다.

안편은 불안하게 돌의자에 앉아 있으면서 몸을 움직이기 시작했다. 의자는 견고하고 얼음같이 차가웠는데 반면 그녀는 상쾌하고 온화했다. 그녀가 보낸 열기가 나한테로 용솟음쳐 오는 것을 느낄 수 있었다. 느낌으로 알 수 있다. 영하 이십 도가 되는 야부리스의 초겨울에 삼층 꼭대기에 앉아 있다. 안편의 작은 열기가 나한테로 오니 한기가 금방 사라진다. 나 자신이 곧 얼음으로 변해 버린다. 만약 그녀가 개발 이야기를 하고, 또 다른 자그마한 인생경력 이야기 하나라도 한다면 내 엉덩이가 의자에 얼어붙을 것이다. 그래서 나는 부단히 몸을 일으켰다. 안편의 주위에서 두 바퀴 가볍게 뛴 다음 다시 앉고 싶었다. 나는 안편한테 '우리 자리를 따듯한 곳으로 바꾸자. 내 방 아니면 네 방이라든가. 난방이 잘 되고, 립튼의 티백 홍차 한 잔이라도 좋으니까. 그냥 따듯하면 된다'고 말하고 싶었다. 그런데 생각해 보면 우리는 만난 지 반나절도 안 되었다. 아무런 이유도 없이 이성에게 직접 자기 방으로 가서 이야기하자고 할 수 없었다. 하지만 아무리 춥다고 할지언정 그녀와의 이야기를 끝내고 싶지는 않았다. 안편은 바로 이런 사람이다. 그녀와 마주한다면 그녀가 아무리 이야기를 하라고 요구해도 지루하지 않다. 그런데 이런 추위는 빨리 옥상을 떠나고 싶게 만든다.

"남방의 좀생아!" 안편은 하하 웃기 시작했다. 흰 치아는 찬 공기 속에서 아주 하얗고 딱딱해 보였다. 그녀는 한마디 흐칭으로 화제를 끝마쳤다. 진짜 감사하고 또 감사했다. 그녀의 웃을 때 모습은 마치 프리지아 향기 같았다. 또한 흑백 사진 속에 있는 유명한 배우 리우샤오칭, 쉬칭 같았다. 여인들의 입은 선천적으로 웃기 위해 만들어진 것이다. 그녀들이 웃을 때 치아, 입술선, 보조개, 볼은 웃음을 각 부위로 전파한다. 그렇게 예쁘게 조화된 웃음은 많은 남자들이 좋아하게 만들었다. 안편은 "남방 남학생! 넌 그만한 능력밖에 없어?"라며 몇 번이고 말했다. 그 때문에 때마침 웃음에 빠져있던 상태에서 정신 차릴 수 있었다. 안편이 이렇게 나를 부르는 것은 아무렇지도 않았고 놀랍고 기쁘기만 했다. 안편은 바로 이런 사람이다. 무슨 말을 해도 이상하지 않고 오히려 놀랍고 기쁘기만 하다. 우리가 만나지 열 시간도 안 되지만은……

안편이 남방이라는 말을 꺼내 나는 내가 남방 사람이라 추위를 많이 탄다고 말했다. 북방 사람들이 얼마나 추위에 강한가. 러시아 사람들은 겨울에 수영하고, 흑룡강과 내몽골 사람은 얼음통에 두 시간 이상씩 있으며 어느 정도까지 추위에 견딜 수 있는지 도전한다. 어느 겨울인지는 모르지만 웨딩사진 속에 북방의 신혼부부가 벌거벗은 채로 눈 위에 누워서 낭만을 즐기기도 했다. 희고 흰 나체는 백설 속에 뒹굴고 눈은 인체를 깨끗하게 씻어주었다. 인체는 추위 때문에 더 선명해 보였으며 피부는 화사한 붉은 색을 보였다. 그 뉴스를 봤을 때 내 자신이 진짜 감기에 걸린 줄 알았다. 주위에 있는 공기가 한순간에 얼어버리는 것 같았고 나 자신도 재채기를 몇 번이나 했는지 모른다. 이런 사진으로 말미암아 급하게 옷 한 벌을 껴입었다. 일찍부터 안펀의 고향을 알고 있었다. 안펀은 스키장 리조트 호텔 로비 프런트에서 나를 도와 수속을 해 주고는 돌아갔다. 안펀의 걸음은 나보다 반 박자 빨랐다. 그녀는 로비 다른 쪽 엘리베이터 쪽으로 걸어갔다. 나는 그녀한테 가벼운 걸음으로 달려갔는데 돌아서는 순간 발아래에서 신분증을 발견했다.

안펀. 신분증을 주워 그녀를 쫓아가면서 그 위에 적힌 이름을 크게 불렀다.

엘리베이터까지 갔던 그녀는 걸음을 멈추고 돌아서면서 나를 보았다. 손에 쥔 신분증을 치켜들면서 빠른 걸음으로 그녀를 쫓아갔다. 그녀 앞에 가서 돌려주려는 순간, 신분증 주소를 봤다.

"야부린산이구나, 어떤 곳이죠?" 나는 엘리베이터 안에서 아무렇게나 물었다.

안펀은 입을 깨물면서 웃기 시작했다. "남쪽이야. 정확한 거리는 백칠십 킬로미터. 하지만 이건 직선거리야. 만약 육로라면 두 배 정도 멀겠지."

안펀이 말한 두 배 거리라 해도 남쪽으로 사백 킬로미터도 되지 않았다. 한 성의 남북거리도 안되었다. 기온의 특징은 별로 차이가 없을 것이다. 야부리스, 겨울 최저온도는 영하 사십 여 도이다. 몇 천 킬로미터 밖에 있는 남방 사람이 말한다면 야부리스, 야부린산은 그저 비슷하다. 지도에서 보면 작은 점과 점 사이일 뿐이다. 때문에 안편은 당연하게 추위를 타지 않을 수 있다. 나는 그냥 그녀 앞에서는 능력 없는 남방 남학생이다.

"북방 계집애. 이럴 때 나보고 이야기하라고 몰아대지 마라." 나는 발을 구르면서 그녀의 뒤에 서 있었다. 그녀가 나를 남방 남학생이라고 부르면 나는 그녀를 북방 계집애라고 불렀다. 하하! 이때 한마디 할 때마다 호흡하기 곤란함을 느꼈다.

"너를 납치한 것도 아니잖아." 북방 계집애는 어깨를 들썩이고는 두 발을 벌리면서 서양식의 어이없는 손시늉을 했다.

그녀는 갑자기 뒤에서 나를 포옹하면서 "이렇게 하면 네가 말할래?"라고 했다. 두꺼운 옷을 사이에 두고 우리 둘은 마치 두 개의 견고한 문짝처럼 붙어있었다. 쾅당 부딪히는 소리까지 났다. 마비되었던 내 온몸은 그때부터 온기가 생겼다. 달빛 아래에서 안편의 얼굴은 가까워 보였지만 조금은 희미했다. 너무 가까워서 오히려 희미해 보일 수도 있다. 하지만 이 정도 거리라면 내 얼굴에 충분히 온도를 전할 수 있었다.

"너 빨리 말해, 오후의 이야기가 얼마나 긴데? 한 편의 단편소설? 중편소설? 아니면 러시아인의 장편소설? 한 송이 꽃의 흐느적거림. 한 오천 글자쯤 되게 대충하려고? 내 품에서 얼어 죽지 말고." 리조트 개발에 대한 화제를 끝마친 안편은 또다시 이야기 속 역할로 돌아왔다. 나와 너무 가까이한 나머지 그녀의 소리와 온도는 엄청난 추위에도 사라지지 않고 따끈따끈하게 내 귀에 전달되었다. "그리고 나를 북방 계집애라고 부르지 마! 듣기 싫어."

"남방 남학생은 더 듣기 싫어!" 나는 불편해졌다. 몸을 움직이고 있는데 안편이 나를 더 세게 포옹했다. 나무통을 조이는 것 같았다.

"좋아, 너를 남방 모기라고 부를게. 남방에는 모기가 많잖아. 윙윙 날아다니고. 남방 모기, 남방의 작은 모기. 윙윙대는 작은 모기!" 안편은 하하 웃기 시작했다. 마치 아메리카를 발견한 듯이 말했다. "남방 모기. 아차! 좋은 카우보이네. 미국 냄새도 나고. 남북전쟁, 넌 남방에서 왔고 온몸을 무장했고, 까만색에, 구형 전투기 같다. 하하."

그녀는 자기의 말에 웃고 말았다. 여인은 대화를 통해서 흥분한다. 자기의 감정에 빠지기도 한다. 내가 미술대학에 다닐 때 서양화 전공교수는 매우 괴팍한 꼰대였다. 그가 수업할 때는 남다른 방법이 있었다. 안편이 이야기해달라고 보채지 않았어도 이 이야기를 들려주었을 것이다.

"하지만 나는 수업하는 이야기를 듣고 싶지 않아. 특히 그 나쁜 꼰대 교수. 흥! 흥! 무슨 나체 데생이야. 재미없어. 그 안에 사랑은 담겨 있어? 거기 너의 첫사랑이 있어? 너와 초등학교 동창 마리하고 무슨 관계가 있는 거야?"

"없어." 나는 솔직하게 말했다. "진짜 없어, 그냥 유별난 수업뿐이지."

"그럼 하지 마. 내가 원하는 것은 이런 이야기가 아니야. 네가 그걸 사랑 이야기로 편집한다면 또 몰라도." 안편은 천천히 나를 포옹한 팔을 놓기 시작했다. 그녀는 "방금 내가 힘을 더 쓰다가 갑자기 놓는다면 넌 아마 오늘 큰 웃음거리가 되었을 거야."

"너! 물리 배우지 않았어? 대학을 어떻게 다닌 거야?" 안편은 "오늘은 봐줄게. 말하지 않으려면 말고. 내일은 남은 이야기를 다 해야 해. 먼저 와서 망신을 당하는 것부터 이야기해줄게. 남방 작은 모기."

"모기라고 부르지 마!" 나는 손을 들면서 때리는 시늉을 했다.

"알았어, 남방 작은 모기." 안편은 나를 무시하면서 "너는 이 호칭이 듣기 싫어? 네 말을 따를게. 나를 누나라고 불러. 오후에 말한 것처럼 난 너의 누나야. 네가 여섯 살 때 넌 어른의 다리를 잡으면서 사탕 사달라고 조르는 애기였어. 나는 이미 사람들의 눈길을 받는 긴 다리를 내디디면서 집을 나갔지. 나는 이미 성장해서 사춘기에 들어섰어. 상처도 받았지만 상처라는 의미마저 몰랐을 거야. 나는 어머니의 변하는 얼굴을 보고 진저리가 났어. 스스토 예쁘다고 하는 추한 모습에 신물이 났지. 야부린산 도시의 그 어스름한 집, 자작나무, 단풍나무, 침엽수, 도로가 울퉁불퉁하게 널려져 있었어. 나는 내 꿈을 잃어버릴 것 같아서 두려웠어. 꿈은 익숙하지 않은 먼 곳에 있는 것 같았지. 집을 나가고 싶었어. 먼 곳으로 가고 싶었거든. 나는 한 시인의 시를 읽었고 먼 곳으로 떠났어. 나는 도망쳤어. 유일하게 친한 사람의 낯을 뜨겁게 했던, 예전에는 미인이었던 엄마 곁을 완전히 떠났지. 몇 년 후에. 너는? 한 사람이 그곳에서 기다린다고 생각한다. 너는 늘 나가고 싶어 해. 어느 누구도 네 마음 구석을 참견하지 못하는 곳에서 그 사람의 초상을 그려서 벽에 붙이지. 몰래 그녀의 얼굴에 뽀뽀까지 했어. 몸은 빠르게 성숙하고 코 밑에 수염도 났지. 까칠하고 간지러웠어. 그러던 어느 날 잠에서 깨어 보니 네가 침대에 오줌을 싼 거야. 팬티를 숨기려고 했을 때서야 오줌을 싼 게 아니라는 걸 알고는 긴장하기 시작했어. 겁에 질렸는데 마치 작은 수탉처럼 볏이 갑자기 자주색으로 변한 것 같이 머리를 쳐들려고 해도 너무 눈부셨고 머리를 숙이려고 하면 다른 사람들이 자주색을 발견할 수 없을 것 같았어. 어떻게 해야 할지 몰랐던 거야."

"진짜 상상력이 뛰어나다. 누나." 그녀의 농담에 웃었다. 그런데 마음속에는 그녀의 가설을 기쁘게 받아들였다. 나쁜 점이 있다 하더라도 최소한 오늘 그녀의 도움과 나의 따라다님은 응당했다. 이렇게 말한 것은 내 앞에 있는 국면을 조금이라도 풀고 싶었기 때문이었다. 안펀은 "아우야! 아우야! 조건이 있어. 어느 날 우리가 대화의 재미가 없어졌을 때는 너의 먹이사슬을 끊어버릴 거야. 하하"라고 말했다. 그리고는 물었다.

"야부리스의 의미를 알아?"

안펀의 생각은 항상 도약했지만 나는 머리를 끄덕였다. 나는 여전히 '누나, 동생'이라는 호칭에 빠져 있었다. 야부리스의 지리에 대한 화제가 두려웠고 안펀이 리조트 개발과 관련한 거대한 구상을 하도록 말을 돌렸다.

"다른 곳에 가기 전에 먼저 수업부터 해야 해."

안펀은 일단 호칭에 대해서 비교하는 나를 무시하고 손을 허리에 얹었다. 어린 시절 마을에 있는 초등학교 영어선생님 같았다. 교만하고 엄격했다. 그녀는 그냥 자기의 생각대로 말했다. 아마 나더러 지금 있는 여기가 어디인지 꼭 알게 만들고 싶은 것 같았다.

"야부리스는 순결하다는 의미야. 여기 지방 사투리인데 이런 언어는 박물관에 들어간 것처럼 일찍 사라졌어 . 옛날 남방에서 온 두 젊은 남녀가 연애를 했어. 그 부족에는 족장이 연인을 지목한다는 규정이 있어서 이를 어긴 연인은 황량하고 처량하게 그곳을 떠나게 되었지. 그들은 배고프고 추워서 서로 부둥켜 기대면서 몸을 따뜻하게 했어. 한밤중이 되자 아가씨는 울기 시작했어. '꽁꽁 얼어서 움직이지 못했어.' 그러자 청년은 당황해하면서 그녀를 힘껏 껴안았지. 결국 어떻게 됐을까? 알아 맞춰봐." 뒤이어 안편은 다급하게 설명해 나갔다. 당연히 내가 맞추기를 기다리지 않았다. "어머나, 그들이 힘을 너무 세게 주고 껴안는 바람에 얼음 같이 꽁꽁 얼어 있던 옷이 부서져 나가면서 꽝 하고 바닥에 떨어졌지 뭐야. 두 사람은 멍하니 서 있었지. 아가씨가 실오라기도 걸치지 않고 부서진 옷 조각 속에서 있었거든."

"아이고, 너무 과장된 이야기라서 촌스러워."

"네가 몰라서 그래. 하나도 허풍이 아니야. 진짜 그래. 아니면 너 한 번 해봐. 옷을 입지 않는 것이 촌스러워? 그림을 그리는 사람이 옷을 입지 않았다고 해서 촌스럽다면 그게 바로 진짜 촌스러운 거야. 그럼 네가 의관을 바로 하고 촌스럽지 않는 이야기 좀 한 번 해봐."

또 시작이구나. 또 시작이야! 나는 말했다. "그래도 먼저 그 이야기를 마친 후에 우리 어서 방으로 가자. 나는 눌려서 옷이 찢기고 싶지 않아. 그리고 반나절씩이나 비행기를 탔고 도중에 차를 몇 시간째 바꾸어 타다 보니 진짜 피곤해."

안편은 하하 하면서 웃음소리를 두 번 냈다. 그리고는 신속하게 다른 표정으로 바뀌면서 나를 한 번 쏘아본다. "누나인 난 이렇게 좋은 이야기를 한 번에 끝낼 수 없어."

나와 안편은 드디어 공통된 인식을 갖게 되었다. 오늘 하다가 못 했던 이야기와 화제를 끝마치고 각자 방으로 돌아갔다. 비극적인 것은 아마 밤이 너무 깊어서인지 낡고 오래된 리조트 방 안에는 따듯한 물이 없다는 것이다. 욕실에서 한참을 만지작거려도 찬물만 나왔다. 프런트에 전화를 걸었다. 한참 후에야 한 아가씨가 어렴풋한 목소리로 전화를 받았다. 방 안에 따듯한 물이 없으니 부탁한다고 설명하자 아가씨는 하품을 계속하면서 말했다. "지금 몇 신가요?"

나는 그제서야 지금 이 시간에 그런 일을 부탁하는 것은 너무 지나치고 생각되었다. 그래서 바로 '아주 죄송하고 내일 다시 요청하겠다'고 말했다. 나는 외투를 벗어던지고 침대 위에 올라갔다. 내 이는 계속 떨렸고 아주 조용한 방 안에는 치아가 부딪히는 소리가 아주 크게 들렸다. 동시에 하얀 사람 그림자가 내 위에 있는 어둠 속에서 나타나는 것 같았다. 무섭기 그지없었다. 호텔의 많은 이야기. 뭐 어떤 숙박자가 사람을 죽이고 침대 아래에 숨겨뒀다든지, 나무 마루 안에 있는 시체토막이라든가 생각하면 할수록 무서웠다. 이불 밑에 깊이 들어갔다. 나의 잡생각을 없애려 아까 안편이 말하다 만 이야기의 결말을 상상했다. 그런데 내가 보기엔 그 이야기가 너무 잔인했다. 벌거벗은 소녀가 온통 얼음과 눈으로 덮인 곳에서 어떻게 조각난 자기 옷 사이에 서 있고 자신의 정든 임을 어떻게 상대하겠는가? 어떡하지? 아마 그녀는 이미 얼어서 얼음 조각으로 되었을 거다. 그리고 그녀는 쑥스러워 남자의 품에 안겼을 거야. 그 남자가 더 뜨거워지라고 그녀를 세게 안는다면 그 여자의 몸은 산산조각날 것이라고 망상했다. 남자도 얼어버릴 수도 있다. 하지만 이러한 상상은 좀 모자라보였다. 이런 평범한 결말이라면 안편이 말한 그런 낭만적인 옛날이야기라고 할 수 있겠는가?

4장

아침에 발버둥치며 잠에서 깨어났다. 발버둥치는 과정은 꽤 길었다. 위를 보니 강렬한 빛이 있었다. 마치 어느 맑게 갠 날 정오, 창문 밑에서 태양의 열기에 자극받으면서 자고 있었던 것 같았다. 나는 자신에게 일어나야 된다. 일어나야 된다고 외쳤다. 하지만 정작 나 자신은 눈을 뜰 수가 없었다. 그 후 머리에 '횡'하는 소리가 들렸다. 마치 강한 폭발음 같았다. 그리고는 강렬한 흔들림이 있었다. 그것도 마치 한 사람이 나를 밀고 미친 듯이 앞으로 질주하는 것 같았다. 나는 불안정한 바퀴가 달린 유모차에서 잠들고 있었다. 비탈에서 제동력을 잃고 요동치면서 아래로 내려갔는데 칠흑 같은 어둠 속이었다. 그러다 나의 고함소리를 듣고 잠에서 깼다.

머리가 찢어질 듯 아팠다. 한참 후에야 고통이 점차 가라앉았다. 그 다음에야 눈을 떴다. 방 안은 그다지 밝지 않았다. 그냥 침대 머리 위에 있는 스탠드 불빛이었다. 자기 전에 끈 것 같은데 왜 켜져 있지? 아! 한밤중에 화장실에 다녀왔나. 다른 것은 모두 자기 전의 모습들이었다. 청바지를 커튼 바로 앞에 있는 의자에 아무렇게나 벗어던졌고 외투는 이불 위에 있다. 스웨터는 입고 있으니 아마 너무 추워서 벗기 싫어 그랬나 보다. 지진이 난 것도 아닌데 깨어나기 전의 환각에 움직이는 것을 보면 내 몸이 불편하기 때문일 것이다. 추위에 무진장 떨었나 보다. 몸 자체만 떤 것이 아니다. 아마 머리도 밤새 떨었을 수도 있다. 나는 반드시 그들더러 욕실을 수리하라고 해야겠다고 생각했다. 따듯한 물에 샤워하지 않으면 병이 안 나는 것이 이상한 일이 될 것이다.

전화기를 내려놓기 바쁘게 누군가 문을 두드렸다. 문을 여니 하늘색 작업복을 입은 중년남자가 욕실을 수리하러 왔다. 그는 세면실에 들어가서 수도꼭지를 돌려보더니 펄쩍 뛰었다. "뜨거워 죽겠네. 뜨거워! 이거 정상인데요." 반신반의하면서 들어가 한 번 확인해 보니 정말 뜨거운 물이었다. "감사합니다. 감사합니다." 수리공은 나를 한 번 쏘아보더니만 자기가 가지고 있던 리스트에 서명하라고 했다. 서명을 하자 화가 난 채로 돌아가 버렸다.

밤새 얼었고 지금은 따듯한 물이 나오고 진짜 재미있는 일이었다. 나는 재빨리 물을 받아 몸을 욕조에 담갔다. 십여 분 넘어서야 내 몸이 자그마한 온기를 느꼈다. 열기가 욕조에서 천장까지 올라가 사방으로 퍼졌고 자그마한 공간의 욕실을 가득 채운다. 욕실은 바로 몽롱한 세상으로 바뀌었다. 이것은 내가 좋아하는 풍경이고 안정감을 가져다준다. 곧바로 안편이 생각났다. 그녀는 어제 밤에 잘 잤을까? 욕실의 온수가 고장이 나서 밤에 따듯한 물이 없었다면 아마 나처럼 밤새 추위에 떨었을 것이다. 꿈에서 지진이 나거나 빙산이 폭발하고 자기가 눈얼음에 눌리어 움직이지 못해서 살려달라고 고함치면서 눈을 떴을 것이다. 그리고는 따듯한 물에 몸을 담근다. 그리고 내가 얼마나 추위에 떨었는지를 생각하고 지진 같은 악몽을 생각했다.

허튼 생각을 하고 있는데 전화벨 소리가 울렸다. 안편이었다. "일어났어?"

샤워한다고 말하자, 그녀는 "오, 나는 샤워하고 아침밥까지 먹고 삼십 리 넘게 차를 몰고 나왔어."

"어디로 가려고?" 나는 서둘러 물었다. "지금 몇 신데?"

"나 일보러 가, 오후 아니면 저녁 무렵에 돌아올 거야." 그녀는 전화로 웃으면서 말했다. "너 혼자 리조트에서 얌전히 있어, 어제 하다 만 이야기를 잘 정리하고······." 이어서 핸드폰 신호가 끊어졌다 이어졌다 하다가 나중에는 끊어졌다. 전화를 끊은 후 욕조에서 나왔다. 호주머니에서 카시오 전자시계를 찾아냈다. 시계를 보니 12시 17분이었다. 점심 먹을 때가 되었다. 옷을 입고 막 나가려고 할 때 전화가 또 울렸다. 아마도 안편이 다시 걸었을 거다. 나는 바로 침대머리로 가서 전화를 받았다. 안편은 "내 말 아직 끝나지 않았어. 산골짜기라 신호가 너무 안 잡혀."

안편은 계속해서 말했다. "나 어젯밤에 감기에 걸렸어, 목소리가 다 쉬었는데 모르겠어?"

"감기에 걸렸다면서 먼 길을 떠나? 그것도 차까지 몰면서. 어서 리조트로 돌아와 좀 쉬어. 하지만 넌 북방사람이라 추위에 견딜 수 있다고 했잖아."

"아침에 일어날 때는 진짜 고통스러웠어. 머리가 깨질 듯이 아팠어." 그녀는 내 조롱을 무시하고 자신만만했었다. "깨어나자. 깨어나자. 깨어난 지 한 시간이 되었지만 일어날 수 없었어. 눈사태와 빙산에 눌리는 악몽에 시달렸지. 추위가 뼛속까지 스며들어 몸을 일으킬 수 없어서 살려달라고 고함질렀어. 넌 마치 얼음 같이 무표정한 얼굴로 먼 곳에 서 있었는데 누나는 화나 죽는 줄 알았다니까. 화가 나고 또 화가 나서 깨어났어. 겨우 일어나서 따뜻한 물에 몸을 담그고 나니 조금씩 좋아졌어……."

안편의 말에 놀랐다. 그녀의 아침은 내가 생각한 것과 똑같았다. 밤새 떨고 악몽에 시달리고 그랬을 거야. 안편은 "어제 하다 중단한 마리의 이야기를 오늘 끝내자. 차를 운전하니 피곤할 거야, 그래도 멋진 마무리를 해 주면 정신 차릴 수 있어" 하고 말했다.

나는 좋다고 대답하고는 다시 욕조에 들어가 누웠다. 따뜻한 물에 담그면서 "멋진 건 아니야, 그냥 소년의 사소한 일이야."

"너 꾸밀 수는 있어. 너는 시간을 좀 가진다면 충분히 꾸밀 수 있어." 그녀는 유혹하는 말투로 말했다. 전화상 목소리는 아주 또렷했다. 마치 내 옆에서 귀에다 대고 속삭이는 것 같았다. 따뜻한 수도꼭지를 돌리고 나서 모락모락 김이 오르는 속에서 작은 마을, 큰 다리, 들판, 고독한 초등학교 정원으로 다시 돌아갔다. …… 그곳에서 왔다 갔다 했다. 습하고 따스한 좋은 공기였다. 봄, 여름 날씨는 항상 눈부셨고 들판은 썩은 냄새와 들판 냄새가 약간씩 풍겼다. 마리는 내 앞에서 걸어갈 때 어떤 때는 머리를 한 갈래로 길게 땋고 어떤 때는 여러 갈래로 땋았다. 매 갈래마다 서로 다른 꽃무늬 모양의 리본을 꽂았다. 여름에는 땋은 머리를 머리 위에 얹고 빙빙 돌린 가운데에는 꽃모양으로 매듭을 짓는다. 그녀의 뒷모습은 내가 매일 등교하거나 하교할 때 길에서 보는 명물이었다. 어떤 때 그녀가 뒤돌아 나를 볼 때면 긴장하면서 멈춰 서곤 했다. 그녀가 했던 말이 귀가에서 들려왔다. "운이 좋은 줄 알아. 나를 다시 그려주지 않는다면 너하고 단둘이 붙을 거야. 길에서 널 막을 거고, 만날 때마다 막을 거야. 막고 때리고, 똑똑히 알아둬."

나는 그때부터 습관처럼 그녀를 따라다녔다. 어느 정도 거리를 사이에 두고 그녀를 따라다녔다. 이렇게 몇 년을 따라다녔다. 마리가 수없이 뒤돌아서 나를 보면 나는 수없이 가던 길을 멈추었다. 긴장 속에서 스스로의 심장 박동소리를 듣곤 했다. 그녀는 한 번도 뒤돌아서서 나를 쫓지 않았다. 막지도 않았고 때린 적도 한 번 없었다. 황량한 가을과 겨울, 오밀조밀한 봄과 여름에도 우리는 이렇게 걷고 또 걸었다. 걸으면 걸을수록 키가 컸다. 나는 이상할 정도로 민감해졌고 그녀의 몸에 일어난 작은 변화라도 기억을 했다. 윤이 나고 깨끗한 목 뒤에 작은 반점들이 생겨난 것도 똑똑히 봤다. 그중 세 개는 특히 빨리 자랐고, 사선으로 자리 잡고 있어 오른쪽 볼 방향을 가리켰다. 이런 반점들이 색깔이 깊어지더니 점점 검은 점으로 변했다.

여기까지 말하자 갑자기 수화기 너머에 별로 기척이 없다는 생각이 들었다. 나는 재빨리 생각을 멈추고 "여보세요, 여보세요, 누나 듣고 있어?" 하고 물었다. 수화기 너머로부터 안편이 살며시 웃고 있었다. "나 듣고 있어. 내가 운전하고 있는 것을 까먹었나 보지!"

"운전할 때는 조심해야 돼." 나 자신이 이야기를 꾸며내지 못한 것을 거듭 일깨워줬다. 맞다. 그녀가 말한 '지어낼 줄' 몰랐다. 그냥 추억 속에서 원래 것을 파헤친다 하더라도 자질구레한 일뿐이었다.

"아주 좋지. 착한 아이." 안편은 마치 아주 만족한 듯이 "아주 재미있는 과거야. 내가 눈앞의 일을 잊어먹게 만들 정도야. 계속해."

나는 계속 이야기했다.

이렇게 나도 모르게 초등학교 졸업할 해가 왔다. 나는 자신이 수족처럼 마리를 3년 동안 따라다녔음을 느꼈다. 3년 동안 한 계단, 한 걸음도 넘을 엄두를 내지 못했다. 3년. 나는 마리를 보면서 자랐고 그녀의 신체에도 변화가 있었다. 그녀의 걸음걸이는 날로 가벼워졌고 점점 작아졌다. 어릴 때처럼 쿵쿵하는 소리를 내며 큰 폭으로 걷지 않았다. 매번 그녀가 입는 옷을 주시했다. 그녀는 특히 꽃무늬를 즐겨 입었다. 봄에는 연녹색 꽃무늬에 노란 색의 작은 무늬를 입었고, 여름에는 빨간색 꽃무늬에 연하늘색을 띤 무늬였다. 가을에는 청색 꽃무늬에 자줏빛 무늬의 옷이었다. 최소한 이 세 계절은 꽃무늬였다. 치마는 연잎 모양으로 어떤 곳은 수를 놓았다. 어떤 때는 재질이 아주 부드러운 청치마를 입기도 했다. 위에 있는 모든 무늬가 잘 보였다. 그 무늬의 선들은 생기발랄했고 걸을 때 치마 자락이 휘날리면서 마리의 모든 자태를 상기시켰다.

초등학교 졸업 시험을 치기 전에 마리를 위해서 다시 초상화를 그리려고 했다. 시험 전날 밤 내내 그림을 그렸다. 나는 머리를 살짝 돌리고 있는 그녀의 뒷모습을 그렸다. 몇 겹의 빛이 온 몸을 감쌌다. 제일 안쪽에 있는 층은 황색이고, 두 번째 층은 갈색이며, 세 번째 층은 진홍색과 푸른색이 섞였다. 마치 내가 마리를 따라 에돌고 있는 것 같았다. 배경에는 무수한 꿀벌들이 있고 그들은 모두 색색의 날개를 가지고 있었으며 날개를 치면서 마리가 있는 곳을 향해 날아올랐다. 꿀벌의 주위에는 과장된 유채꽃과 해바라기 꽃들이 가득 피어 있었다. 꽃 사이로는 옥수수의 금빛, 자줏빛 수염을 가득 채워 넣었다. 그림의 중심에는 마리가 머리를 살짝 돌리고 있었고, 그 얼굴에서는 도무지 형언할 수 없는 신묘한 눈빛이 나오고 있었다. 그 눈빛을 그렸다 지우기를 반복하며 그렸다. 나 자신도 그 흘러나오는 눈빛을 무엇인지 알지 못한 채 그렸다. 8절지 크기의 종이에 크레용으로 그린 그림을 작은 장방형으로 접어서 바지 호주머니에 넣었다. 3년 동안 부단히 그녀를 따라다니고 보니 싫증이 났다. 초등학교를 졸업하기 마지막 며칠 전이라도 나는 그녀가 갑자기 생각을 바꿔 몇 년 전에 보여줬던 '나와 단둘이 붙겠다'는 그 맹세를 실행하기를 바랐다. 그러면 나는 도망가지 않아도 될 것이고 오히려 위험에 직면해도 그 자리에 서서 그녀가 오는 것을 환영할 것이다. 그녀가 나한테로 달려오는 순간 이 그림을 꺼내 펼쳐서 보여줄 것이다. 삼 년 후에 다시 그린 그림을 꺼냈을 때 감동하는 그녀의 반응을 정말로 아주 똑똑히 보고 싶었다.

"소원 풀었지?"라고 안편이 묻는다. 몸을 물속에 담그며 크게 한숨을 쉬면서 말했다. "시험은 빨리 끝났어. 초등학교 시절도 이제 끝나고 길고 긴 여름방학이 온 거야. 이 방학이 끝나면 우리들은 바로 사방으로 흩어질 거였어. 성적에 따라 읍내에 있는 서로 다른 중학교에 가게 되는 거야."

그해 여름방학은 진짜 길었다. 영원히 마리를 보지 못할 거라고 생각했다.

그녀는 아빠가 있는 상하이로 가서 그곳에 있는 중학교에 간다고 했다. 그녀의 아빠는 두 번째 아내와 갈라서고 전처와 다시 결합하려고 했다. 동시에 딸을 상하이로 데리고 간다는 것이다. 나는 갑자기 마음이 초조해졌다. 호주머니에 있는 그림은 호주머니 안에서 썩을 것만 같았다. 종이가 누더기가 되기 전에 정말 주인을 만날 수 없는 것일까? 그녀의 집에서 운영하는 옷가게에 가보려고 했다. 그 가게는 이미 마을에서 제일 큰 상가 일층을 차지했다. 나는 들어갈 용기가 없었다. 솔직히 말해서 나는 한 번도 마을에서 유명하고 유능한 여인인 그녀의 어머니를 정면으로 본 적이 없었다. 내가 그 여인 앞에 서면 어떤 모습인지 도저히 상상할 수 없다. 그녀는 무조건 "어린 총각. 옷을 사려고 그래?"라고 물을 것이다. 그리고는 부리부리한 눈빛으로 나를 감시할 것이고 나의 자그마한 마음까지 엿보고 눈 깜짝할 사이에 파헤칠 것이다. 그 여인을 통해서는 도저히 그녀의 딸을 만날 수 없다. 쇼핑 시간이 끝날 무렵까지 어두컴컴한 유리진열장 안을 보고 또 봤다.

당연히 마리는 그곳에 있지 않았다. 상가 뒤에는 작은 정원이 딸린 집이 있었다. 바로 그녀의 집이었다. 담장에는 장미들이 가득 뻗어 있었다. 많은 가시를 가지고 있는 장미나무와 월계수가 있었다. 그림을 담장 안에 던지려고까지 생각했다. 훗날 갈색염색을 한 성질이 괴팍한 그녀의 엄마가 꽃무늬 잠옷을 입고 밖으로 나오면서 고래고래 소리를 지를 것 같았다. 나를 병아리처럼 공중으로 들어 올릴 것만 같았다.

오후 내내 바람 한 점 없었다. 날씨는 하나의 담장처럼 내 마음을 막았다. 나는 아무런 목적 없이 마을을 따라 계속 서쪽으로 걸어갔다. 큰 다리를 지나 들판에 도착했다. 6년 동안 걸었던 그 길을 걸었다. 옥수수밭은 마치 뜨거운 철판이 큰길에 놓여 있는 것 같았다. 들어가니 조금 어지러웠다. 여러 가지 벌레들이 매미를 따라 힘껏 울었다. 초등학교로 통하는 그 길은 방학이라 사람들이 별로 밟지 않아 크고 작은 잡초들이 많이 자라 있었다. 아직 꽃망울이 여물지 않은 작은 꽃들도 있었다. 옥수수 담장은 튼튼하고 겹겹으로 둘러져 있었다. 서쪽으로 기울어진 태양은 황금빛으로 꽃과 잡초 사이에 떨어졌다. 화초의 미세한 움직임에 의해 이런 빛들도 함께 춤추고 있었다. 이 길은 정말로 감미롭고 아름다웠으며 기이했다. 나는 한 이백 미터쯤을 걸어 들어갔다. 갑자기 멍해졌다. 마리가 내 시야 안에서 갑자기 나타났기 때문이다. 그녀가 어떻게 그렇게 갑자기 나타날 수 있었는지 몰랐지만 마리를 발견했을 때 그녀와의 거리가 아주 가까웠다. 마리는 내 앞에 있었다. 학교 방향에서 오고 있는 것 같았다. 나하고 이삼십 보정도 되는 거리였다.

마리는 따듯한 느낌을 주는 작은 꽃무늬로 된 치마에 민소매 옷을 입고 있었다. 거꾸로 보면 그림 속 모습과 똑같았다. 황홀한 빛이 진짜 그녀의 온몸을 맴돌고 있었다. 그녀의 몸엔 많은 박자와 리듬이 느껴졌다. 두 팔의 놀림과 작은 발의 움직임에 따라 몸이 유연했다. 예전에 모르던 것이었다. 내 심장은 아주 거칠게 뛰었다. 공기도 갑자기 아주 냉랭해졌고 매미 울음소리도 더 커졌다. 나는 제자리에 멍하니 서 있었다. 어찌하면 좋을지 몰랐다. 마리가 나를 향해 웃는걸 보고 빠른 시간에 웃고 있는 의미를 알지 못했다. 그녀는 내 쪽으로 급히 걸음을 내딛기 시작했다.

나는 며칠 동안 했던 무서워 말자는 다짐을 깡그리 잊고 몸을 돌려 도망쳤다.

광야의 냄새를 풍기는 따스한 바람은 파도치는 것처럼 내 등 뒤를 밀쳤다. 그리고는 나를 파묻히게 했다. 나를 공중으로 뜨게 하고 다시 가라앉게 했다. 내가 머리를 쳐드는 순간 하늘의 푸름은 거짓으로 보였다. 햇빛은 송이송이

구름 한 쪽에 있었는데 황금빛을 자아냈다. 내 시선은 갑자기 마리의 그림자 탓에 끊어졌다. 내 머리는 나른한 길바닥에 눕혀졌다. 온몸은 온통 난잡한 풀과 화려한 들꽃들로 둘러싸였다. 내 몸이 화초 속에 파묻히는 순간 진흙 냄새와 화초의 맑은 향기가 몰려왔다. 특이한 향기가 강렬하게 내리눌렀다. 이런저런 향기가 서로 섞여져 있었다. 마리는 내 몸 위에 있었고 내 몸을 내리눌렀다. 맞다. 그녀는 드디어 3년 후인 오늘 나를 쫓았고 나를 넘어지게 했으며 내 몸을 올라타기까지 했다.

우리는 한참 맞섰다. 그녀는 두 손으로 내 팔을 잡고, 두 다리로 내 몸을 눌렀다. 아예 내 몸을 움직이지 못하게 했다. 그녀의 얼굴은 내 위에 있었고 역시 웃고 있었으며 조금 의기양양해 보였다.

"네가 어디로 도망가는지 보자. 하하!" 그녀가 말했다. "내가 말했지, 단 둘이 붙어보자고. 어디 한 번 나를 쪽팔리게 해봐. 어디 한 번 나를 쪽팔리게 해봐……!"

내가 몸을 비비 꼬고 다리를 들어 그녀의 등을 차려고 했다. 하지만 몇 번 공중으로 올렸다 내리다가 나중에는 땅바닥에 떨어지고 말았다.

"하하, 하." 그녀는 큰 소리로 웃었다. 그 탓에 얼굴 위에 있는 땀방울이 뚝뚝 흘러내렸다. "도망가지 못할 거야. 얌전히 있어. 하하."

땀, 마리의 땀이었다. 한 방울은 내 머리 위에 떨어졌고, 한 방울은 심지어 내 입 안에 떨어졌는데 조금 짠 맛이었다. 내 몸 안으로 들어갔다. 나는 놓아달라고 했다. 마리는 거들떠보지도 않은 채 "놓아달라고? 좋지. 조건이 있는데, 까먹은 건 아니겠지?" 하고 말했다.

"그냥 너를 예쁘게 그리는 거잖아. 예쁘게 다시 그리는 거잖아?"

"알고 있네. 건망증에 걸리지는 않았네?" 마리는 나를 더 세게 눌렀다. 하지만 그녀의 말은 바지 주머니에 있는 그녀의 초상화를 생각나게 했다. 오늘까지 그녀를 기다리고 있지 않았던가? 나는 다급히 말했다. "나는 너한테 새로 그린 그림을 가져다주려는 길이었어."

마리는 당연히 믿지 않았다. 그녀는 다시 웃었다. "거짓말하네. 네가 손오공이니? 그림을 바로 나오게 만들 수 있어?"

"내 바지 주머니에 있어."

마리는 의심스러운 눈빛으로 바라보더니 나보고 꺼내보라고 했다. 만약 거짓말이면 오늘 가만두지 않겠다고 했다. 네가 내 위에서 누르면 내가 어떻게 꺼낼 수 있냐 말했다. 마리는 "왼쪽 호주머니? 아니면 오른쪽 호주머니?" 오른쪽 호주머니라고 대답했다. 마리는 내 오른쪽 팔을 놓아주었다. 나는 오른쪽 호주머니에 손을 조금 넣었는데 더 넣을 수 없었다. 아직도 나를 누르고 있다고 말했다. 마리는 엉덩이와 다리를 뒤로 조금 이동했다. 그러자 나는 그 그림을 꺼낼 수 있었다. 그림은 눌려서 따스하고 습기에 젖었다. 마리는 종이를 보더니 내 다른 쪽 팔까지 놓아주었다. 나는 가슴 부위에 그림을 폈고 그림의 정면을 그녀한테 펼쳤다.

"그림 맞네. 진짜 나야? 네가 그린 것이 내가 맞아?"

그녀는 몇 마디 시부렁거리더니 열심히 그림을 보기 시작했다. 머리를 돌리면서 이리저리 훑어보았다. 그림을 들었던 내 팔이 저릴 때까지 마리는 움직이지 않았고 소리도 내지 않았다. 나는 조금 당황하기 시작했다. 그녀가 만족하지 않아 조금 후에 혹시 '주먹'으로 맞는 것은 아닌지? 이때 나는 팔을 내리고 마리의 표정을 보고 싶었다.

서녘으로 석양이 지며 붉은색을 띠었다. 옥수수 수풀을 비추었다. 진짜 바로 앞에 있는 풍경이었다. 특히 내 몸 위에 있는 소녀 마리는 알록달록한 한 폭의 그림과 같았다. 내가 본 것은 마리의 아래턱이었는데 그것은 하늘로 향해 있었다. 그녀의 머리 각도로 볼 때 공중에는 아무것도 없었다. 그냥 그 끝없고 푸른 곳에 붉은 색깔이 섞여 있었다. 나는 마리의 긴 목을 보았고 역광선 때문에 아래턱의 잔털들이 보였다. 그녀의 옷에는 주름이 있었다. 주름들은 마치 출렁이는 잔물결 같았다. 주름은 가운데로 모아졌고 두 개의 무덤 모양을 이루었다. 나는 갑자기 대지가 내 등 뒤에서 많은 열기를 전한다는 것을 느꼈다. 이런 열기는 내 몸에 부딪혀 들어가서 나를 대번에 튀게 만들었다. 내 자신이 금방 폭발할 것 같았다. 위험하기도 하고 흥분되었다. 무섭고 스스로 자제할 수 없는 반응이 내 몸 속으로부터 나왔다. 나는 팔을 펴서 내 몸 위에 있는 사람을 단단히 안았다.

마리는 머리를 숙이고 내 팔을 보았다. 그 눈빛은 경이롭고 불안하게 내 얼굴에 떨어졌다. 그녀의 얼굴은 단번에 빨개졌고 그녀의 얼굴에 있었던 땀방울은 내 머리와 목 위에 순식간에 주르륵 떨어졌다. 이때에 처음으로 마리의 투명하고 빛나는 얼굴을 똑바로 쳐다봤다. 생기 있는 반점은 작고 정교한 콧방울 주위를 둘러싸고 있었다.

그녀의 얇고 길쭉한 입술이 약간 벌려져 있는 사이로 희디흰 이가 보였다. 그녀의 눈빛은 몇 번 움직이더니 마치 새가 날개를 치켜드는 것처럼 빠르게 나는 듯 하더니 순간 멈춰 있었다. 그녀의 눈빛은 공허했고 마음속으로부터 많고 많은 것이 흘러넘쳐났다. 그것들은 아주 밝고 눈의 움직임에 따라 반짝거리기만 했다. 마리는 몸을 아주 가볍게, 좀 머뭇거렸다. 마치 내 팔에서 벗어나고 싶은 것 같기도 하고 내 몸을 대단히 잡고 싶어서 떠나고 싶지 않은 것 같기도 했다. 논두렁에는 바람이 일기 시작했다. 옥수수밭의 바람이 나와 마리 사이로 산들산들 불어왔다. 이때 마침 내 자신이 진짜 날아오르는 것 같았다. 나의 몸이 가벼워 무게를 느낄 수 없었다. 온도만 남아 있는 것 같았다. 내 몸이 몹시 뜨거워지는 것을 느꼈다.

나는 두려움에 몸이 움직일 수 없었다. 내 몸의 이런 신기한 변화에 두려워져서 움직일 수 없었다. 마리는 의식하지 못한 채 허둥지둥 내 몸 위에서 일어났다. 그녀는 자기 몸에 뭐가 묻었나 싶을 정도로 허리를 굽히고 손가락으로 치맛자락을 털었다. 나중에는 내 몸 위에서 그 초상화를 들더니 나를 몇 번 쳐다보고는 줄행랑을 놓았다. 내가 일어났을 때에는 그녀는 이미 옥수수밭에서 완전히 사라졌다. 사방의 공기는 그녀의 농후한 향기와 싱싱한 풀냄새로 그윽했다.

나는 제자리에서 몇 바퀴 돌았다. 옥수수는 콸콸거리며 신나게 노래 불렀다. 해질 무렵의 콘서트와 같았다. 나는 오늘 드디어 그녀의 그림을 보냈다. 그냥 그림만 보낸 걸까? 나의 초등학교는 끝났다. 나의 논두렁에서의 뒤쫓음도 끝났다. 더 많은 것이 끝났다고 느껴졌다.

5장

"그때는 어떤 감정이었지?"

나는 이야기를 다했다고 생각했지만 전화에서 전류가 흐르는 소리를 천천히 들었다. 안편은 부족하다는 듯이 이렇게 물었다. 나는 이렇게 말했다. 아직 인류가 여러 가지 단어를 발명하지 못했는데 특히 인류의 자기감성에 대한 단어들이야. 그 속은 생각보다 복잡하고 세밀하고 풍부할 거야. 자신의 밖은 우주이고, 안에는 뭐가 있을까? 아무튼 내가 보기엔 인류는 세상에 존재하고, 세상의 육체와 정신의 가운데에 있다. 끝을 알 수 없는 우주는 자신 안에 있는 실체이다.

안편은 에둘러대는 나의 말을 제대로 알아듣지 못했고 하하 웃으면서 말했다. "왜냐고 묻지 않겠다. 이 이야기는 끝났어?"

"기본적으로 끝났어. 끝내지 않으면 배고파 죽겠어." 뱃속은 진짜 비어 있었고, 나는 아직도 욕조에 누워 있었다. 안에 있는 물은 이미 다 식었다. 나는 재채기를 하면서 일어났는데 전신에 떨림이 있었다.

"빌어먹을!" 안편이 자신에게 욕하는 소리가 들려왔다. "모두 다 내 욕심 때문이야. 힘껏 너를 파내려고 했는데. 정말 잘못보지 않았네. 너 진짜 보통 사람 아니다. 이야기를 꾸민다 해도 이런 이야기는 고수들이 하는 건데." 이어서 그녀는 나더러 빨리 밥을 먹으라고 했다. 산을 내려오면 리조트와 얼마 떨어져 작은 마을이 하나 있고, 그곳의 파출소에서 잃어버린 여행물품과 신분증을 신고하면 된다고까지 알려주었다.

나는 한참 후에 말했다. "네가 돌아온 후에 같이 가자. 네가 없으면 한 발짝도 내디디기 힘들어."

나는 저녁 내내 침대 위에서 이리저리 생각했는데 안편은 나타나지 않았다. 그 후에 나는 이내 잠들고 말았다. 아무런 꿈도 꾸지 않았고, 무슨 지진이라든가, 움직임이라든가, 황금빛 찬란한 태양이 머리 위에서 빛나는 눈부심도 없었다. 한밤중이 지나서는 아무것도 들리지 않게 되었다. 나는 이불로 귀를 막았다. 나중에는 있는 힘껏 침대 모서리를 잡았다. 거의 부서질 것만 같았다. 온 힘을 쓰다 보니 온몸은 땀으로 흠뻑 젖어있었다. 그제야 몽롱한 잠에서 깼다. 아침에는 아주 순조롭게 깼다. 눈을 뜨자마자 내 침대 맡에 앉아 있는 안편을 보게 되었다. 그녀는 싱글벙글 웃고 있었다. 나는 놀라서 왜 네가 여기 있냐고 물었다. 안편은 일어서면서 뒤에 있는 손을 앞으로 내밀었다. 그녀의 손에는 들린 분홍 비닐봉투에 먹을 것이 있었다. "너를 생각해서 아침밥을 샀어. 아침 일찍 차를 몰고 야부읍으로 갔어. 그곳에 아침을 파는 가게가 있는데 한 백년 전통을 가지고 있거든. 여러 가지 진귀한 과자들도 많아. 그런 과자들을 본다면 놀라지 않을 수 없지. 재료, 모양, 입맛 어느 하나라도 쉽게 상상할 수 없어." 그녀는 비닐봉투를 내 머리 위로 들면서 빨리 일어나라고 명령했다.

나는 일어나 앉았다. 안편은 도시락을 창문 아래에 있는 둥그런 탁자에 가져다 놓고는 나를 위해 창문을 조금 열었다. 신선하고 차가운 공기가 바로 방 안으로 들어왔다.

"너 밤에 토했더라. 방금 바닥을 닦았어." 그녀는 다가와 내 이마를 짚었다. "감기에 걸렸나? 비위생적인 음식을 먹은 거야? 어제 저녁은 뭐 먹었어? 내가 하루 없었다고 이렇게 되니."

그녀의 말하는 어투는 마치 아내 같았다. 하지만 나는 토한 게 생각나지 않았다. 그냥 귀가 안 들렸고 머리가 아파서 있는 힘껏 침대 머리를 잡았던 것 같았다. 내가 토했다면 한밤중에는 진짜 힘들었다는 것일 것이다.

"하지만 넌 어떻게 내 방에 들어올 수 있어?" 아직도 가슴이 두근거리는 것 같았다.

"여기가 무슨 네 방이야. 내 방이지." 안편은 침대 맡에 서서는 두 손으로 자기의 머리를 뒤로 했다. 안편의 머리색은 짙은 갈색이었는데 길고 윤기가 흘렀다. 두 쪽은 길이가 비대칭이었다. 왼쪽 머리는 어깨에 닿았다. 왼쪽 사선 방향으로 보면 오른쪽으로 가면서 점점 짧았다. 이렇게 그녀를 왼쪽, 오른쪽 각각 보면 한 사람 같지가 않다. 왼쪽 목 부분과 얼굴 대부분은 머리에 감추어져 생소하고 신비하며 요염했다. 오른쪽은 명랑하고 직관적이며 솔직하고 섹시하며 맑아 보였다. 헤어스타일이 좀 독창적이어서 그렇게 한 이유를 몇 번이나 물어보고 싶었다. 안펀 혼자만의 기발한 생각이었는지 아니면 괴짜 미용사의 창작이었는지 궁금했지만 물어보지 못했다. "잃어버린 신분증을 신고해 주고 방값을 대신 계산해준 사람, 두 방의 주인은 모두 안펀이야. 내가 들어가려고 하면 들어갈 수 있는 거야, 작은 동생."

"그래? 나는 인권이 없으니 진짜 너의 노예가 되었구나."

"아니야?" 안펀은 나한테 미지근한 물을 부어주면서 "일어나기 전에 미지근한 물을 한 컵 마셔야 해. 미녀가 미지근한 물을 입가에까지 가져다주니 얼마나 호사를 누리는 거야. 세상 어디에 이런 행복한 노예가 있냐!"

우리가 컵을 주고받는 사이에 서로 다른 손 모양을 발견했다. 안펀의 손은 가늘고 길며 하얗고 날씬하며 깨끗했다. 하지만 내 손은 조금 두텁고 짧고 부드러우며 회색이었다. 나는 말했다. "누나 손이 진짜 예쁘네!"

"그렇지. 아무거나 내 몸에 있으면 다 예뻐져." 안펀은 돌려 말했다. 나는 그 컵에 있는 물을 마셔 버리고는 그녀에게 말했다. "만약 네가 한밤중에 들어온다면 아마 내가 그 자리에서 바로 놀라서 죽었을 거야. 부탁하는데 다음부터 노크 좀 해."

안펀은 빈 컵을 받더니 침대 맡에 앉았다. "나는 원래 호기심 있으면 못 자는 편이라 새벽에 눈을 떴는데 네가 어제 말한 어렸을 적 일이 생각났어." 그녀는 잔을 내려놓고 베개를 들더니 내 등 뒤에 받쳐 주었다. 그리고는 과자를 건네주면서 "많이 배고프지? 토한 후

위가 비어 있지? 많이 좋아졌어? 입맛이 있어?" 하고 물었다.

"입맛은 있어. 배고파."

"배고프면 괜찮아질 거야." 안편은 내게 이상한 모양의 과자를 먹으라고 눈치를 줬다. 그녀는 육각형의 녹색 과자를 가리키면서 "봐봐, 이건 등향차 물로 반죽한 과자야, 신선한 맛이 있고 네가 정신 차릴 수 있게 할 거야" 하고 말했다.

정신을 차렸다고 말했다.

과자는 진짜 신선한 맛이 있었다. 심지어 다 먹은 뒤에도 혀끝에 뒷맛이 남아 있었다.

안편은 두 팔꿈치를 내 이불 위에 놓았다. 그리고 자기의 얼굴을 받친 채 입술을 벌릴까말까 하고 있었다. 그렇게 내가 음식에 대해서 평가하기를 기다리고 있었다. 나는 씹으면서 말했다. "어렸을 때 먹었던 박하사탕 같아. 조금 시고 텁텁한 것이 마치 숙성시킨 과일 같아. 아마도 어떤 포도주는 이런 맛일 거야. 조금 변질된 포도주 말이지. 그리고 그거야. 조금 달콤하고 조금 비린내 나는 고무 같은데. 뭐 같지? 정확하게 말하기 어렵네……."

"네가 어제 한 이야기 결말 같지." 안편은 하하 웃기 시작했는데 내가 망연하게 보자 "남자아이가 처음으로 몽정한 것 같지!" 하고 말했다.

나는 하마터면 음식물이 목에 걸릴 뻔 했다. 참지 못하고 기침하기 시작했다. 안편은 황급히 내 등을 만져주었다. "나 음식물에 걸린 게 아니야. 너의 말에 놀란 거야."

그 말에 걸린 게 아니라 내 얼굴 자체가 뜨거웠다. 나는 먹을 것을 내려놓고 안편이 건네 준 물을 마셨다. 나는 너한테 구조된 사람일 뿐만 아니라 노예이기도 하고, 노예일 뿐만 아니라 환자이기도 해. 몸과 정신이 모두 병에 걸린 사람이지. 안편은 나를 한 번 쏘아보더니 "이게 뭐 어때서? 정말 우리가 바뀐다면 매일 흐뭇하게 너의 말을 따를 거야. 나를 어떻게 하려면 그렇게 하지 뭐."

"그러면 네가 나의 나체 모델 겸 노예가 되어 줘."

"작은 깡패." 안편은 내 머리를 한 대 쳤다. "누나한테 좋은걸 얻으려고. 너 진짜 미안하지도 않아?" 이어서 또 호기심을 가지고 물었다. "너 나체를 그려본 적 있어? 내가 보기엔 네가 이렇게 컸어도 아마 여인의 몸도 보지 못했을 것 같은데."

"어떻게 그래? 난 미술대학에서 공부했어. 거기엔 나체모델 다 있거든!" 나는 그녀를 반박하면서 말했다.

"그건 진짜 실물이라고 말할 수 없지." 안편은 잠시 생각하더니 "정확하게 말한다면 기구에 속하지, 분필이라든가 직각자라든가 석고모형이라든가 새나 동물 표본 같은 거야"라고 말했다.

"내가 말한 것은 살아 있는 사람이야. 너 같이 예쁘고 더 젊다든지."

"그건 별로 중요하지 않아. 문제는 그런 모델은 생활 속에 함께 하는 것도 아니고 아무나 그녀를 정면에서 그림을 그린다는 거야."

안편의 말이 맞다.

안편은 다시 그 화제에 매달리지 않고 또다시 내가 어제하지 못했던 이야기를 탐구하기 시작했다. 그녀는 "내가 밤새 생각했는데 넌 진짜 다른 남자 아이들과는 달라. 그들에 비하면 넌 운이 좋아." 나는 무슨 뜻이냐고 물었다. 안편은 "듣기로는 이 세상 남자 아이들은 일장춘몽으로 사춘기에 들어간다. 예를 들면 나의 첫 남자 친구의 첫 몽정은 그와 그의 국어선생님이었던 중년 여인이 함께 있던 어두컴컴한 교실에서 시작돼. 그는 선생님의 시를 읊는 소리가 참 듣기 좋았대. 선생님이 시를 읊고 안경을 벗더니 그를 향해서 웃는 거야. 그는 처음으로 선생님이 안경을 끼지 않은 모습을 보았지. 그렇게도 예쁘고 귀여우니 아주 대담하게 두 손으로 선생님의 얼굴을 만졌어. 그리고는 자기의 얼굴을 비볐지……. 아주 이상한 따듯함이 쏟아져 나왔어. 마침 그때 그는 잠에서 깼어. 인생을 살면서 그렇게 딱 한 번 몽정을 겪었대. 이튿날 등굣길에 바로 학교 문 앞에서 그 선생님을 보게 된 거야. 선생님은 자신의 자전거에서 내려와 그의 머리를 쓰다듬었어. '탄모우, 네가 이번에 작문을 아주 잘 썼어. 너한테 만점을 줬어.' 맞아. 나의 첫 남자 친구는 탄모우라고 해. 맞춰봐! 그때 당시 그가 어땠을까?"

"설마 그 자리에서 사정한 것은 아니겠지?" 말이 끝나기 전에 웃음을 참지 못했다. 안편은 온몸을 떨면서 웃더니 내 이불을 때렸다. "진짜, 뇌에 물이 들어갔어? 상상력이 조금도 없는 거야?"

"누가 나보고 맞추라고 했어?" 나는 "나는 요만한 상상력밖에 없어. 뜸들이지 않는 게 좋아."

"안 돼!" 안편은 "너 어제 저녁에 제대로 끝내지 않았잖아. 이렇게도 재미있는 일을 어떻게 끝낼 수가 있어?"

안편은 진짜 시끄러웠다. 나는 "좋아. 하지만 진짜 더 이상 별다른 이야기가 없어. 나는 축축한 팬티를 입고 들판에서 북쪽으로 되돌아갔지. 옥수수밭을 지나서 시골에 있는 초등학교와 작은 마을 사이에 있는 들판, 큰 다리, 돌길을 지나서. 사방이 점점 어두워질 때 하나, 둘, 셋, 넷, 다섯, 여섯, 일곱. 다시 일곱, 여섯, 다섯, 넷, 둘, 하나라고 돌판을 세면서 집으로 돌아갔다. 그리고 나의 작은 방에 숨어서 팬티를 벗고 불빛 아래에서 자세하게 보고는 냄새를 맡았어. 좀 비리고 달콤한 냄새였지. 불빛 아래에서 비쳐보니 작고 미세한 알맹이들이 있었고 빛이 나는 소금 같았어. 축축했던 팬티는 점점 마르더니 단단해졌었지."

"그 후에는?"

"그 후에 나는 또 그 반바지를 입었지. 부모님들한테 보이면 안 될 것 같았고 어머니가 빨지 못하게 했거든. 나는 그 팬티를 하루, 이틀, 사흘 동안 입었어. 나흘째 되던 날에 정원에 있는 나무 아래에서 저녁밥을 먹고 있었지. 짠지 한 접시, 오리알 조림 두 개, 옥수수죽을 먹고 있었어. 어머니는 갑자기 내 뒤에 서서 말했어. '너 며칠 동안 샤워하지 않았지? 몸에서 왜 이렇게 냄새가 나?' 나는 얼른 대답했지. '아닌데요. 매일 씻어요. 짠지 냄새가 아닌가요? 아니면 오리알이 상했나?' 나는 오리알을 상에 쳤어. 어머니는 '오리알이 상했으면 먹지 마. 짠지 냄새는 괜찮아. 조심해' 하고 말했지. 나는 머리를 끄덕였어. 그렇게 슬쩍 속여 넘어갔지. 저녁에 나는 화장실에 숨어서 몰래 반바지를 빨았어. 반바지 냄새는 시고 지독했을 뿐만 아니라 이런 것 때문에 사타구니 껍질이 몇 층 벗겨졌어. 걸을 때도 문제가 되었었지."

"야, 그렇게 심해?" 안편은 놀라면서 말했다. "이게 쉽게 썩어?"

"그렇지. 팬티 안에서 발효되거든."

안편은 웃으면서 말했다. "아닐 거야. 아닐 거야. 조그마한 단백질이잖아. 조그마한 탄산 같은 게 뭐 그 정도로 심각해?"

"너를 속이지 않아. 이게 뭐 자랑할 게 있어? 자랑할 일도 아닌데." 나는 말했다. "나 지금도 그때 남겨진 상처가 있어."

안편은 일어서서 "나 좀 봐야겠어. 눈으로 확인해야겠다" 하고 말했다.

나는 바지를 잡고는 안 된다고 했다. 안편은 하하하 웃음을 그치지 않고 바지를 잡아당겼다. 나도 더 세게 바지를 잡았다. 안편이 말했다. "남자가 진짜 고리타분하네." 내가 말했다. "고리타분한 것이 아니고 이건 나의 권리야. 남녀가 평등하듯이. 네 앞에서 벗기 싫어." 한참 실랑이하다가 안편은 드디어 포기했다. 그녀는 앉으면서 "너의 이런 이야기를 들으려고 한 건 아니었는데. 내가 말해 볼게. 나는 의학을 좀 배웠어. 한때 자신의 몸이 너무 신기해서 온종일 책만 봤지. 하나는 문학이고 다른 하나는 생리학이었어. 그래서 과학을 말할 때 예술을 배운 너 같은 남자보다 백배는 더 많이 알아. 너와 그 마리에 대한 후일담이 있었는지 궁금해."

"없어. 몇 번이나 말했어! 없다고. 그녀는 갔고 나는 집으로 돌아가서 팬티를 빨았어. 우리 어머니는 이튿날 내가 팬티 빠는 것을 보고 아주 즐거워하시면서 '아들이 철들었네. 아들이 스스로 옷을 빠네'라고 하셨지."

안편은 머리를 끄덕였다. "이건 단서가 안 돼. 마리에 대해서 말해 봐. 생각나지 않으면 천천히 생각해. 나중에 말해도 되고."

나는 침대에서 일어나서 씻었다. 그리고 안편과 같이 잃어버린 물품을 신고하기 위해 야부읍에 있는 파출소로 갔다. 안편은 건물 뒤에 있는 작은 주차장에서 자기 차를 몰고 왔다. 빨간색의 작은 차였고 오래된 책 속에서 본 것도 같았다. 안편은 어렸을 때 세 종류의 차를 보았다고 한다. 그녀의 차는 그 가운데 하나인 구 러시아 볼고그라드 자동차공장에서 만든 차다. 러시아 자동차를 모방해서 폴란드에서 생산하여 러시아로 이전되어 중국에서 소량으로 판매된 차였다. 기억 속에 있는 승용차라면 모두 다 이런 모양일 것 같았다. 아주 단단하고 쉽게 부딪히지 않을 것 같아 보였다. "기억을 되살리려고 아주 어렵게 올드모델 승용차를 찾아냈어. 새로 도장하고 수리한 비용은 새 차 두 대의 가격이 넘지."

나는 아주 신기하게도 안편의 파로내자 승용차에 대한 사랑을 알 수 있었다. 최소한 이럴 때 어떤 점에서 파로내자는 우리 둘의 공통적인 화제라고 볼 수 있다. 나는 말했다. "난 벡신스키(Zdzisław Beksiński)를 좋아해. 너무 좋아, 폴란드의 벡신스키를 너무 좋아해."

"벡신스키는 뭔데? 자동차야? 파로내자랑 무슨 관계가 있는데?" 안편이 시동을 건 파로내자는 털털거리면서 천천히 앞으로 달려 리조트를 벗어났다.

"벡신스키는 폴란드의 제일 위대한 예술가야." 나는 참지 못하고 손으로 자동차 조수석 앞에 있는 비닐판을 만졌는데 단단하고 차가웠다. 하지만 그들은 나한테 다른 감정을 전달했다. '미술대학을 다닐 때 이학년부터 벡신스키의 작품을 봤고 바로 그 작품에 빠져들었어."

"그림을 아름답게 그렸어? 파로내자처럼 이렇게 기억할 만한 것이 있어?"

"당연히 그렇지 않지." 나는 그냥 하는 이야기보다 안펀하고 예술을 말하고 싶었다. 나만의 소망이라는 것을 알고 있지만 그래도 그녀에게 "우리가 며칠 더 같이 함께 한다면 예술에 대한 담론이 나의 이야기보다 백배는 멋질 거야. 예를 들면 벡신스키의 그림은 인류가 진짜로 처한 세상, 어두움, 혼란, 고독은 고정적이지 않다는 걸 보여줘. 인류는 스스로 마비되거나 아름다운 소망들을 아주 긴 세월 속에 진화시켜 마음속에 생각해둔 것을 모두 외부 세상에 보여주는 것 같아. 인류의 눈은 한 가지 능력이 있지. 만물을 여러 가지 색채로 만들고 우리가 처한 춥고 차가운 환경을 가열해서 우리 곁에 보내주는 거야. 그게 바로 사실은 존재하지 않았던 사람과 사람 사이의 애틋함이지. 예를 들면 애정 같은 거야. 그런 게 대대적으로 과장되어 모든 생명공간에 끼어드는 거야. 사실 사람은 매우 외로워. 네가 용기를 내서 벡신스키의 그림을 본다면 쓸쓸한 생명을 인정할 거야."

자동차는 울창한 숲을 지나서 산을 휘감은 작은 도로에 들어섰다. 자갈들은 소리를 내며 튕겨져 나갔다. 몇 개는 바람막이에 부딪혔고 탁탁 하는 소리가 울렸다. 안펀은 그 소리가 좋은지 넋을 잃고 입을 다물고 있었다. 한참 후 그녀는 조수석 앞에 있는 캐비닛을 열고 담배를 꺼냈다. "줄까?" 나는 말했다. "담배는 안 피워. 네가 담배 피우는 것 같지는 않았는데." 안펀은 웃으면서 "나하고 키스도 안 했으니 당연히 오랫동안 담배 피운 나를 모르지. 난 열여덟 살부터 피윘어" 하고 말했다.

안편은 담배에 불을 붙이고 말했다. "나는 벡신스키의 그림을 보지도 못했고 무슨 예술 같은 것에도 관심이 없어. 난 대학에도 가지 못했어. 그저 사회를 이리저리 떠돌아다녔지. 그렇지만 너의 세계관과 같지는 않아. 네가 말한 인류가 진화되면서 가지고 있던 능력이 마비된다는 것은 재미있긴 하네." 그녀는 담배연기를 길게 내뿜었다. "사람, 마치 촬영기처럼 제일 처음에는 흑백이었어. 점점 진화되었지. 맞다. 설비는 과학기술이 진보하면서 컬러로 된 것이지. 요즘에는 3D나 더 많은 것을 할 수 있어. 세상은 변하지 않았고 변화를 이룬 것이지."

안편은 진짜 총명했다. 간단명료하고 알기 쉽게 또 확실하게 아까 내가 말했던 알쏭달쏭한 예술에 대한 이해를 설명해 주었다.

나는 이때 차에서 내리려고 했다. 예술에 대한 화제로 계속 말을 이어갔다. 또한 자동차 휘발유 냄새까지 맡으니 갑자기 오래간만에 흥분되기 시작했다. 안편은 내 마음을 꿰뚫어 본 듯이 말했다. "도시에서 한동안 살게 되면 휘발유 냄새가 습관이 돼. 한동안 맡으면 더 친숙해져. 담배 피우는 것도 마찬가지야." 돌연 아까 말했던 그녀의 첫 남자 탄모우가 생각났다. "탄모우가 교문에서 꿈에서 봤던 여선생님을 보고 칭찬까지 받고 나중에는 어떻게 되었어?"

안편은 한쪽을 가리키면서 "선생님이 머리를 쓰다듬으면서 그의 작문을 칭찬해 주자 감사하다고 말했대. 그리고는 선생님더러 안경을 벗으라고 하자, 선생님은 놀라시면서 안경을 벗으면 자전거를 탈 수 없고 너의 작문에 있는 틀린 글자를 볼 수 없다고 했어. 탄모우는 겁에 질려 하면서도 잠깐이면 되니 그냥 선생님의 스타일을 보고 싶다고 했지. 선생님은 얼굴을 찡그리더니 눈 운동을 열심히 하지 않아 근시가 되었다고 하면서 안경을 벗어서는 탄모우한테 건네주었다. 탄모우는 한참 안경을 눈여겨보다가 선생님을 바라보면서 안경을 쓰지 않으면 더 예쁘다고 말했어. 선생님은 농담으로 생각하고 안경을 끼고는 가 버렸어. 탄모우는 혼자서 그곳에 서서 눈물을 흘렸대. 그곳이 학교 정문이고 왕래하는 사람이 많으니 참으려고 했지만 억제할 수 없었어. 아무리 노력해도 소용없었고 흐르는 눈물은 막을 수 없었대. 남자가 처음으로 몽정을 했을 때는 꼭 울어야만 완벽하다고 할까? 아니면 완미하다고 할까?"

"진짜 위험했네. 자전거를 탈 때 안경을 안 쓴다면." 안펀은 갑자기 반대 방향으로 차를 돌리더니 경적을 두 번 울렸다. 나는 유리창으로 밖을 봤을 때 무슨 사람이거나 차 같은 것을 보지 못했다. 안펀이 말했다. "너무 위험했어, 지나갔다. 한 젊은이와 여자 친구였어. 산길에서 차를 그렇게 빠르게 몰아서야." 머리를 돌려 뒤에 있는 창문으로 밖을 보아도 역시 사람 그림자를 찾을 수 없었다. 아마 산을 휘감아 있는 산길이 이미 우리의 시야를 바꾸었을 것이다.

"눈물을 흘렸어? 마리하고?" 안펀은 갑자기 또 내 이야기로 화제를 돌렸다. "남자들은 맨 처음에 다 그런 거지. 아주 쉽게 눈물을 흘리는 거지?"

"아니야. 꼭 그렇지는 않을 거야." 나는 한참 생각한 후 "아마 그 후에 있었을 수도 있지. 하지만 꼭 그것 때문은 아니야"라고 대답했다.

6장

눈앞에 야부읍이 나타났다.

이곳은 산골짜기여서 진짜 많은 종류의 식물이 자라고 있었다. 북방의 엄동설한이지만 식물들은 삭막한 풍경에 생기를 불어 넣었다. 여기는 산꼭대기처럼 그렇게 춥지 않았다. 사람들은 솜옷을 입고 가죽 모자를 썼다. 몸을 움츠릴 필요 없이 손발을 자연스럽게 펼 수 있었다. 아주 민첩하게 길거리에서 바쁘게 걸어 다녔다.

안편은 마을 입구에 있는 큰 굽은 소나무 아래에 차를 세웠다. 그리고 우리는 작은 거리로 나섰다. 두 번 정도 돌아 낡고 오래된 작은 건물에 도착했는데 '야부읍 파출소' 간판이 붙어 있었다.

나는 어색하게 부들부들 떨기 시작했다. 안편은 나의 이상한 점을 발견한 듯이 걸음을 멈추고 어떠냐고 물었다. 나는 그녀를 향해 손을 저으면서 괜찮은 척했다. 안편은 의심하듯 또 물었다. 나는 고집을 부리며 앞으로 갔다. 발은 마치 납덩어리를 채운 것 같았다. 아울러 잇몸이 떨리기 시작했다. 그 소리는 내가 듣기에도 심하게 갈라지는 것 같았다.

나는 멈추지 않으면 안 되었다. 몸을 쪼그리고 앉으면서 두 손으로 머리를 잡았다. 안편은 아주 긴장해서 나와 같이 쪼그리고 앉았고 손으로 내 머리를 어루만졌다. 한참 후에야 조금 나아졌다.

"나는 피곤하면 과민한 반응이 생기는 체질이라 이런 경우가 있어." 나는 설명했다. "어떤 반응은 온다고 하면 와. 내가 예상하는 것과 내 몸이 견딜 수 있도록 준비하는 것보다 더 빠르게 말이지."

안편은 낡아 빠진 파출소 건물을 두리번두리번 보더니 뭘 알았듯이 나를 부추기면서 앞으로 몇 발자국 걸어갔다. 이때 나는 파출소 문이 잠겨 있는 것을 보았다. 사람이 없는 것 같았다. 개 한 마리가 담장 모퉁이에서 햇볕을 쬐고 있었다. 우리를 보더니 마지못해 눈을 깜박거리다가 또 잠들었다. 하얀 싼타나 경찰차가 건물 앞에 세워져 있었다. 위에는 먼지가 많이 쌓여 있었다. 몇 달 동안 사용도 하지 않았고 세차도 하지 않은 것 같았다.

"너 봤지! 야부리스는 별천지와 같은 곳이야. 소박한 도시라서 이런 경찰기관은 별로 필요 없지." 안편은 조금 미안해하는 것 같기도 하고 자랑하는 것 같기도 했다. 그녀는 마치 야부리스의 주인인 것처럼 손님인 나의 눈빛에 직설적으로 말했다. 나는 안편에게 웃음으로 답을 주었다. 방금 전에 있었던 강력한 반응이 갑자기 사라졌다. 솔직하게 말해서 경찰을 찾는 것은 중요하지 않았다. 내가 잃어버린 그 여행물품이 어떤 건지도 기억할 수 없었다. 출발을 앞두고 트렁크에 아무렇게나 물건을 집어넣었다. 나는 시상식에 참가하는 것이 그다지 중요하지 않았다. 더욱이 경찰 만나기가 싫었다. 그들의 도움도 받기 싫었다. 야부리스에 오는 것을 그냥 여행으로 생각했다. 어떤 사람이 계산해준다고 하니 다행이었다. 안편과 함께 하다 보니 그녀는 매우 자연스럽고 열정적이며 섹시했다. 아마 기적이라고도 할 수 있겠지만 최소한의 행운이었다. 하지만 이 무전여행이 언제까지 갈지는 모르겠다.

"나 언제까지 무료로 있을 수 있어? 이렇게 하다가 나하고 갈라진다면 난 아무것도 할 수 없어. 한 발자국도 내딛지 못할 걸." 이 말을 몇 번이나 곱씹었는지 몰랐다. 안편은 듬직하게 내 어깨를 툭툭 치면서 "동생! 나는 무료로 해 주는 것이 아니야. 너는 내가 고용한 친구야. 나의 모든 질문에 만족한 답을 줄 수 있잖아."

야부읍의 햇빛은 너무 눈부셨고 심지어 따갑기까지 했다. 안편은 내가 드넓은 하늘을 보게 했다. "햇빛이 너무 좋아. 하지만 넌 태양을 볼 수 없어. 여기 하늘은 불규칙적인 선 모양의 하늘이야. 대부분 모두 큰 산들에 의해서 잘려 덮여 있어서 그래."

"햇빛이 진짜 좋다. 다른 곳보다 더 눈부셔." 나는 두 손으로 천막을 짓는 시늉을 하면서 하늘을 쳐다보니 과연 태양을 볼 수 없었다. 하늘도 마치 낡은 지도 위의 북아메리카 대륙처럼 길고 불규칙했다. 진짜 호기심이 생겼다. "도대체 왜 이렇지? 어디에서 온 햇빛이지?"

"그래서 말이야. 야부리스는 신기한 곳이야. 생명을 기대하고 탐구할 수 있는 가치가 있다." 안편은 말이 끝나기 바쁘게 크게 웃고 말았다. 두 손으로 부채 모양을 하면서 얼굴을 가렸다. 부끄러운 기색을 빨리 지우려고 그러는 것 같았다. 나는 그녀의 뜻을 깨달았다. 이 말은 마치 어용문인이 리쟝, 샹그릴라 등의 여행지를 묘사하며 사용하는 광고성 용어였다. 마치 속이 꽉 찬 참깨강정처럼 입에 넣으면 고소하고 향기가 넘쳤다.

"당신한테 문학적인 색채가 난다. 안편." 나는 참지 못하고 몇 마디 했다. "야부리스는 보기엔 재미있지만 너하고 같이 있지 않으면 지루할 거야. 그래서 내가 이렇게 말하고 싶어. 전설적인 생명이 없다면 천국을 추모할 거고, 전설적인 인생이 있다면 야부리스에 몸을 바칠 거야."

진짜 어색해했다. 안편은 이런 화려한 문채를 좋아하지 않았다.

우리는 방금 전에 왔던 길로 돌아갔다. 안편은 야부읍의 태양을 설명했다.

"태양이 있든 없든 야부읍은 일 년 사계절이 눈부셔. 대부분 북쪽에 산봉우리가 있어서 사시사철 눈으로 덮여 있어서 빛을 반사하거든. 산골짜기에 빛을 보내 눈부시게 하지. 우리가 받는 햇빛은 매우 맑다. 갠 날에는 태양이 반사하는 것이고 흐린 날에는 눈얼음들이 반사하는 거야."

"재미있네." 산중턱까지 닿은 산들. 우리는 그냥 산 위에 있는 눈만 보게 되었다.

"이런 독특한 햇빛 반사 현상은 야부리스의 풍경을 산뜻하고 아름답게 해. 우리는 시간을 투자하여 큰 산들을 잘 관찰했지. 리조트에서 서남쪽 방향에 있는 골짜기를 넘으면 천연호수가 있다고 하더라. 겨울이라서 얼음으로 막히고 설산과 하나가 되어 독특하고 큰 빛을 담은 그릇이 되어 반사된 햇빛을 더 먼 곳에 있는 산에 보낸대. 그곳이 햇볕을 많이 받고 온화하게 만들어 겨울이 봄 같았어.

모양이 제각각 다른 나무와 풀들이 자라났지. 작은 호수들은 온수로 바뀌었고 많은 수초들과 열대식물들도 자라났어. 어떤 곳은 진흙 길이었지. 어떤 곳은 햇볕으로 데워져 물이 있는 곳은 천연온천으로 변하고 수증기가 올라갔어. 건조한 지방은 초토화된 자갈사막이 되었지."

나는 듣다가 좀 멍해 있었다. 안편은 "넌 처음 왔고 처음 들어보았지? 그곳은 등향차의 원산지야. 등향차만 좋은 게 아니라 헤아릴 수 없는 대자연의 대부분을 듣지도 보지도 못했지" 하고 말했다.

"그곳에 사람이 살아? 왜 개발하지 않지?"

"모든 사람들은 다 너와 같이 생각해." 안편은 "당연히 사람이 살고 있지. 아주 작고 아주 원시적인 마을 몇 개가 있어. 다 흩어져 있어. 사람들은 여기를 등향이라고 부르는데 고향이라는 향(鄕)이지. 향기난다는 향(香)은 아니야, 등향 사람들은 아주 괴팍해서 외부 사람들을 거부한데. 지난 팔십 년대 초에 정부에서 개발하려고 했지만 바로 생각을 접었어. 한 연구단체에서 여러 가지 방법으로 조사하고 연구했는데 돌아간 후의 결론은 개발하기보다는 관련한 정보를 막아서 이런 신비하고 원시적인 생태를 유지하는 것이 가치가 크다는 거였어. 가장 근본적인 문제는 기후가 변덕스러워서 도저히 개발할 수 없었다는 거야. 예들 들면 아까 말했던 태양의 초점은 항상 불안정해. 매년 여름이면 초점이 모이는 그곳은 너무 더워서 진짜 견딜 수 없어. 어떤 곳은 사람을 데울 정도야. 화재가 사방에서 일어나고 호수는 마치 여기저기 가마에다 죽을 끓이는 것 같아. 현지 원주민들이 거주하는 집은 아주 간단해. 바로 철거해서 바로 지을 수 있어. 그리고 유목하는 것처럼 일 년 사계절 계속 바꾸어야 해. 그들은 이곳 햇볕의 비밀을 알아서 고온을 피하거나 엄동설한이라도 견고하게 생존해 나갈 수 있어. 그들은 독립적인 언어와 관리 체계를 가지고 있지. 외부인의 도움을 거부해. 하여간 우리가 알고 있는 정부라든가 문명이라든가 과학기술들은 그들하고 전혀 상관이 없어."

언제 차 있는 곳으로 돌아왔는지 모르겠지만 안펀은 어느새 파로 내자를 몰고 작은 마을을 떠났다. 나는 말했다. "안펀 누나! 이곳을 어떻게 이렇게도 잘 알아? 훗날 개발한다면 먼저 가서 땅과 건물에 좀 투자해서 부자 좀 되어 봐."

"너무 촌스럽지 않아?" 안펀은 손 하나를 내밀어 어린애처럼 내 볼을 꼬집었다. "동생아, 부탁하는데 상상력을 좀 가져. 너희 남방 사람들의 최종목표가 바로 돈을 많이 버는 거지?"

"그럼 너는?"

"돈을 많이 벌려면 한 곳에 빠져들어야 하나?" 안펀은 조금 화를 내면서 말했다. "지금 진짜 너를 차 안에서 밀어내고 싶어. 내가 한 십년 간 계속 여기에 왔거든. 매번 혼자 수없이 다녔어. 매번 심리적으로 성과를 얻었어. 그런데 이번에는 너 같은 양아치를 만났어. 내가 재수가 없는 거지. 따라 다니면서 먹고 마시고 건성으로 말만 하지. 서투른 이야기만 듣고. 진짜 문란하기 그지없다."

"다 스스로 찾은 거지 뭐." 나는 그녀를 조롱했다. "한눈에 반했지? 나 아마 내일부터 널 죽도록 사랑할지도 몰라."

"그리고 모레는 나의 뱃가죽을 벗거서 소파에 던질 거야." 안펀은 급브레이크를 밟더니 차를 산비탈 허리에 세우고는 이정표를 잡고 하하 큰소리로 웃었다. "어떠한 일이라도 너한테는 앞뒤의 원인, 목적, 결과가 있구나." 그녀가 이를 부득부득 갈면서 웃음을 삼키는 듯이 말하자 밖으로 튀어 나온 말은 더 힘 있어 보였다. "이게 바로 유식하다고 하는 남방 사람이구나. 나를 산골짜기에 버리고 매에게 먹잇감으로 줄 거지? 나는 이런 사람을 사랑하지 않을 거야!"

나는 문을 열고 차 밖에 걸터앉으며 "그럼 나를 산골짜기에 버려 줘. 그러면 너를 따라다니면서 먹고 마시지 않을 거니까."

차는 후다닥 달리기 시작했다, 열린 차 문은 흔들흔들 거렸다. 몇 십 미터 밖에서 차는 드디어 멈추었다. 안편은 차에서 내리더니 두 손을 허리에 대고 서 있었다. 나도 그녀를 따라 두 손을 허리에 대고 몸을 펴고 그녀와 마주했다. 우리 둘은 한동안 대립했다. 주위는 죽은 듯이 조용했다. 마치 미국 서부 영화에서 나오는 원수가 황야의 좁은 거리에서 만난 듯했다. 그 다음 호흡을 멈추고 한 사람이 한순간에 먼저 나올 것을 기다리고 있었다, 하나님 같은 약간의 우세함이 먼저 상대방을 무너뜨릴 수 있다.

안편이 먼저 참지 못하고 웃고 말았다. 우리는 허리를 굽혀서 상대방을 향해서 웃기 시작했다. 차에 오른 후 안편은 "방금 너랑 나 딱 〈저녁 무렵 3명의 떠도는 나그네〉의 장면 같았어. 만약 아까 내가 담배를 물었다면 클린트 이스트우드(Clint Eastwood)의 뮬란 버전이야" 하고 말했다. 그리고 말이 끝나기 바쁘게 담배 두 대를 꺼냈다. 한 대는 불을 붙여 입에 물고, 다른 한 대는 나이게 주었다. 받아서 한 모금 피웠다. 바로 기침을 하고 말았다. 안편이 말했다. "처음이야? 처음?"

안편은 다시 한 번 큰소리로 웃었다.

"처음이라면 액체 같은 게 흘러나와야 하는데."

7장

점심을 먹은 후 안펀에게 야부리스에 왔으니 등향어 가보자고 했다. 아무렇지도 않게 등향차만 마시면서 연애담을 이야기하면서 시간만 보낼 수는 없지 않는가. 등향은 나에게 그윽한 재미를 불러일으켰다. 안펀이 묘사한 등향은 마치 아마존 하류 깊은 밀림 속에 현대문명이 미치지 못한 것들이 아주 많을 것 같았다. "우리 주위에는 인공위성들이 깔려 있어. 네 앞에 구글 지도로 세계를 펼쳐 놓는 시대라는 말이야. 뭐 때문에 직접 경험하겠다는 거야?" 안펀은 전력을 다해 반대했다. 야부리스 스키장 리조트에 왔다면 스키나 타면서 즐기자고 했다.

"사람들이 아마 등향을 꾸며냈을 거야. 그리고 내 기억 속에 있는 것과 환상적으로 합쳐져서 쌓인 거지, 아예 존재하지 않을 수도 있어." 안펀은 "내가 의심하는 건 리조트 사장님이 미래 비즈니스를 위해 일부러 이상향을 조작하거나 전파했을 수도 있다는 거야. 아니면 차 상인이 신규 브랜드를 만들어서 선점하려고 할 수도 있어" 하고 말했다.

"그런데 넌 오전에 흥미진진하게 이야기하면서 내가 재미가 없을까 봐 걱정했잖아." 나는 한 번도 몇 천리 밖에 있는 북방에 가려고 생각하지는 않았었다. 무슨 스키를 배운다고. "그리고 너 여기서 십 몇 년 동안 찾아다니지 않았어?"

"나는 너를 그곳으로 데리고 갈 수 있어. 하지만 나는 한 번도 그곳에 가 보지 못했어." 안편은 식사 후 담배 한 대를 피웠다. 그리고 여유를 부리며 말했다. "여기에서 경험이 풍부한 노인을 몇 번 모셔서 인도하라고 했는데 험한 고개만 한나절 이상씩 넘었어. 해는 서쪽으로 넘어가버린 걸 보게 돼. 그들은 먼 곳에 겹겹이 쌓여있는 산맥을 가리키면서 몇 번을 넘어가면 바로 등향이 있을 거라는 거지. 어릴 적에 할아버지가 나한테 이렇게 말씀하셨어. 그 어지러움은 내가 머리를 돌리게 만들었지. 그래서 넌 꼭 가봐야 해. 우리 좀 넉넉하게 준비하자. 예를 들면 두 밤낮을 지낼 만한 텐트, 비상식량, 방한 설비, 무기, 나침판, 응급약품 등등을 말이야."

나는 다시 말하지 않았다. 보기엔 등향이라는 곳은 십에서 팔구는 전설이었다. 큰 밀림 속에 등향이라는 곳이 존재한다고 해도 안편이 서술한 것처럼 그런 풍경을 가지고 있지는 않을 것이다. 상대적으로 외지고 낙후한 사람들이 경외한 마을 뿐일 수도 있다.

우리는 오후에 스키를 타러 갔다. 리조트 지하 한쪽 편에는 스키복, 스키화, 보드, 스키 등을 빌릴 수 있는 룸이 있었다. 안편은 익숙하게 수속을 밟고 스키장비 두 세트를 가져온 후 나한테 어떻게 입는지 자세하게 설명해 주었다. 옷과 신발을 갖춰 입고 스키를 들고 문을 나섰다. 리조트 앞에 있는 작은 산비탈을 넘으면 맞은편에 있는 가파른 산비탈로 형성된 천연스키장이 눈앞에 나타났다. 안편의 말에 따르면 이 비탈은 슬로프가 팔백 미터가 넘는다고 했다. 사실 아래에는 빙판으로 된 작은 저수지가 있는데 연습장이었다. 비탈은 가파르지 않았다. 음지에 있는 빙판 저수지는 겨울눈으로 덮여 있었다. 풋내기들도 이런 것이 스키장에 있으면 충분한 연습공간이 있어서 편리하고 안전하게 연습할 수 있다.

나는 안편이 재잘거리면서 설명하는 것을 듣지 않았다. 자꾸 숨이 찼다. 특히 무겁고 단단한 스키화 때문에 움직임이 점점 굼떠졌다. 안편은 말하다가 내가 뒤떨어진 것을 보고 걸음을 멈추지 않을 수 없었다. 평탄한 길에 들어섰는데 두터운 눈을 뒤덮은 빙판 위에 섰을 때는 이미 온몸이 시큰시큰 아팠다. 안편은 나더러 게으름을 부리지 말라고 하고는 스키 타는 것을 가르쳐주었다.

"먼저 스키화의 뾰족한 부위를 넣고 고정시켜. 그 다음 발뒤축을 아래로 눌러. 딱 하고 소리가 나면 다 된 거야." 그녀는 말하면서 시범까지 보였다. 몸을 쪼그리고 앉아서는 내 스키화 위치를 교정해주었다. 이때 마침 안편의 짧은 머리 아래 목 부분이 스키복 깃 밖으로 나와 있었다. 그 부분에 반점이 몇 개 있는 것을 발견했다.

나의 마음은 갑자기 뛰기 시작했다. 이 세상 대부분 여인들의 목 부위에는 반점이 몇 개씩 있는 것인가? 당연히 많지 않을 거다. 하지만 내 인생에서 최소한 두 명이나 보았다. 높은 확률인 걸까? 우연은 없을까?

내 등 뒤로 흘러내렸던 땀이 얼음으로 변하는 것 같았다.

안편은 머리를 돌리더니 "왜 그래? 어디 안 좋아?"라고 묻는다. 나는 괜찮다고 대답했다. 자연스럽게 발을 내딛었다. 고정기와 발뒤축이 '찰칵' 하는 소리가 났다. 나는 스키까지 모두 준비했다. 안편 OK, 나도 OK! 똑바로 서 있었다. 그러다 중심을 잃어 버렸고 스키는 멋대로 달렸다. 나는 머리를 하늘로 처든 채 눈밭에 넘어지고 말았다.

이때서야 안편은 좋아했다. 내가 눈밭에서 어떻게 하면 일어날 수 있을까를 시도하고 있었다. 그런데 아무리 노력해도 성공할 수 없었다. 스키화는 너무 딱딱하고 높아서 다리를 구부릴 수 없었다. 또 스키 때문에 몸을 도무지 돌릴 수 없었다. 이런 내 모습은 마치 뱃가죽을 햇볕에 쪼이는 큰 바다거북 같았고 그냥 제자리에서 팔을 젖고 작은 배로 원을 그릴 수밖에 없었다.

안편은 내 위쪽에 있었다. 침이 튀어나올 정도로 웃고 있었다. 그녀도 바다거북의 데이트 이야기가 생각났을 것이다. 나는 눈을 한 움큼 쥐고 위로 던졌다. 마침 그녀의 얼굴에 맞았다. 입을 크게 벌리고 있던 안편은 눈을 먹더니 얼굴이 빨개지도록 기침을 했다. 그다음 나는 몇 배의 복수를 받았다. 그녀는 눈으로 거의 나를 묻다시피 했다. 내가 여러 번 용서를 빌고 나서야 그녀는 손을 떼고 나를 잡아주었다.

안편은 평지에서 나한테 몇 가지 동작을 가르치고 연습시켜줬다. 눈이 지탱해 주는 힘으로 한 발 한 발씩 앞으로 갔다. 그 다음에는 조금 비탈이 있는 눈밭을 찾았다. 내가 몇 번 정도 천천히 다시 오도록 하게 만들었다. 나는 여러번 미끄러졌다. 스스로를 멈출 수 없어 바다거북이 뱃가죽을 햇볕에 쪼이는 모양으로 넘어지고 만다. 그녀는 배꼽잡고 웃고 만다. 한 번 높은 데로 올라갔다가 미끄러져 내려오는 것을 보고 싶다고 하자 안펀은 아주 시원스럽게 알겠다고 대답했다.

오늘 공기는 매우 깨끗하다. 눈밭도 매우 깨끗하다. 하늘과 땅 사이에 하나의 깨끗함이 이루어졌다. 산비탈에는 그리 많지 않은 스키어들이 이동하는 그림자가 보인다. 그들은 하얗고 황금색을 띠거나 불그스레했다. 만약 캐논 카메라로 작은 빛을 노출해서 스키어들을 촬영한다면 천박한 카메라 기사들이 촬영한 도시도로의 밤풍경 같을 것이다. 이런 장면을 슬라이드로 보면 아마도 황색, 붉은색, 검은색, 하얀색 라인을 형성하겠지.

안펀은 불꽃 무늬와 황색 라인이 있는 검은색 스키복을 입었다. 그녀는 스키와 스틱을 메고 산비탈에 있는 벼랑길을 걸었다. 나는 제자리에 서서 그녀의 뒷모습을 보고 있다. 안펀은 키가 크고 다리가 길어서 걸을 때 씩씩하고 힘이 있어 보였다. 얼마 후 그녀의 모습이 산꼭대기에 나타났다. 그녀는 나를 향해 손을 흔들었다. 나도 그녀를 향해 손을 흔들었다. 얼마 후 그녀는 정상에서 빠르게 미끄러져 내려왔다.

절반쯤 내려오자 안펀은 몸을 옆으로 기울이더니 하나의 포물선을 만들어냈다. 내가 있는 각도에서 보면 그녀는 나풀나풀 춤추고 있는 것 같았다. 자태가 가볍고 아름다운 털을 가진 한 마리의 바다제비처럼 출렁이는 파도 위에서 활공하는 것 같았다. 스키가 지나간 곳에는 눈안개가 날렸다.

"어때?" 그녀는 스키를 'V'자 모양으로 해서 내 옆에 서 있었다. 그녀는 스키복의 모자와 단추 하나를 풀었다. 그녀의 주위에는 열기가 넘쳐흘렀다. 그녀는 헝클어진 머리를 쓰다듬었다. 머리카락들은 그녀의 말을 알아듣는 듯이 깔끔하고 단정했다. 그녀는 나에게 손을 내밀었다. "너를 데리고 한 번 타볼까?"

안편의 손이 너무도 따스해서 정작 그 말은 제대로 듣지 못했다. 말하기 바쁘게 안편을 따라 날기 시작했다. 나의 모든 동작은 혼자서 완성한 것이 아니었다. 마치 안편의 손에서 춤추고 있는 가볍고 얇은 스카프 같았다. 눈밭에서 자연스럽게 휘날렸다. 안편의 손길은 그녀의 체온을 전달해서 나의 몸이 빨리 무게감을 회복하게 만들었다. 그리고 나는 옆으로 자빠졌고 엉덩이는 눈밭에서 한참이나 미끄러져 내려갔다. 하지만 시종 안편의 손을 꽉 붙잡고 있었다. 그녀는 흥분하기도 하고 조금 놀라기도 해서 소리를 질렀다. 소리는 공중에서 울려 퍼졌고 나의 엉덩방아와 어우러졌다.

우리 둘은 정면으로 눈밭에 맞대고 누웠다.

안편은 나를 쳐다보면서 웃자 그녀의 입김은 바로 나의 얼굴에 와 닿았다. 나도 모르게 두 손을 내밀어 그녀의 얼굴을 떠받들어 주었다. 그녀의 넓고 납작하며 성숙한 입술의 라인이 부각되었다. 안편의 몸에 있는 열량이 이틀 동안 전파되어 내 몸 안에 있는 어떤 것을 순환하여 회복시켜 주는 것 같았다. 나는 약간의 감정, 축축함, 열량을 밖으로 내보냈다. 그리고 내가 두꺼운 방한장갑을 끼고 있음을 발견했다.

나는 조금 이해가 가지 않았다. 아까 분명히 안편과 손잡았을 때 그녀의 체온을 느꼈다. 안편의 손가락은 아주 또렷하게 섹시했고 옥처럼 윤기가 났다.

안편은 내 표정으로 눈치를 챘다. 그녀는 눈을 깜빡이며 말했다. "넘어지다 보니 어지러워? 안 일어날래?"

"일어나기 싫어." 나는 눈밭에서 고개를 저었다. 그리고는 팔을 그녀의 등에 놓았다. 우리 둘은 이상하다는 눈길로 상대방을 바라보았다. 안편의 눈망울이 촉촉해지자 내 눈망울도 촉촉하기 시작했다. 안편이 살며시 웃자 나도 살며시 웃었다.

돌아오는 길에 위에 경련이 시작되었다. 그리고는 위액을 많이 내뱉었다. 안편은 끊임없이 내 등을 두드려 주었고 나를 부추기면서 걸어갔다. 우리는 무거운 스키화를 신고 겨우 지하에서 스키 장비들을 반납하고 방으로 돌아왔다.

"너를 데리고 스키 타러 가는 게 아니었는데. 야부리스의 기후를 견디지 못하네." 안편은 따듯한 물을 끓여줬다. 나는 그 물을 마시고 또 토하기 시작했다. 안편은 자기 방으로 가서 핫팩을 가져다가 내 배 위에 얹어주었다. 그리고 나한테 등향차를 타주었다. "이거 한 번 마셔 봐. 효과가 있을지도 몰라. 어떤 사람이 그러던데 등향차는 약차라서 신체에 안정적인 작용을 한대."

큰 컵에 부은 등향차를 다 마시자 몸은 한결 좋아졌다. 안에 살구씨 같은 것을 넣었는가? 어린 시절 외할머니 집에 갔을 때 위장이 아프면 살구씨를 갈아서 자주 마셨던 기억이 있다. 그 집 앞마당에는 파, 마늘, 고추와 채소들이 자라고 있었다. 한쪽 편에 살구나무 꽃들은 얼마나 화려했는지.

안편은 대답하지 않았다. 나 혼자서 그런 화려함을 생각했고 얼마 안 되어 정신없이 잠들어 버렸다.

8장

사실 마리의 이야기는 차마 돌이켜 볼 수 없었다. 안편한테 들려준 것은 아마도 이야기의 많은 부분이지만 이야기의 요점은 절대 아니다. 이야기가 끝나려면 멀었다. 열세 살 때 있었던 이 이야기는 나의 악랄한 생명의 시작이라고 생각한다.

열세 살 남자 아이가 들판에 서 있다. 여자 아이가 자기의 초상화를 들고 바람과 같이 금빛 찬란한 저녁 무렵에 사라져 버렸다.

남자 아이는 호기심과 실망을 가지고 다른 사람에게 말할 수 없는 즐거움과 죄책감을 가지고 있었다. 손으로 열심히 바지의 젖은 부위를 잡는다. 들판에서는 싱싱한 풀냄새가 풍겨왔다. 사방을 둘러보니 지는 해가 얼룩덜룩했으며 농작물은 조용했다. 그는 참지 못하고 눈을 감고 얼굴을 하늘로 향하고 있는 힘껏 콧방울을 높이 쳐들었다. 꿈틀거리는 아지랑이는 따스했고 그의 몸을 데우고 있었다. 태양의 냄새는 부풀어져 불안해 보였다. …… 나는 이런 상황에서 심상치 않은 청춘을 부패한 토양에 묻어 버렸다. 며칠 후 길을 걷다가, 아니 밥 먹거나 잠을 잘 때도 그날의 오후 일을 기억하고 있었다. 사실 그냥 잠깐, 그냥 잠깐. 마리가 내 몸을 덮고 있었다. 내 등 뒤에는 습하고 따뜻한 흙이 묻어 있었다. 파란 하늘에 농작물은 촘촘하고 조용했다. 주위에는 야생화가 너저분하고 화려하게 피어 있었다. 어디서나 들끓는 비린내가 나는 공기가 가득했다.

마리는 내가 펼친 초상화를 바라보고 있었다. 내 몸은 갑자기 무더위에 뜨거워졌다.

나는 며칠간의 추억 속에서 그 순간에 도대체 뭐가 발생했는지 알고 싶었다. 나는 자세한 상황을 분석하고 분석했지만 그냥 혼돈뿐이었다. 이런 혼돈은 내 몸 깊은 곳에 자리 잡고 있었다. 부단히 밖으로 맑고 달콤한 냄새를 배출해내고 모든 감각적인 기관이 충만해 있었다. 밤이 되면 나는 몰래 나의 옷을 확인해 보았다. 내 몸의 은밀한 부분을 살피기도 했다. 나는 때로 잠을 이루지 못했고 입에서 신 점액만이 나올 뿐이었다.

사실 이런 것들을 기억할 때 많은 편차가 생겨났다. 들판에서 돌아와 이튿날 저녁 무렵까지 집에 있었다. 그러나 뜻하지 않은 사고가 이 모든 것을 마무리 지었다.

저녁 무렵, 사람들이 갑자기 마을에서 무리를 지었다. 너무들 놀라서 서로들 수군거리고 있다. 마을에 예리한 경적 소리가 들려왔다. 나는 맹목적으로 사람들을 따라 앞으로 걸어갔다.

"사람이 죽었어! 오늘 저녁에 사람이 죽었어!" 사람들은 이렇게 소리쳤다. "두 사람이네. 아이고, 두 사람이야. 수십 군데네!"

나는 사람들을 따라 그곳으로 갔다. 사람들은 점점 많아졌고 점점 모이기 시작했다. 우리들은 드디어 걸을 수 없었다. 우리의 눈에 마리의 어머니가 하는 옷가게 뒤의 작은 정원이 보였다. 밖에는 하얀 산타나 경찰차 두 대가 세워져 있었다. 머리 위에 '앵앵' 하는 거대한 소리가 울렸다.

이날 오후 마리네 집 옷가게는 문을 열지 않았다. 주문한 옷을 오전에 가지러 와도 된다고 미리 약속한 고객은 문밖에서 한참 기다렸지만 마리의 어머니는 문을 열지 않았다. 그래서 그녀는 집에 돌아가서 점심밥을 먹고 다시 옷가게로 왔다. 그러나 그녀를 기다린 것은 굳게 채워진 자물쇠였다. 그녀는 한참을 참으며 기다렸다. 나중에서야 건물 아래 잡화를 파는 가게 주인에게서 옷가게 여주인이 사는 곳이 이 건물 뒤에 있는 작은 정원이 딸린 집이라는 것을 알아냈다. 여인은 작은 정원에 도착했다. 정원의 문을 밀자 바로 열렸다. 정원에는 많은 화초들이 자라 있었다. 월계화가 만발하며 포도나무 줄기가 담장을 둘둘 휘감았다. 파르스레한 새싹은 산들바람 사이로 산뜻하게 소리를 냈다. 수많은 사람들이 박수치는 것만 같았다. 여인은 정원으로 들어서서 마리의 어머니 이름을 불렀다. 앞으로 천천히 걸어갔다.

그 누구도 대답이 없었다. 방문은 반쯤 열려 있었다. 여인은 문 밖에 있는 돌판 위에 서서 하이힐 굽으로 바닥을 구르며 여러 번 소리를 질렀다. 머리를 내밀면서 정탐하듯 여주인의 이름을 불렀다. 부르는 소리가 방 안으로 들어갔다. 하지만 방으로부터 찬바람이 불어왔다. 여인은 헛기침을 하고 손으로 문을 밀고 한 발짝을 내딛었다. 밖과 안의 밝기 차이로 여인은 한순간 아무것도 볼 수 없었다. 그 순간 그녀는 문 뒤에 무언가 있음을 느꼈다. 나른한 무엇인가 문에 걸려 있는 것 같았다. 방 안에 들어서니 이내 방 안의 어두움에 적응되었다. 그때 그녀는 완전히 놀라서 기절할 뻔했다. 그녀는 방바닥에 두 사람이 누워 있는 것을 발견했다. 여자아이가 꽃무늬 치마를 입고 있었다. 피바다 속에서 얼굴을 하늘로 향해 누워 있었다. 눈을 동그랗게 뜨고 있었다. 그녀의 엄마는 딸을 껴안고 한 손은 문틀 아래를 손톱으로 긁었다. 땅바닥에 엎드려 있었는데 아주 고통스럽게 발악했던 자세였다.

여인은 자기가 환상을 봤다고 생각하며 진정하고 다시 보았다. 그러나 여전히 모녀가 끔찍하게 살해된 모습이 눈앞에 있었다. 공포영화에 나오는 것과 별반 차이가 없었다.

여인은 문을 박차고 뛰어나갔다. 골목 어귀에서 반나절이나 소리를 질렀다. 사람들은 그 여인이 길가에 나온 미친 여인인 줄로 여기고 그녀를 둘러싸고 구경했다. 할 일 없이 빈둥빈둥 대는 두 사람이 와서 그녀를 희롱하며 그녀의 젖가슴과 엉덩이를 만지려 했다. 여인은 땅바닥에 풀썩 주저앉더니 신경질을 부리며 중얼거린다. 한참 후에야 조금 진정되었다. 두 여인이 같이 쪼그리고 앉아서 듣고 또 듣고서야 그녀의 이야기를 알아들을 수 있었다.

그날 나는 악취가 진동하는 사람들 사이에서 기웃거리며 무슨 일이 발생했는지 알 수 있었다. 한순간 현기증이 났고 더는 서 있을 수 없었다. 나는 마리의 집 벽에 기대며 주저앉고 말았다. 나는 처음으로 살인 사건을 보게 되었다. 만 명도 안 되는 이 작은 마을에서 처음으로 발생한 살인사건이었다. 피해자는 두 모녀였고, 그것도 바로 마리와 그녀의 엄마였다. 하루 전 꽃무늬 치마를 입었던 그녀가. 내 몸 위에 앉아 초상화를 보고 있던 초등학교 친구 마리가, 오후 햇볕 아래 눈을 살며시 떴던, 내게 청춘의 환상을 생기게 만든 여자였!

얼마 지나서 사람들은 길가에 늘어섰다. 나는 담장을 잡고 일어서서 사람들 사이로 비집고 들어갔다. 승합차 한 대가 마리 집 앞에서 차머리를 돌리고 있었다. 차가 멈춘 후 간호사 세 명과 경찰 한 명이 사람들 사이를 헤집고 정원 안으로 들어갔다. 한 반시간 후에 마리의 어머니는 비닐에 감겨서 승합

차에 실렸다. 그리고 마리는 간호사에 의해 들려져 나왔는데 두 팔은 아래로 향하고 있었다. 사람들은 수군대면서 탄식했다. 마리는 자고 있는 것 같았다. 가늘고 긴 팔과 다리는 건들거리고 있었다. 희고 흰 피부는 피투성이였다. 그녀의 몸이 내 앞으로 지나가는 순간 그녀의 목 뒤에 있는 아주 눈에 뜨이는 반점을 봤다. 가지런하게 놓여 있었다. 그녀의 머리는 어지럽기 그지없었다. …… 온몸에 전율이 흘렀고, 나는 다시 땅바닥에 주저앉고 말았다.

말하고 나니 위에 또다시 경련이 일어났다. 나는 침대에서 일어나 머리를 똑바로 세우고 힘껏 몸을 움직여 고통을 분산시킬 수 있었다. 안편은 황급히 내가 말하는 것을 제지한다. "더는 못 듣겠어." 그녀는 내 머리를 꼭 껴안았다. 그녀 몸의 떨림은 나한테까지 전달되었다. 나도 그녀를 꼭 껴안았다. 우리들의 포옹은 더 세게, 더 세게 상대방이 아플 때까지 지속되었다.

이때가 이미 새벽이었다. 안편은 계속 내 방에서 나를 보살폈다. 스키장에서 방으로 돌아온 후 내가 몇 시간 동안 잠에 빠져 있을 때 안편은 계속 침대 맡에서 뜨거운 수건으로 내 머리를 닦아 주었다. 두 시간에 한 번씩 내 복부에 올려놓은 뜨거운 핫팩의 물을 바꿔주었다. 내가 깨어났을 때 안편은 내 침대에 엎드려 있었다. 눈을 뜨고 내가 일어나기를 기다렸다.

"너의 눈꺼풀은 계속 움직였는데 되게 빨랐어." 그녀는 말했다. "내가 보기엔 네가 악몽을 꾼 것 같아."

맞다. 나는 꿈꾸고 있었다. 하지만 악몽만은 아니었다. 처음에는 들판, 푸른 하늘, 야생화, 옥수수수염, 그리고 원피스를 입은 마리가 나를 쫓고 바닥에 넘어뜨렸다. 그 다음 나는 그녀 목 뒤에 있는 반점 세 개를 보았다. 내 몸 위에 앉은 마리는 뻣뻣해졌고 눈을 점점 더 크고 동그랗게 떴다. 나는 놀라서 깼다. 눈앞에는 안편이 있었다. 방 안은 이상하게도 조용했고 침대 맡에 있는 전등은 희미하고 어슴푸레한 빛을 냈고 그 소리를 희미하게 들을 수 있었다. 어렸을 때 정전이 되어 기름으로 램프에 불을 붙이던 장면이 생각났다. 시간과 공간을 뒤로 한 채 램프의 심지가 찌르륵 타는 소리의 울림에 주위는 정연하고 조용했다. 내 마음은 텅 비어 있었고 그냥 꿈의 기억만 남아있었다.

하지만 안편은 내 앞에 있었다. 악몽에서 깨어나 보니 내 눈앞에는 온화한 얼굴을 지닌 평소 사모하던 여인, 우연히 만난 북방의 누나, 한평생 옆에서 인내심과 기다림으로 자기를 끌어안고 항상 웃고 웃을 때면 양쪽에 있는 보조개가 들어가는 여인이 있었다. 그래서 나는 말했다. "당신 힘들죠? 누나 힘들죠? 누나가 힘들지 않다면 아까 했던 꿈에 관련한 이야기를 해줄 게."

안편은 머리를 끄덕이고는 내가 아까 했던 이야기를 들어주기 시작했다.

이 이야기는 다 할 수는 없지만 그 고통을 견딜 수 없었다. 안편은 나를 끌어안더니 '그만해! 너 쉬어야해!'라고 했다. 나는 한 번도 이런 이야기를 하지 않은 것 같았다. 안편이 말했다. "우리 이제 빛이 밝고, 날씨 따스하고, 네 몸과 마음이 좋을 때 하자. 우리 같이 야부리스에서 그날을 기다릴 수 있는 거야."

9장

우리는 다시 등향을 찾아 가자고 결심했다. 우리가 함께 있을 수 있는 더 좋은 핑계였다. 이유는 내 마음속에서 주제넘게도 넘쳐 났다가 마치 맥주의 거품처럼 자연스럽게 사라졌다. 등향은 바로 맥주 거품 속의 냄새처럼 존재를 알 수 없지만 적절하게 작용했다.

우리는 등향을 탐색하는 데 필요한 물품들을 준비했다. 안편은 차를 몰고 마을에 가더니 많은 물품을 사왔다. 과자 한 꾸러미, 쇠고기 육포, 햄과 소시지, 소금, 갓김치, 국수, 우유, 과도, 보온병, 티슈, 성냥, 담배 등등. 제일 재미있는 것은 집광 렌즈와 크고 작은 평평한 냄비 두 개였다. 안편은 그것들을 가리키면서 말했다. "도중에 매우 추울 거야. 하지만 햇빛은 이런 집광렌즈를 사용하여 열로 변화시킬 수 있어. 눈과 얼음은 그냥 따뜻하면 언제든지 물로 변하지. 집광렌즈는 성냥을 대체할 수도 있다. 냄비는 여러 용도로 쓸 수 있어." 더 복잡했던 것은 텐트를 산 것이다. 그리고 바늘, 실, 테이프도 들어 있었다. 이런 걸 사서 뭐하나 싶어서 이해가 되지 않았다. 이 모든 것을 배낭 두 개에 나누어 넣고 차의 트렁크에 가져다 놓았다. 어디까지는 차를 몰고 가다가 찻길이 없으면 차에서 내려 계속 걸어 갈 것이다.

출발 당일 우리는 일찍 일어났다. 그녀의 승용차 폴로네즈(Polonez)는 산 가운데에 있는 도로에서 조심스럽게 가고 있었다. 북부 지방의 새벽엔 다니는 차량마저 보기 힘들었다. 사람은 더더욱 없다. "이러면 안전해." 안편은 "새로 온 눈은 절대 얼어붙지 않아. 눈이 많이 눌리면 눈 덮인 길바닥이 빙판으로 변해서 쉽게 미끄러지지." 우리는 차바퀴가 눈밭과 마찰되는 소리를 한참 동안 들었다. 바퀴가 눈을 내리누르는 순간에 나는 소리를 느낄 수 있다.

내가 보기에는 앞으로 질주하는 우리는 아무런 목표가 없는 것 같았다. 이렇게 나는 가는 도중에 안편한테 물었다. 안편은 방금 만난 것처럼 이해가 되지 않는다는 눈길로 나를 쳐다보았다. "너는 목표가 필요해? 십몇 년 동안 모색했지만 등향은 어디에 있는지 명확하지 않은 곳이야. 나는 항상 감각으로 이곳에 찾아오곤 했다." 그리고 다시 말했다. "지금은 내가 네 인생의 목표야. 내가 확실하지 않으면 너의 목표도 그럴 거야. 바로 등향에 대한 우리의 모습이지."

나는 그 말에 동의하고 모든 것이 너한테 달렸다고 말했다.

차가 두 번째 산봉우리를 에돌 때 하늘 끝은 점점 붉어졌다. 새하얗게 뒤덮인 대지는 순식간에 불타오르기 시작했다. 우리의 방향이 하늘 끝을 향하고 있을 때 안편은 차를 세웠다. "우리 황금빛 찬란한 햇빛에 일광욕하자!" 그녀는 하하 웃어댔다. 진짜 아름다웠다. 이러한 풍경을 보니 대학 일학년 때 만났던 여자 친구 평평이 생각났다. 그녀는 어느 날 내가 만약 자기를 더는 사랑하지 않고 자기를 떠나버린다면 아침 햇살이 사방으로 퍼져갈 때 바다에 몸을 던질 것이고, 만약 근처에 바다가 없다면 강이나 호수에 몸을 던진다고 했다. "만약 호수마저 없다면 욕조와 수도꼭지는 있을 거야!" 펑펑은 이렇게 말하면서 입술을 깨물더니 나한테 절대 농담도 아니고 장난 치는 것도 아니라고 말했다. 그때 그런 말을 들었을 때 매우 당황스러웠다. 그녀의 팔을 주물러 주면서 어디 아픈 것은 아닌지, 봉건사회에서 도망쳐 나온 열녀 같다는 생각을 했다. 그녀는 만약 내가 믿지 않는다면 보여줄 용기와 의사가 있다고 했다.

나는 안편에게 그 이야기를 들려주었다. 안편은 별로 관심 없었다. 그녀는 감정을 억제하지 못한 듯 예쁜 손으로 바람막이용 유리에서 손춤을 추고 있었다.

"이야기할 시간은 많아. 이런 햇빛은 얼마 없어." 그녀는 기분 나쁘게 웃으면서 "내 손춤 좀 봐봐. 내가 혼자 생각한 거야. 이건 일종의 나 혼자만 아는 막춤이야. 봐봐. '다른 사람의 햇빛은 나의 잃어버림이다'라고 내가 지은 춤을 보여줄게."

안편의 손춤은 상당히 아름다웠다. 손가락은 활력으로 충만 해 있었다. 그 손가락들은 먼저 천천히 공중에서 걷고 있었고 어떤 손가락은 빛을 향해서 긋기 시작했으며 즐겁고 가뿐해 보였다. 그녀가 손가락을 휘갈겨 쓰는 것이 왜 그렇게도 빠른지 몰랐다. 내가 보기에는 그들은 마치 느린 화면으로 촬영한 다음 빠르게 돌려서 보는 동작 같았다. 우아하고 신속하며 한 번의 멈춤 없이 이어지는 동작들이 신속하고 민첩했다. 움직이는 손가락들은 일광욕을 충분히

했다. 주먹으로 바뀌었고 새끼손가락만 고독하게 남아서 왔다 갔다 했다. 새끼손가락은 한참 허리를 숙이고 생각에 잠기고 있다가 또 한참 머리를 치켜들고 햇빛을 향하고 있었다. 또 여러 가지 자태로 몸집을 움직이고 있었다. 나중에는 그들은 미친 듯이 움직이기도 하고 질서가 없어졌다. 한참 또 한참, 광란의 질서 없는 상황에 놓여있었다. 나중에는 천천히 주먹 위에 엎드린다. 그리고 오랫동안 기척이 없었다.

춤이 끝난 후 안편은 손뼉을 치면서 관절을 풀었다. 태양은 이미 높이 올라가 있었고 밝게 변했다. 앞에 있던 구름들은 금방 깨끗하게 사라져 버렸다. 차를 멈추는 손잡이 옆에 있는 상자 안에서 핸드크림을 꺼내어 정성스레 손에 발랐다. 특히 마지막까지 춤을 춘 새끼손가락에 핸드크림을 잘 바르고 주물렀다. 그것이 끝나자 그녀는 거울을 보며 화장하기 시작했다. 그녀의 동작은 아주 능숙했다. 옆에서 볼 때 그 동작들은 춤을 추는 것을 보는 것 같은 생각을 하게 만들었는데 마치 아까의 춤사위와 같았다. 보다가 조금 빠져들었다. 안편은 모든 걸 끝내서야 머리를 돌리고 나를 향해 말했다. "여자가 화장할 때는 남편도 봐서는 안 된다."

"아주 예쁘다"라고 나는 진심으로 칭찬했다.

"넌 내가 어떤 사람인지 알아?" 안편은 자기의 자잘한 물건들을 함에 넣고는 퍽하고 덮개를 닫았다. 손이 가는 대로 차를 몰기 시작했다. "예쁘다고 자꾸 칭찬하지 마! 말하면 넌 놀랄 거야, 난 술집여자야."

"너 참 용기 있네." 나는 참지 못하고 하하 웃었다. "술집여자가 아니고 여자 조폭이라 하더라도 난 놀라지 않을 거야. 네가 나쁜 여자일수록 궁금증이 더 많아지니 원해도 얻을 수 없는 거지."

"믿지 않으면 말고. 난 조폭이 될 수 없어. 하지만 나는 격이 있는 술집여자야." 내가 크게 웃어대자 안편은 별로 좋아하지 않았다. 하지만 한 여인이 자신을 이렇게 말하는데 웃기지 않는가? 그녀가 설사 술집여자라 하더라도 이렇게 말해버리면 웃기지 않는가? 자기 자신을 이렇게 말한 안편은 웃지 않고 오히려 다른 사람이 웃고 있었다. 안편이 카세트테이프를 꺼내서는 카세트덱에 넣자 여유롭고 따듯한 음악이 광활한 공간에 울려 퍼졌다. "평평은 나중에 어떻게 됐어? 넌 이야기하면 항상 서두만 있고 결말이 없어."

나는 안편이 원래 내가 한 몇 마디의 이야기의 세세한 것까지도 마음에 넣어 둔다는 것을 깨닫게 되었다. 그녀의 생각은 아까 손춤을 추기 전처럼 뛰어올랐다. "너희들은 헤어졌어? 여자 아이는 바다에 뛰어들었어?"

"아니." 내가 말했다. "그때 당시 그녀는 옷을 입으면서 나를 욕했어. '내가 보기엔 넌 쓸모없는 놈이야. 철두철미한 비열한 남자야. 날 무시해. 그나마 감사한 건 네가 내 처녀 몸을 건드리지 않은 거야. 나는 네가 제일 싫어하는 남자를 찾을 거야. 이 몸을 깨지게 만들 거야.' 그녀는 예쁘게 생기지 않았지만 여위고 허약해서 많은 사람들의 사랑을 받았어. 평소 말할 때에는 낮게 부드럽게 말했지. 사투리가 조금 섞여 있지만 내게는 그것이 노래하는 것처럼 들렸어. 그런데 이번에 그녀는 살기등등하게 나를 욕하고 있었지. 아마 그녀도 마음이 많이 상했을 거야. 그때 나는 누워 있었어. 죽음을 빨리 맞이하는 것처럼 변명할 용기와 사과할 힘마저 없었어."

"그녀는 아주 잘했어. 비록 너희 둘 사이의 문제를 모르지만." 안 펀은 화가 좀 풀린 모양이었다. 흘러나오는 음악 속에서 머리를 흔들었다. 음악이 한 곡 끝나면 그녀는 빠른 버튼을 눌러서 다른 노래를 찾기 시작했다.

오디오에서는 긴 음악이 지난 후 낮고 묵직하고 부드러우며 잠깰 듯 꿈꾸는 듯한 소리였다. 잔잔하게 노래를 부르기 시작했다.

"Where does a broken heart go. Does it just fade away……."

그가 한마디씩 부르면 안펀은 한마디씩 언급했다.

속상한 심정은 어디로 가야 할지,

점점 시들어서 떨어져야 하는가?

아니면 이렇게 영원히 사라져야 하는지.

언젠가 그가 다시 살아날 수 있을까?

마음은 없지만 그는 감당할 수 있을 거야.

하나님께서 사랑의 두 손으로 보호해 주시지.

속상한 심정은 어디로 가야 할지,

그가 비통으로 죽었다 하지만

이 속상한 심정을 받아줄 수 있는 천당은 있는 걸까?

……

사실 이 음악은 아주 촌스러웠다. 달리는 차 안에서 듣기에는 좀처럼 어울리지 않았다. 리듬도 별로 없고 따분할 뿐이었다. 슬픔은 온화하지도 않고 뜨겁지도 않았다. 이런 음악을 듣고 나면 다시 듣고 싶다는 생각이 들지 않는다. 음악은 스스로를 말하고 있다. 그의 목소리는 자신의 처지를 의심하게 만든다. 어느 누가 이렇게 예리하게 다른 사람 안을 파고들 수 있을까?

"아마도 단어 뜻이 작용을 한 것일 거다." 안편은 또 내 마음을 들여다 본 것 같았다. 한 곡이 끝난 후 그는 테이프를 되돌려서 다시 틀었다. 나와 그녀가 같이 있는 것에 고무되어 함께 따라 불렀다. 우리들은 차 안에서 카세트 소리를 따라 불렀지만, 두세 번 따라 부르면서 나중에는 그냥 그 노래를 부를 수 있었다. 차는 부단히 아래로 질주했고 좀 평탄하고 긴 숲에 들어섰다. 어수선한 차바퀴 흔적만 볼 수 있었다. 아마 우리와 같이 아무런 목표도 없이 질주한 차들이 남긴 흔적일 것이다. 앞으로 가면 갈수록 나무들은 더 빼곡하고 나중에는 차도 볼 수 없었다. 땅도 녹았고 얼음도 없었다. 여기 날씨가 추운 곳은 아니지만 진짜 전설 속의 등향에 가까이 가는 것일까?

안편이 차를 세운 후 시간을 보니 아직 이른 시간이었다. 트렁크에서 가방 두 개를 꺼냈다. "음악은 못 듣겠고 앞에 찻길이 없으니까 우리는 걸어서 가야 해."

나는 정말 이 가수에 대해 알고 싶었다. 안편은 "조금 후에 알려줄게"라고 말했다. 그녀는 조금 가벼운 가방을 나한테 주었다. 좀 쑥스러웠다. 안편은 "미안해할 것 없어. 네 건강이 좋아 보이지 않아. 도중에 서로 바꿔 들어도 되고 우리가 가야 할 길이 얼마나 멀지는 아직 미지수야."

걸으면서 안펀은 "아까 차에서 널 당황하게 할까 봐 가수에 대한 이야기를 하지 않았어. 그는 오십 년대쯤에 미국에서 유명했던 가수야. 아주 복고적이고 애처롭게 노래를 부르지. 부른 노래에는 〈그때의 나를 생각하며〉, 〈두 세계가 부딪힐 때〉, 〈상처는 점점 아문다〉, 〈왜 사랑하니?〉, 〈창문에서 한 쌍의 그림자가 보인다〉, 〈우울한 남자 아이〉 등의 노래를 불렀지. 그의 이름은 킴레이 퍼쓰(Kim-Ray Furth)고 마흔 한 살에 교통사고로 죽었어."

한참 걷다가 안펀하고 그 무거운 가방을 바꾸고 싶었다. 하지만 안펀은 활기차 보였고 나는 이미 숨이 턱에 닿아 있었다. 우리는 가방을 잡아당기면서 잠시 실랑이를 했다. 안펀은 "너 몸에 힘 좀 길러라. 네가 나까지 업을지도 모르잖아."

나는 더 이상 사양하지 않았다.

한참을 걸어 밀림을 나올 수 있었다. 앞에는 커다란 개발지역이 있었다. 띄엄띄엄 있는 큰 나무 사이로 낡은 집들이 몇 채 흩어져 있었다. 나는 환호할 수 없었다. 안펀은 외투를 벗으면서 만족하지 말라고 했다. 여기는 그냥 폐허가 된 작은 마을이다 보니 귀신 그림자도 없는 곳이다.

이 개발지역을 지날 때 집 몇 채를 봤다. 사실은 한 더미 허물어진 담장이었다. 핵폭탄을 생각하지 않을 수 없다. 나는 진짜 핵폭탄이 생각났다. 그리고 연결해서 다음과 같은 것이 떠오른다. 2차대전후의 히로시마, 나가사키, 지난 팔십 년대 러시아의 체르노빌. 안펀은 불안해하는 내 모습을 보고 손을 잡아주면서 말했다. "자꾸 보지 마! 이미 폐허가 된 작은 마을일 뿐이야. 비참한 역사는 없었을 거야." 말이 끝나기 전에 우리는 망가진 앞마당에 서 있었다. 큰 구덩이 안에는 많은 백골들이 들어있었다. 나는 다시 구토하기 시작했다. 안편은 백골을 가리키면서 괜찮다고 했다. 자세히 보니 동물들의 백골이었다.

눈을 바로 뜨고 보니 그녀의 판단이 맞았다. 지저분한 뼈는 바로 돼지 혹은 양의 잔해물인지 알 수 있었다. 안편은 이곳은 아마도 큰 축사였을 것이라고 했다. 가축의 주인들이 데려갈 수 없어서 굶어 죽은 것 같다.

큰 구덩이 옆에 있는 큰 나무 아래에서 개의 사체를 발견했다. 목에 있는 줄은 나무에 매여져 있고 썩어서 몇 가닥 실만 남아 있었다.

"나 4년 전에 한 번 혼자서 이곳을 지난 적이 있어. 오늘처럼 햇빛이 밝고 아름다웠지. 조금도 무섭지 않았어. 이 주변의 몇 백 리 큰 산의 황폐한 곳과 비교하면 여기는 적어도 사람의 흔적이 있잖아?" 안편은 내 손을 잡으면서 발걸음을 빨리 옮겼다. "매번 등향에 올 때면 가다가다 길이 계속 끝나지 않았어. 이곳은 벌써 두 번이나 지나갔지."

안편의 담력에 감탄했다. 우리는 걸음을 빨리 해서 이 황폐한 마을을 벗어났다. 앞에는 다른 산으로 가는 오솔길이 있었다. 오솔길은 어슴푸레하여 명확하지 않았다. 위에는 잡초가 자라 있었다. 몇 년 동안 사람들이 다니지 않았음을 알 수 있었다. 어떤 잡초는 허벅지까지 올라온다. 잡초 때문에 점점 좁아졌고 오솔길도 거의 다 없어졌다. 아무렇게나 산비탈을 걸은 후 또 다른 곳에 닿았는데 아래는 말라 버린 골짜기였다. 골짜기는 울퉁불퉁했고 그 안은 크고 작은 자갈로 덮여 있었다. 수만, 수천 개로 끝을 알 수가 없었다. 안편의 흥미진진한 모습을 봐서는 이곳을 좋아하는 것 같았다. 그녀는 거의 온 힘을 다해 산비탈을 내려와 골짜기로 들어갔다. 앉아서 조약돌을 가지고 놀았다.

"봐봐, 이런 무늬는 무슨 문자 같아. 지도 같기도 하고."

그녀의 흥분된 소리는 골짜기에 울려 퍼졌다. 그녀를 뒤쫓아 갔을 때에는 손에 얼굴만 한 크기의 납작한 초록색에 복잡한 무늬가 있는 타원형의 돌을 들고 있었다. 그 돌을 받아서 자세히 봤는데 자연적인 돌은 아니었다. 불교도들은 돌들을 흔히 한 곳에 모아 쌓아놓는다. 경건한 신도들은 대자연 속에 자신의 사상과 충성을 표현하는 것으로 오래도록 없어지지 않도록 기도한다. 돌을 뒤집어 봤지만 별다른 내용을 보지 못했다. 안편은 다가와서 이게 바로 둥향 사람들에게만 전해온 오래된 문자일 것이라고 했다. 한참을 본 후 안편은 큰소리로 "마치 두 사람이 엉켜 있는 것 같아. 아니면 고대 사람들의 애정 증거물일지도 모르지" 하고 말했다.

그녀는 내게 돌의 한쪽을 보게 했다. 그녀의 말대로 두 사람이 엉켜있는 것 같았다. 사람이라고 했지만 그보다는 모양이 두 나무 같았다. 엉켜있는 것이 넝쿨 같았다. 안편은 이 돌을 가방에 넣어서 가져가려고 했다. 너무 무거우니 넣지 말라고 그녀를 말렸다.

"만약 남방에 있는 너희 고향 도시로 보내면 돈이 꽤 될 거다. 수석을 감상하는 부자들은 하나에 팔십 만 위안(元)에 살 수도 있어." 안편은 싱글벙글하면서 돌을 넣었다. "넌 왜 벌써부터 돈타령이야.

촌스럽지 않아? 항상 우리 남방 사람들이 재물을 좋아하는 나쁜 습관이 있다고 하지 않았어? 벌써 물들었어?"

"당연하지." 그녀는 의기양양하게 웃었다. 돌 하나로 아주 기뻐했다. "남방 사람들이 좋아하는 것이 아니라면 내가 어떻게 이 돌을 들고 가겠다고 너를 설득시킬 수 있는데? 너와 같은 남방 사람이 돌을 가져가는 것을 허락하도록 설득하는 거야."

"그것은 네가 진정한 남방 사람을 이해 못했기 때문이야. 넌 남방을 이해 못해."

"아마도." 그녀는 말했다. "예를 들면 난 당신은 이해 못하겠어. 최소한 네가 진짜 뭘 좋아하는지 이해 못하겠어."

안편은 다시 자기가 돌을 좋아하는 이유를 이야기하기 시작했다. "난 돌 하나가 하나의 생명체라고 생각해." 그녀는 생각에 잠긴 표정으로 천천히 말했다. "내가 보기엔 몇 차례의 순환이 있어. 현재의 인류는 우연히 태어난 문명이 아닐까? 아마 지구, 심지어 우주 생명은 이미 몇 차례 주기가 있었을 거야. 매번 큰 우주폭발, 용해, 분출, 재생, 안정된 후 새 생명은 천천히 탄생되지. 하지만 이번 생명은 근거 없는 것은 아니야. 그냥 생명의 정보에서 찾은 새 저장 장치인 것이지. 이런 생명의 정보는 바로 여기 돌 속에 저장되어 있어. 우리가 주운 돌 하나가 혹시 우리 생명의 모체일 수도 있는 거지. 인류는 그들을 해석할 수 없어. 인류 자신에 대한 인식이 아주 원시적인 무지 단계에 처해 있기 때문이지."

나는 그녀의 말에 머리가 어지러웠다. 나는 그녀에게 빨리 가자고 설득했다. 하지만 그녀는 끝까지 돌 이야기를 하려고 했다.

"어릴 적 한 선생님이 있었어. 할아버지가 대대로 내려온 가보를 가지고 있었지. 옥으로 만든 물담배 파이프였어." 안편은 나를 한 번 쳐다보더니 흥미진진하게 계속 돌 이야기를 했다. 나는 걸음을 멈추고 그녀에게 열심히 물담배 파이프 이야기를 했다. 그녀는 나의 손을 잡으면서 멈추지 않았다. 나는 천천히 가고 그녀는 천천히 이야기했다. "선생님의 증조할아버지는 한평생 그 물담배 파이프를 물고 있었어. 그는 한평생 두 가지를 좋아했지. 첫 번째는 그 물담배를 피우는 것이고, 두 번째는 금붕어를 기르는 것이었어. 빨간색 금붕어였지. 그가 매일 제일 중요하게 여기는 일은 바로 물담배 파이프를 물고 금붕어를 보는 거였어. 몇 십 년 후에 그 물담배 파이프에 작은 빨간색 반점이 생겼어. 자세히 보면 한 마리 빨간색 작은 금붕어 같았대. 증조부가 세상을 떠난 후에 할아버지는 물담배 파이프는 물려받았어. 그런데 선생님의 할아버지는 이런 걸 좋아하지 않았지. 그래서 그냥 상자 안에 넣어서 보관했대. 몇 년 후에 다시 꺼내보니 금붕어 같은 느낌은 없어졌지만 물담배 파이프는 여전히 희었어. 그건 왜 그랬을까?"

"아, 그건 아무래도 증조부의 영혼 때문 아닐까. 바로 물담배 파이프에 담겨 있는 거야. 그 빨간색 금붕어."

"나도 그렇게 생각해."

안편은 나의 대답에 아주 만족했다. 나를 보며 웃으면서 걸음을 재촉했다. 우리는 계속 강줄기를 따라서 아래로 걸어갔다. 안편의 생각으로는 하류 쪽은 온난 다습한 기후였고 습한 식물이 있으며 사람 살기에 좋다. 등향. 아마 이 큰 골짜기 하류 어디에 있을 것이다. 그녀의 말은 무의식중에 나를 흥분하게 만들었다. 섬뜩했다. 자연의 냄새는 꿈으로 그리던 등향의 목적지를 향하게 했다. 조금 힘이 났다. 몸 안에서 거칠게 요동쳤다. 심지어 안편에게 가방을 바꾸어 메자고 말했다. 안편은 "됐어. 너 남은 힘이 나보다 세 보이지 않아" 하고 말했다.

골짜기 안을 걸을 때는 재미가 없지 않았다. 어떤 곳의 돌은 여러 가지 색상이었다. 안편은 허리를 굽혀 돌을 들었다가 다시 조심스럽게 원래 자리로 가져다 놓았다. 앞에서 돌과 생명, 물담배 파이프에 대해 이야기해서인지 여기에 있는 돌들은 아주 환상이고 기이해 보였다. 아마 이들은 정말로 생명을 담고 있을 것이다. 여기에 누워 있으면서 환생의 기회를 기다리고 있을 것이다.

"만약 이 자리에 집을 지을 때 이 돌들을 재료로 쓰면 얼마나 아름답고 생기 있는 집이 될까!"라고 안편은 말했다. 나는 그녀가 다시 돌의 환상에 빠져서 까마득한 미지의 여정을 까먹을까 빨리 가자고 재촉했다. 태양은 이미 노랗게 되었다. 나의 방향감각은 혼란스러워지기 시작했다. 어떤 때는 태양이 북쪽에 있는 것 같기도 하고, 또는 남쪽에 있는 것 같기도 했다. 더 많이는 서쪽에 있기도 했다. 태양의 색상은 점점 깊어져갔고 갈수록 곧 태양이 뜰 것 같은 착각이 생겼다. 기온은 가면 갈수록 높아져 땀까지 났다. 안편은 아예 갈색 솜옷을 벗고 스웨터만 입고 있었다. 그 스웨터는 하얀색이었다. 위에는 많고 작은 까만 꽃이 수놓아져 있었다. 솜옷을 벗은 안편은 처음으로 자신의 몸매를 보였다. 그녀의 다리는 길었고 허리는 그 정도로 가늘지는 않았다. 엉덩이 부분은 풍만했다. 하지만 다행스럽게 허리는 S라인으로 우리 아시아 인종의 특징을 벗어났다. 머리는 갈색으로 뒤에서 보면 마치 몸매가 좋은 어느 서방의 여인 같았다.

또다시 안편은 나의 마음을 꿰뚫어보았다. 그녀는 갑자기 걸음을 멈추고 고개를 돌리면서 웃으며 묻는다. "내가 뚱뚱해?"

"뚱뚱한 건 아니지. 뚱뚱하지 않지!" 당황하며 대답했다.

"뭐야! 무슨 말이야?" 안편은 입을 삐죽 내밀면서 말했다. "뚱뚱한 건 아니지. 뚱뚱하지 않지. 완전히 다른 뜻이잖아."

"아, 아. 알기 쉽게 표현하지 않아서 그래. 뚱뚱하지 않아. 하지만 있을 건 다 있지."

"너 진짜 나쁘다." 안편은 고개를 돌리고 계속 걸어갔다. "너 알아? 젊었을 때는 지금보다 더 말랐었어. 옷을 벗으면 백화점에 있는 마네킹과 같았어."

"하하, 젊었을 때라니. 지금은 많이 늙었어?"

"너보다는 늙었어." 안편은 손가락으로 딱 소리를 냈다.

10장

우리는 드디어 평탄한 길에 들어섰다. 보기에는 아주 오래된 강줄기 같았다. 물은 말랐지만 물이 흘렀던 흔적은 볼 수 있었다. 추위에 시든 작은 나무숲은 하늘 아래에서 보면 녹슨 것처럼 붉었다. 흙도 붉은색이었다. 안편은 이것이 석양 때문은 아니라고 했다. 상류와 하류에 있는 돌과 토지들은 모두 철광석 물질을 함유하고 있고 이것이 침식 분해되어 강줄기를 붉게 물들였다. 또 식물에 흡수되어 식물의 색상을 변화시켰다.

역시나 시간은 늦어졌다. 당황스러움을 감추지 못했다. 여기가 어디지? 우리는 여기서 밤을 지내야 하는 건가?

"당연히 여기에 짐을 풀어야지." 안편은 맞은편의 큰 산을 가리키면서 "밤을 지내기에 더 좋은 곳은 없을 것 같아 보여. 여기는 그나마 온화하고 지세도 평탄해서 승냥이들이 나오지 않을 것 같아."

우리는 평지를 찾아서 짐을 내려놓았다. 여기는 괜찮아 보였다. 두꺼운 마른 풀들이 있었다. 안편은 손으로 만져보면서 아주 만족했다 "괜찮네. 오성급 호텔의 침대 같아. 대자연의 브랜드."

나도 바로 앉아 봤는데 과연 푹신푹신하고 햇볕에 아주 따뜻했다. 얼굴을 위로 하고 누워 버렸다. 그리고 하늘을 보면서 말했다. "진짜 좋다. 이렇게 아름답다니. 눈뜨면 내일일 거야. 그리고 화창한 봄날이라! 등향이 바로 앞에 있어."

"네 상상력 정말 괜찮은데." 안편은 내 손을 잡고는 말했다. "해가 지면 넌 백 프로 얼어 죽을 거야. 봐봐! 여기 주위의 큰 산이 절반 이상 모두 눈으로 덮여 있어."

"그럼 어떡하지?"

"너 진짜 아이 같아. 전혀 쓸모없는 서생이야. 지금 쉬면 안 돼. 빨리 일해야 해."

안편은 가방을 풀면서 일을 나누기 시작했다. 그녀는 물을 찾고 장작을 패고 저녁밥을 준비하기로 했다. 나는 임시 숙소를 짓기로 했다. 안편은 일하기 전에 미리 숙소에 대해 생각했다. 그리고 풀이 무성한 곳에 비닐로 된 얇은 텐트를 치게 했다.

"아니면 비닐텐트라고 하자." 그녀는 손시늉을 하면서 말을 이었다. "가져온 비닐을 잘 이용해야 해. 사람 절반 크기의 2인용 침대만 한 텐트를 만들 수 있을 거야. 매듭 부분은 바늘로 꿰매야 튼튼해. 섬세한 일이라 어둡기 전에 빨리 해야 해. 여기 나무들을 잘라 거치대를 만들어. 텐트를 덮은 후 궂은일을 해야 해. 사방에 무릎을 넘지 않는 담을 쌓아 봐. 봐봐! 네가 힘이 세면 강바닥에 있는 큰 돌을 가져오는 것이 제일 좋고, 힘이 없으면 작은 걸로 해. 벽에서 떨어진 돌이 텐트를 뚫지 않아야 해. 시간이 남으면 담 밖에 땔나무

를 가져다 놓도록 해. 한밤중에 기온이 떨어지면 불을 지필 수 있도
록 말이야."

사실 이것은 아주 흥분되는 생각이었다. 나는 바로 일하기 시작했
다. 안편은 빈 가방을 들고 나가 자기가 할 일을 찾았다. 한참 후, 그
녀는 땀투성이가 되어 돌아왔다. 무거운 가방을 내려놓으면서 "물을
찾지는 못했어. 하지만 얼음을 찾았지." 가방 안의 물건을 바닥에 놓
는데 과연 크고 작은 얼음들이었다. 그녀는 뒤를 가리키면서 말했
다. "바로 저 방향이야. 골짜기처럼 움푹 파진 곳이지. 크고 작은 많
은 웅덩이가 있는데 그 안이 얼음과 눈으로 차 있어. 그 얼음 안에
는 물고기나 새우들이 있을 거야. 하하."

물을 찾는 데 많은 시간을 들이지 않아서 안편은 부근에서 고목
과 건초를 모으고 있었다. 한 더미, 한 더미씩 텐트 옆에 가져다 놓
았다. 나중에는 나를 도와 돌도 날라 주었다. 내가 담을 쌓기 시작
할 때 안편은 돌 세 개로 간단한 부뚜막을 만들고 불을 지폈다. 큰
냄비를 불 위에 올려놓으니 솥이 되었다. 안편은 얼음을 냄비에 넣
고 밥을 하기 시작했다. 한참 일한 후 뒤돌아보니 아주 생기 있는
한 폭의 광경이었다. 중세 시대 대화가가 그린 한 폭의 큰 유화같이
보였다. 눈앞에 광채가 눈부시게 걸려 있었다.

유화 작품은 황금색에 붉은색을 띤 석양이었다. 온 세상을 온화
하게 품었다. 나무는 타기 시작했다. 밝아졌다, 어두워졌다 했다. 평
온하고 일에 몰두한 안편의 얼굴색은 자꾸 바뀌었다. 돌 부뚜막에
위에 있는 냄비 속 얼음은 이젠 끓어 넘치는 물이 되었다. 모락모락
피어오르는 열기는 천천히 올라가면서 안편의 머리 위에서 사라졌

다. 안편을 돋보이게 하는 것은 타오르고 있는 많은 마른 나무였다. 가지마다 화려한 저녁노을을 반사했다. 먼 곳에는 큰 산이 있고 낮은 곳은 까맣고 가운데는 하얗다. 높은 곳은 저녁노을이 환하게 비추어 아주 높아보였다. 공중에서 서쪽의 석양은(하지만 내가 보기에는 동쪽에 있는 것 같았다) 얇고 흰 구름을 밀어 골짜기 위쪽까지 퍼져 있었다. 구름이 닿지 못한 하늘은 희미한 푸른색을 띠고 있었고 초승달이 뚜렷하게 걸려 있었다. 달과 구름이 교체하는 바로 밑, 나와 그녀의 옆에 내가 지은 비닐텐트도 돌담에 안겨 풀 위에 잠잠히 있었다. 나는 돌로 쌓은 담장 옆에서 한 손에는 공구를 잡고 있었고 다른 한 손에는 나뭇가지를 잡고 있었다.

안편의 눈이 석양 때문에 빛나고 있었다. 그녀가 나를 불렀다.

"이봐! 바보가 된 거야?"

"글쎄. 바보가 된 거라면 된 거겠지."

"음. 진짜 바보네."

나는 칼과 나무 가지를 버리고 꿋꿋이 걸어갔다. 그녀의 곁으로 가서 꿇어앉아 그녀를 뒤에서 안았다. 얼굴을 그녀의 스웨터에 갖다 대면서 등에 기댔다.

안편은 움직이지 않고 계속 저녁밥을 했다. 미세한 동작도 그녀의 등을 통해 내 얼굴에 전파되면서 몸 전체에 와 닿았다. 그리고 그녀의 호흡, 심장이 뛰는 소리, 피로가 넘치는 떠들썩함, 심지어 정에 넘치는 감정들이 따뜻한 물이 흐르는 것처럼 내 귓가에 들려왔다.

"안편! 우리가 있는 여기는 어디지?" 한참 후 나는 낮은 소리로 "여기가 천국이냐? 우리가 바라는 천국이냐?"라고 했다.

"하하. 너 진짜 상상을 잘 하네. 이 세상에 천국이 있어?"

"있어." 나는 긍정적으로 대답했다. 안편은 대답하지 않았다. 조금 지나서 나는 다시 말했다. "아마도 없을 거다. 당연히 없을 거다."

불 속의 나무는 타닥타닥 소리를 내고 있었다. 안편은 "맞지! 없다" 하고 말했다. 그리고는 망설이면서 말했다. "어릴 적부터 믿었어. 현생에는 없다는 걸 믿지만 그래도 전생과 후생 중에는 꼭 있을 거야."

"지금은 아닌 건가?"

"당연히 아니지."

"만약 내 말이 맞다면?"

"그럼 그런 거겠지." 안편은 고개를 뒤로 젖히면서 소리쳤다. ""천국, 너인가?"

그리고는 하하하 크게 웃었다.

날은 완전히 어두워졌다. 안편이 음식을 하고 있는 냄비에서 국수와 소제지의 그윽한 향이 나왔다. 안편이 "밥 먹자. 너 이젠 내 등에서 내려와" 하고 말했다.

조금 난처한 상황이었다. 어둠 속이라 모든 것을 덮을 수 있었다. 일어날 때 무릎이 조금 저렸다. 온몸이 다 마비된 것 같았다. 그래도 생각만은 안편의 주위에 있었다.

"안편, 안편!"

나는 갑자기 그녀를 충동적으로 불렀다. 그녀는 "응, 응" 하고 대답했다. 우리는 가지런히 서서 부뚜막에 남은 불을 지켜봤다. 우리 뒤에는 텐트가 있었고 어둠 속에서도 완전한 작은 집처럼 보였다.

"이거, 가정을 이룬 거라고 볼 수 있지 않을까?"

나의 말에 안편은 감동을 받았다. 그녀는 어둠 속에서 머리를 천천히 내 가슴에 묻고 있었다.

"맞아. 가정을 이룬 거야."

내가 머리를 숙여 그녀의 이마에 기대었을 때 그녀는 살며시 얼굴을 들었다. 까만 두 눈은 별처럼 반짝거렸다.

11장

저녁밥을 먹은 우리는 부뚜막의 불을 타게 그냥 두었다. 안편은 여행 가방에서 네모난 압축 팩을 꺼냈다. 옆에 있는 에어버튼을 당기니 압축 팩은 바로 팽창되어 서너 배 정도의 크기가 된다. 그것은 오리털 침낭이었다. 안편은 침낭을 들고 텐트 안으로 들어갔다. 잠시 후 그녀는 나를 불렀다. "침낭에 들어오지 않으면 밤에 얼어 죽을 거야. 하지만 침낭이 작으니, 넌 옷을 벗고 들어와야 될 것 같아. 옷은 침낭 위에 덮도록 해. 내 옷은 침낭 아래에 깔았어."

침낭 밖에서 자겠다고 했다. 안편은 "안 돼, 두 사람이 같이 있어야 돼. 그러면 얼어 죽을 확률을 절반으로 줄일 수 있어. 이런 상식도 몰라? 바보!"

나는 얌전히 옷을 벗고 안편이 있는 침낭 속에 들어갔다. 침낭은 정말 비좁았다. 둘이 반듯하게 누워도 한 사람의 팔 일부분이 다른 사람 위에 놓이게 된다. 안편은 "말 참 안 듣네"라고 했다. "내가 무슨 말을 안 들었다는 거야?" 하고 내가 물었다. 안편은 키득키득 웃으면서 "옷을 몽땅 벗기로 했잖아. 넌 팬티는 안 벗었고. 어쩐지 공간이 부족하다 했지. 네가 몰래 옷을 가지고 들어온 거였어. 난 아무것도 안 입었는데."

그녀는 한쪽 다리를 들어 발가락으로 내 팬티 아래를 당겨서 무릎까지 내려가게 했다. 나도 힘을 주어 다리를 약간 굽혔지만 안편은 나의 팬티를 완전히 벗겨버리고 말았다. 팬티는 침낭 안에 있었다.

"이래야 평등하지." 안편은 의기양양하게 말했다.

이것은 진짜 기발하고 재미있는 하루의 저녁이었다. 비닐텐트는 투명했다. 우리들은 세상과 오리털을 사이에 두고 벌거벗은 채로 있었다. 처음에는 조금 비좁아서 손과 다리를 어디에 놓아야 할지 몰랐다. 안편이 하나하나 제대로 놓게 도와주자 그제야 몸이 편안해졌다. 어두운 밤은 끝없어 보였다. 오직 먼 곳에 있는 산봉우리의 얼음과 눈만이 미약한 빛을 조금이나마 반사하고 있었다. 바람 한점 없어 풀잎은 조금의 미동도 없었다. 벌레 우는 소리도 없이 세상은 아주 조용하고 적막했다. 세상은 마치 장엄하고 성대하며 거룩한 의식을 진행하기 전에 숨을 죽이며 장대한 경관을 기다리고 있는 것 같았다.

달은 이미 먼 데로 갔는데 아마 큰 산 어딘가에 도착했을 것이다. 별이 총총하고 드넓은 하늘은 텐트 위에 펼쳐져 있었다. 별 진짜 많다. 별 진짜 밝다. 별도 역시 활기찼다. 내 눈 안에는 모두 다 생기있어 보였다. 줄곧 반짝거렸으며 줄곧 움직이지 않았다. 한 여류 시인의 말이 생각났다. 그녀는 이렇게 자신과 별이 총총한 하늘에 대해 말했다. 별은 나한테 벌떼처럼 몰려온다. 그리고 옛 시인은 그것을 하늘의 시가라고 했다. 그곳의 사람들이 초롱을 들고 장을 보러 간다고 했다. 어릴 적 이런 시를 읽었을 때 이 세상에는 많은 계층이 있음을 알고 놀라기도 했고 기뻤다. 적어도 나 혼자만의 희망이 아니라 많은 사람들도 이렇게 생각할 수 있을 것이다.

나와 안편은 오랫동안 이렇게 가지런히 누워 있었다. 각자의 생각과 상상에 잠기다가 우리들은 낮은 소리로 오리털 밖에 있는 세상을 논의했다. 안편이 말했다. "과학자가 사람들의 인지 능력을 넓혀 놓았다고 했지. 그런데 상대적으로 무한한 우주와 비교해 보면 이런 확대는 사실 하나의 축소야." 나는 "이런 이야기는 너무 철학적인데 어떻게 이해해야 하지?"라고 물었다. 안편은 "과학자들은 굴레를 벗은 사람들의 상상에 하나의 이성적인 제한을 설치한 거야. 예를 들면 원래 사람들은 달에 궁궐이 한 채 있는 줄 알았지. 그곳은 별로 떠들썩하지는 않지만 선녀가 살고 있다고 생각했지. 선녀는 밤이면 인간 세상이 그리워하는 정을 전했어. 천여 년 이래 이런 전설은 많은 적막한 마음과 아픔을 가진 사람들의 마음을 위로해 주었어. 하지만 지난 칠십 년대 미국 사람들이 달에 올라갔지. 내려온 후 그들은 허튼 생각은 하지 말라고 했어. 달에는 아무것도 없고 심지어 공기도 없었다며. 그저 황량한 산만 있을 뿐이었다고. 이건 정말 세속적이고 참혹한 일이야. 그 후 사람들은 달에 대한 흥미를 잃어 버렸어. 시인 예술가, 심지어 실연당한 아가씨들도 다시는 달에게 소망을 말하지 않았어. 미국 놈들이 그것은 그냥 한 더미 황량한 산이라고 말했기 때문이지."

안편은 깊이 탄식했다. 그녀의 말투는 듣기에는 평범하지만 실제
는 찢어질 만큼 깊은 절망이 있었다. 안편이 이 짧은 시간동안 나에
게 준 인상은 단순하고 유쾌했다. 이런 느낌은 내가 그녀의 나이, 신
분, 아름다운 모습 뒤에 감추어진 어떤 경험들을 잊어버리게 만들었
다. 안편이 나에게 사랑이야기를 요구할 때 난 별로 말하려고 하지
않고 그녀더러 "안편! 네 이야기부터 하자"라고 말했다.

설마 이미 내 자신이 정말 죽은 건 아닐까? 다른 사람에 대한 호
기심과 흥취에 대한 모든 궁금증을 잃어 버렸을 때 나는 항상 스스
로의 냉정함 속에 파묻혀 있었다. 타인이 내 체온에 남은 조그마한
것이라도 갈구한다고 할 때 그것은 이미 내 자신이 시체를 닮아간
다는 것이 아닐까? 아니면 이미 시체가 되어버린 걸까?

여기까지 생각한 후 나는 돌아누우면서 안편을 끌어안았다. 안편
은 얌전하게 돌아누워 등이 나를 향하고 있었다. 나의 몸은 그녀의
몸과 나란히 있었다. 붙어 있는 한 쌍의 커플이 되었다. 내 한 손은
안편의 아랫배 위에 놓여 있었고, 다른 한 손은 그녀의 목 사이로
들어갔다. 안편은 조금 중얼거렸다. 그것은 일종의 흡족하다는 신
호였다. 그녀는 내 손을 천천히 잡아서 자신의 젖가슴에 가져다 놓
았다.

이런 친밀한 기댐 속에서 문득 오랜 시간 동안 지나온 연민이 생
겼다. 일본의 전위예술가 오노 요코가 생각났다. 그녀와 존 레논이
함께 찍은 사진인데 그들이 거의 벌거벗은 채로 함께 보냈던 밤의
장면이었다. 그중 한 명은 총살되었다. "난 죽음을 별로 무서워하지
않는다. 그건 그냥 어느 차에서 내려 다른 차에 오르는 것이다." 존

레논은 아마 자기의 운명이 어떻게 될지 알았을 것이다. 그는 생전에 항상 이렇게 말했다. 하지만 그는 죽음이라는 것은 그냥 한 사람이 다른 차를 갈아타는 것이라고 생각했던 것일까? 혼자서 다른 빈 차를 탔을 때의 두려움을 생각해본 적이 있을까? 이 차가 휘청거리며 앞으로 달릴 때 다른 차에 쫓기는 것을 털끝만치도 개의치 않았던 걸까?

"뭘 생각해?" 안펀은 나의 생각을 끊어 버렸다.

"아니야. 아무것도 생각하지 않았어."

안펀이 자세를 바꾸자 나하고 더 가까워졌다.

"만약 이 세상에 우리 둘만 있다면. 아니 우리 둘만 같이 있어서는 안 돼. 너나 혹은 내가 혼자 남는다면 넌 제일 먼저 뭘 하고 싶어? 예를 들면 지금 또는 내일 아침 우리 둘 중에 어느 누군가 깨어나지 못한다면?" 안펀은 어둠 속에서 물었다. 그러자 나는 "당연히 너의 모든 것을 빨리 알고 싶지"라고 대답했다.

"너 진짜 내 이야기 듣고 싶어?"라고 안펀은 계속 물었다. 나는 말하지 않고 그저 머리만 끄덕였다. 뒤돌아 있던 안펀이 내 끄덕임을 봤을지는 모르겠지만 내가 더 세게 끌어안는 것을 느낀 것 같았다.

"내가 너보다 나이가 많으니까 할 이야기가 더 많아." 안펀은 그녀의 젖가슴 위에 있는 내 손을 잡으면서 말을 이었다. "난 술집여자야……."

나는 바로 지나친 호칭으로 자신을 비하하는 그녀를 제지했다.

12장

오리털 침낭 안에 있는 안편은 낮은 목소리로 자신의 이야기를 했다. 너무 냉정해 보였고 혹은 평범해 보였으며 마냥 중얼거리는 것 같기도 했다.

야부린산은 진짜 산이 아니라 사실 우리 고향에 있는 북방의 한 작은 도시 이름이야. 어릴 적 그 도시에 아주 특이한 공장이 있었지. 카로 동, 알루미늄, 철 등을 가지고 여러 종류의 동물과 인물들을 만들었거든. 동물로는 소, 돼지, 말, 양, 뱀, 용, 토끼, 고양이 모양이 있었고, 인물로는 나폴레옹, 공자, 관우와 재물신 등이 있었어. 여기에 여러 가지 색을 칠해서 전국 각지에 팔았지. 야부린산은 이전에는 아주 큰 제철단지였어. 크고 작은 철강과 관련된 수공업이 발달했지. 80년대 후반 야부린산의 유일한 직업기술전문대학의 여러 교수들이 당시 시장에게 폐업한 공장을 금속공예품 주조공장으로 개조하면 지방 경제를 발전시킬 수 있을 것이라는 탄원을 올렸어. 시장은 교수들의 건의를 수용한 후 그대로 진행했지. 진짜 해내고 말았어. 그 뒤 오랜 시간을 걸쳐서 금속공예품 주조는 야부린산의 경제를 이끄는 중견산업이 되고 말았어. 그곳에 리즈화라는 여인이 있었어. 공장 사람 중에 한 명이었지.

　그녀. 맞아. 바로 내가 말한 분은 바로 나의 어머니야. 아주 요염하게 생겼지. 내 기억에는 지금의 나보다 더 가늘고 완벽한 허리를 가지고 있었어. 힙도 더 올라갔고 키만 나보다 조금 작았을 거야. 조금 패인 눈을 가지고 있었지. 눈동자는 커피색인데 조금 연했어. 멀리서 보면 눈빛은 항상 사방으로 퍼졌고 한곳에 집중되지 않았어. 남자를 뚫어지게 볼 때면 마치 기관총으로 사격하는 것 같았지. 많은 남자들이 그녀를 좋아했고 사랑을 받기도 했어. 난 내가 아버지가 있었는지 기억하지 못해. 리즈화씨는 나한테 "묻지 마. 그 사람은 일찍 죽었어. 넌 그때 이 엄마 뱃속에 있었어"라고 말했지. 아마 그 때문에 많은 남자들이 대범하게 제멋대로 거리낌 없이 그녀를 좋아했던 걸 거야. 그들은 우리 집에 와서 그녀와 같이 밥을 먹고 술을 마시고 연신 담배를 피웠어. 그리고는 작은 침실에 들어갔지. 이때 난 늘 십여 평 정도의 작은 거실에 있었어. 작은 흑백텔레비전 소리를 크게 틀었지. 남자들은 다들 즐겁게 드나들었어. 어떤 때는 간식을 들고 와서 내게 주고 어떤 때는 몇 십 위안(元)을 주기도 했어. "귀염둥이, 참 예쁘고 귀엽네." 그들이 가야만 난 비로소 침실에 들어가 잘 수 있었어. 우리 집은 침실이 하나밖에 없었거든. 그 당시에는 한 사람의 노동자가 기숙사식 건물에 침실이 하나인 주택을 가질 수 있었어. 보통 자려고 침실에 들어가면 어머니는 침대 밑에 앉아서 담배를 피우고 있었어. 어떤 때에는 눈물을 흘릴 때도 있었지. 그녀가 울 때면 옆에 가서 눕고 싶었어. "엄마"라고 몇 번 불러보고도 싶었지. 하지만 그녀는 눈을 부릅뜨면서 말하곤 했어. "저리 못 비켜? 넌 내 발 아래에서 자." 나는 아주 억울하게 그녀의 담배 냄새와 발 냄새를 맡으면서 잠이 들었어.

어느 날 저녁, 귀중한 손님이 집에 찾아왔어. 거무스레하게 생겼고 뚱뚱하고 키가 컸지. 말할 때는 우레 소리 마냥 소리가 높고 우렁찼어. 그리고 그때마다 "아따 참, 씨발"을 붙였어. 여인은 싱글벙글하면서 연이어 비위를 맞추면서 말했어. "공장장님! 오셨네요. 공장장님께서 그렇게 다망하신데도 저에게 관심을 주시네요. 공장장님. 빨리 앉으세요." 공장장은 손에 들고 온 돼지고기 한 덩이를 상 위에 던지면서 큰 소리로 "아따 참. 리즈화! 거실에 소파도 없고 너 참 어려운가 보네. 집을 이 따위로 초라하게 만들고. 씨발!"

그 여인은 이지화라 하지만 모두들 리즈화라 불렀어. 리즈화, 이지화, 이지화, 리즈화. 리즈화는 "그래요, 공장장님, 방법이 없어요. 여자 혼자서 방법이 없어요. 쥐꼬리만 월급에 돈 달라는 계집년까지 있다 보니 구차해도 어쩔 수 없죠. 공장장님께서 좀 도와주십시오" 하고 말했지.

"아따 참! 리즈화. 너 생활태도에 문제 있다면서. 밖에 남자들이 많다고 자랑하냐? 씨발." 공장장이라는 남자가 두 팔을 벌려 나를 안으려 하는 바람에 난 너무 겁이 나서 한쪽에 숨어 버렸어. 공장장은 "하하하! 리즈화야, 리즈화. 이 아이도 작지 않네. 엄마라면 엄마답게, 엄마다워야지. 씨발! 너저분한 남자들을 끌어 들이지 마."

여인은 "네, 네, 네. 공장장님. 알겠습니다"라고 했다.

"아따 참! 이래야 되지." 공장장은 소리를 높였어. 그리고는 작은 침실 문을 밀면서 말했어. "아따 참! 너 진짜 고생하네. 이 방은 너무 작어, 씨발."

여인은 앞으로 다가가 그의 손을 잡고는 흔들며 애교를 부리면서 말했어. "공장장님, 좋은 오빠. 우리 좀 신경 써 주세요. 봐요. 아이도 이렇게 컸고 조금 있으면 월경도 할 텐데. 나하고 같은 침대를 사용해야 해요."

그리고 여인은 몸을 엎드려 울기 시작했지. 공장장은 "아따, 씨발! 고양이 오줌 짜지 말어. 네가 그냥 이 공장장 말 듣고 사람 노릇 제대로 한다면 내가 약속한다. 부과장으로 승진시켜 주고 두 칸짜리 방으로 옮겨가는 건 문제 없어. 큰일도 아니야"라고 말했어.

여인은 바닥에서 깡충깡충 뛰기 시작했어. 공장장의 검은 얼굴에 뽀뽀까지 했지. 공장장은 입이 찢어지게 웃어댔어. 그리고는 여인을 침실로 밀면서 말했지. "아따 참! 이 어른 얼굴을 침으로 떡칠하지 말어. 들어가, 들어가. 나하고 담배 한 대 피우자. 잘 논의해 보자."

나는 혼자 밖에 앉아 텔레비전을 보고 있었어. 안에서는 여인의 죽어가는 듯한 신음 소리가 들렸어. 나중에는 크게 울기까지 했지. 나는 그냥 텔레비전 소리만 높였어. 한 여윈 여인이 목청껏 노래를 불렀어. 마치 한 마리 나비가 창문에 날아들어 온 것 같았지. 한 늙은 여인이 목청껏 노래를 불렀어. '하얀 구름을 푸른 하늘에 바친다. 긴 거리를 먼 곳에 바친다. 나는 무엇을 너한테 바쳐야 하는가? 내 사랑하는 사람.' 또 다른 뚱뚱한 여인이 목청껏 노래를 불렀어. '나는 너를 사랑한다. 북방의 눈이 휘날려 온 산과 들판에 가득하다.' 한 여인이 무대를 떠나자 또 다른 여인이 등장했지. 침실 문은 아직도 열리지 않았어. 상 위에 놓여 있는 고기에는 파리가 꼬였어. 파리채로 때리고 또 때려서 한 마리가 떨어지자 두 마리가 다시 날아왔어. 나는 파리를 때리다가 지쳐 버렸어. 침실 문은 아직도 꽉 닫혀 있었지. 걸상 두 개를 가져다가 붙여 놓은 후 그 위에 누웠어. 그러다가 나중에는 잠들어 버렸어. 이튿날 일어나보니 침실 문은 아직도 닫혀 있었지. 나는 엄마에게 "나 학교 가요"라고 말했지만 문 안에서는 반응이 없었어. 그래서 나는 그냥 가방을 메고 굶은 채로 학교에 갔지. 방과 후 배고픔을 참으며 집에 왔어. 마침내 침실 문은 열려 있었어. 침대 위는 어지럽기 그지없었어. 옷과 이불은 다 땅에 떨어져 있었지. 바로 달

러가서 정리하려고 할 때 여인이 벌거벗은 채로 화장실에서 나왔어. "너 왔어? 배고프지?" 나는 "배고파요"라고 대답했어. 여인은 "내가 밥할 테니까 넌 좀 쉬어. 그건 그냥 두고"라고 하면서 나한테 다가와서 손에 쥐고 있던 옷을 가져갔고 자신의 속옷을 찾았어. 난 문득 그녀의 벌겋게 부은 눈을 발견했어. 몸은 군데군데 시퍼렇고 자주색으로 멍이 들어 있었고 한쪽 가슴에는 물린 흔적까지 있었지. 내 마음은 그녀의 가슴처럼 아팠어. "엄마, 왜 그래? 그 사람이 엄마를 어떻게 한 거야?"라고 물었지. 여인은 아주 거칠게 나를 밀쳐내면서 "가서 숙제해, 허튼 소리 말아. 보긴 뭘 봐, 모르면서 뭘 굴어봐" 하고 짜증을 냈어.

그날 점심, 여인은 어제 공장장이 가져온 고기를 요리했어. 그녀는 아주 맛있게 먹었지. 우린 평소에 고기 먹는 게 쉽지 않았거든. 고기 한 점을 집어서 입으로 넣으려고 할 때 어제 저녁에 파리 잡던 생각이 문득 나서 조금 메스꺼워졌어. 고기를 도로 놓고 말았지. 여인은 화난 목소리로 "왜 안 먹어?" 하고 물었어. "파리가 앉은 거예요." 여인이 젓가락으로 내 머리를 때리며 말했어. "너 여윈 거 봐. 원숭이 같아. 네 죽은 아빠처럼 먹지 않는다면 영양부족으로 나중에 어떻게 크려고? 가슴도 작고, 엉덩이도 작고, 창백해서 다 죽어가는 얼굴, 어느 남자가 똑바로 처다보겠니?"

아무튼 먹고 싶지 않았어. 여인은 완전히 화를 내며 고기 한 점을 짚어서 내 입에 밀어 넣었어. "이년아! 고기 먹는 게 얼마나 어려운지 알아? 음식 가리는 것 좀 봐!" 여인은 일어나 내 머리를 쥐고 목을 처들게 해서 고기를 먹게 만들었어. 숨이 막힐 것만 같아서 토하기 시작했어. 여인은 손을 놓고 힘 있게 나를 밀어냈지. "너 이년! 왜 빨리 죽지 않니? 이렇게 철이 없어? 나쁜 년." 그리고는 자기 의자에 앉아 젓가락을 휙 하고 저었어. 울화가 치밀었던 거야.

그나마 좋았던 건 그 남자가 그 후로 한 번도 고기를 가져오지 않았다는 거였어. 삼일을 멀다 하고 서너 달은 의자를 붙여놓고 잤어. 그러다가 나중에는 침실이 두 개 있는 집으로 이사했지. 집들이 하던 날 여인은 직접 거리에 나가 고기 두어 근과 채소를 많이 사왔어. 공장에서 몇 사람이 와서 도와주었지만 그들은 아무 말도 없이 묵묵히 일만 했어. 음식 냄새가 풍길 때쯤 일하던 사람들은 다 가 버렸어. 공장장이 그 시간에 나타났지. 소주 두 병에 침대용품 한 세트를 들고 왔어. 그는 소주를 상에다 놓고 침대용품을 리즈화 침대에 던지면서 말했어. "아따 참. 그 낡아빠진 물건들은 쓰지 마. 네 딸한테 넘겨줘. 우리 오늘 새것으로 바꾸자. 씨발! 새집에 낡아빠진 이부자리? 낡은 것은 모두 없애. 하하."

이사한 날 공장장은 술을 너무 많이 마셔서 마치 죽은 돼지처럼 반응이 없었어. 리즈화는 그를 끌어 자기 방에 눕히고는 침대용품을 내 침대 위에 던지면서 "너 새것으로 해. 자기 방이 있으니 이제부턴 혼자서 정리해. 일 없으면 자기 방에서 공부하던지 쪽팔리게 하지 마. 만약 중학교에도 입학 못하면 가만두지 않을 거야" 하고 말했어.

난 내 방으로 들어왔어. 여인은 그 고기 두어 근을 모두 삶아서 한 그릇은 저녁에 먹고 다른 것은 찢어서 작은 사발에 덜어 새로운 이웃들한테 인사하려고 했어. 대부분 회사동료였지. 모두 다 웃는 얼굴로 "고마워요. 잘 되었네. 서로 도웁시다. 같이 노력해서 공장과 집을 사랑합시다. 네 가지 현대화를 건설합시다" 하고 말했지.

리즈화는 고기 한 그릇을 나누어 준 후 나보다 키가 큰 남자 아이를 데리고 왔어. 리즈화는 흥얼거리면서 그를 소개시켜주었지. "애는 제일 위층에 사는 탄모우이야." 탄모우는 수줍게 미소 지으면서 "안녕, 난 탄모우라고 해. 7층

709에서 살고 있어" 하고 말했어. "애는 제일고등학교에 다녀. 물리과 대표 맞지? 탄모우야?"라고 리즈화가 소개했어. "안녕, 난 제일고등학교 1학년에 다니고 있는 탄모우라고 해. 물리과 대표가 아니라 생물과 대표야." 리즈화는 별 것 아닌 일에 크게 놀라면서 말했어. "생물과 대표? 더 대단하네. 오늘부터 이 여동생을 잘 챙겨줘." 탄모우는 얼굴을 붉히면서 "생물은 동생이 아직 배우지 않을 거예요. 중학교에 들어가서 배울 거예요"라고 말했지. "중학교? 어린 여동생은 빨리 배워야 해. 안편아, 너 이 오빠를 선생님으로 모셔야 한다. 오빠더러 공부를 가르쳐 달라고 해. 오빠는 제일고에 다니고 이제 대학에 들어갈 거야." 나는 다가서서 탄모우의 손을 잡으면서 말했어. "안녕하세요. 탄모우 오빠. 난 안편이라고 해요. 공부를 잘 못합니다. 오빠를 선생님으로 모실께요" 탄모우는 놀라면서 그 손을 뺐어. "안편 학생 안녕. 서로 돕고 같이 노력하자."

우리가 말하고 있는 사이 공장장은 술이 깼고 화장실에 가려 했어. 그리고 손을 저으면서 소리쳤어. "빨리 꺼져. 시끄러워 죽겠어." 탄모우는 너무 놀라서 떠나 버렸지. 리즈화는 "아이고! 애를 놀라게 하지 말아야죠, 그 아이한테 안편하고 친구하라고 그랬는데. 나중에 출장이 많아지면 여자 아이 혼자 집에 있으면 걱정 되어 그래요" 하고 말했어.

"이렇게 하지 않아도 되는데." 공장장은 손을 휘저으면서 "그 자식 제 엄마랑 똑 같아. 나약하긴. 내가 그 자식에게 하라 하면 안 하겠어. 진짜, 씨발!" 하고 말했어.

리즈화는 침실이 둘 달린 집에 그리고 공장 총무과 부과장으로 승진해서 공장장하고 자주 이곳저곳을 다니면서 동물 조형물을 판촉하기 시작했지. 탄모우는 그들이 출장을 가면 나를 돌봐주기로 했어.

"안녕, 나 탄모우이야. 709에서 살고 우리 아빠가 너한테 공부시키라고 했어." 리즈화가 이사한 후 첫 출장이었어. 탄모우가 우리 집 문을 노크했고 나를 보살피러 왔다. 나는 문 뒤에 서서 "당신 아빠는 누구에요?"라고 물었다.

"우리 아빠는 탄하이룽이야."

"탄하이룽? 탄하이룽이 누구죠?"

"탄하이룽은 우리 아빠야."

난 문 뒤에서 킥킥거리며 웃었어. "무슨 과대표야. 말도 제대로 못하면서. 한참 동안 아빠가 누구인지도 제대로 설명 못하면서." 문을 열자 탄모우는 마치 죄인처럼 고개를 푹 숙이고 한 더미 책을 안고 안절부절못하면서 서 있었지. 나는 "탄모우 오빠. 오빠 아버지가 누군지도 잘 설명하지 못하면서 어떻게 내 선생님이 될 수 있겠어요? 누가 누구를 도와야 하죠?"라고 말했어.

"서로 도와주어야지." 탄모우는 손에 있는 책을 나에게 쥐어주었어.

"서로 도와도 그만큼 능력은 있어야죠. 말도 제대로 하지 못하면서. 머리도 감히 쳐들지 못하면서 어떻게 선생님이 되나요? 빨리 말해줘요. 아빠는 누구세요?"

"너 만나 봤을 거야. 그날 너 봤어." 탄모우는 여전히 머리를 숙이고 있었어. "우리 아빠는 탄공장장 탄하이룽이야. 아빠가 자주 너희 집에 가잖아."

난 그제야 알았지. 탄모우의 아버지는 공장장 탄하이룽이고, 그는 7층에서 살았어. 조금 화가 나서 탄모우를 바깥으로 밀쳤고 탄모우는 앞으로 몸을 가누었지. 내가 손을 놓고 몸을 비키자 탄모우는 쫘당 하고 거실 바닥에 넘어졌어. 그 책들은 바닥에 떨어졌어. 탄모우는 바닥에서 일어났어. 이마는 바로 부어올랐지. 얼굴은 발개졌고 눈물이 글썽했어. 나를 쏘아보더니 바로 나갔고 몸은 계단 사이로 사라졌어. 문을 닫고 책들을 한 권, 한 권씩 주웠어. 《인간 세상에서》, 《피노키오》, 《장하이디》, 《초등학교 교과서 문집》, 《초등학교 영어교재》 그리고 '시집'들이었어. 나는 이 책들을 모두 내 방에 가져다 놓았지. 이때 누군가 문 두드리는 소리가 들렸어. 문을 열고 보니 탄모우였어. 뒤에는 뚱뚱한 여인이 서 있었어. 엄마 같이 보였지.

"미안해, 안편 학생." 탄모우의 눈은 붉어져 있었어. 울었던 게 분명했다. 이마는 크게 부었고 아주 매끄러워 보였어. 얼굴에 살이 별로 없었던 탓에 부어오른 게 더 뚜렷해 보였어. 하마터면 웃음을 참지 못할 뻔했지. "우리 엄마야. 우리 엄마가 너한테 사과하러 왔어." 탄모우의 어머니는 바로 내 손을 잡고 내 머리를 쓰다듬으면서 '진짜 작은 예쁜이구나. 너희 엄마는 큰 예쁜이고. 딸은 엄마를 닮았구나. 너희 둘은 서로 단결해서 발전해야 해. 함께 공부해야지 따로 떨어져서는 안 돼. 이건 바로 탄모우의 아빠인 공장장님의 영광스러운 분부란다. 우리 다 같이 완성해야 돼' 하고 말했어. 그녀는 나에게 문을 잠그라 했고 자기네 집에 가서 자기를 바랐어. 아이 혼자 집에서 잘 수는 없다고 하면서. '오빠하고 같이 공부하고 같이 자거라. 여기는 저녁이면 귀신이 나온단다. 일층 제일 아래쪽인데 115방이야. 공장에서 근무하던 오씨라는 분이 매우 잘 살고 있었는데 어느 날 갑자기 목을 매달고 죽어 버렸어. 벌써 몇 년 되었지. 그 집을 다른 사람들한테 주려고 해도 어느 누구도 나서지 않아. 지금도 한밤중이면 그 방 안에서 오씨가 기침하는 소리가 들려온단다. 목을 조르는 것 같은 기침소리인데 진짜 무서워.'

나는 더 이상 참지 못하고 가방을 싸고 그들과 같이 그들의 집으로 갔어. 탄모우의 집에는 방이 여러 개 있었어. 탄모우 혼자서 방 두 개를 썼어. 침실과 공부방이었지. 우리는 공부방에서 공부를 했어. 공부가 끝난 후 탄모우는 "모르는 것이 있으면 나한테 물어봐"라고 말했어. 나는 "아니, 없어요"라고 대답했지. 나는 매일 숙제를 대충대충 하고 텔레비전을 보곤 했어. 〈대서양에서 온 사람〉, 〈상하이탄〉, 〈사조영웅전〉 등 꾸어뚱거와 천쩐들의 것을 보았지. 탄모우의 엄마가 거실에서 텔레비전을 보니 나도 가서 같이 봤어. 탄모우의 엄마가 텔레비전을 보면서 욕하면 나도 옆에서 따라 욕하고 웃으면 같이 웃곤 했어. 탄모우의 엄마는 종종 울 때가 있었어. 별 느낌이 없어 따라서 울지는 않았지. 탄모우의 엄마는 눈물을 닦고 부엌으로 가더니 한참 후에 삶은 계란을 들고 나왔어. 나와 탄모우에게 먹은 후 들어가 자라고 했지.

그날 저녁 자다가 고함소리에 깼다. 아래층에서 죽었다던 오씨의 귀신이 나왔나 했어. 그런데 바로 침대에 누워 있던 탄모우 어머니가 고함을 질렀던 거야. 너무 놀라서 어찌할 바를 몰랐어. 그때 탄모우가 불을 켜고 들어왔어. 그는 "무서워하지 마. 우리 엄마 원래 간질이라는 병이 있어. 공교롭게 오늘 발작해서 말이야. 안편 무서워할 것 없어" 하고 말했어. 그리고는 차분하게 엄지손가락으로 엄마의 인중을 눌렀어. 한참 누른 후 손으로 엄마의 따귀를 몇 대 쳤어. 또 다시 인중을 누르고 따귀를 치곤 했지.

나는 한쪽에 멍하니 서 있었어. 오금을 펴지 못하고 말했지. "탄모우 오빠. 어떻게 엄마 따귀를 때릴 수 있어요?"

탄모우는 뒤돌아보면서 "비켜. 넌 알지 못할 거야. 보지 마"라고 말했어.

탄모우의 엄마는 경련을 일으키더니 토하기 시작했어. 그래도 몇 차례 인중을 누르고 볼을 치니 조용해졌고 마치 자는 것 같았어. 호흡도 안정되어 갔어. 원래 탄모우의 엄마는 젊었을 때 공장의 꽃이었대. 공장장하고 잠자리까지 했었다지. 2년 후 말썽이 될까봐 당시 청년노동자 탄하이룽한테 소개시켜 주었어. 탄하이룽은 승진에 욕심이 가득한 청년이었지. 공장장의 명령이라면 완전히 순종했어. 그래서 당시 공장의 꽃하고 결혼까지 하게 되었다지. 2년 후 탄모우를 가졌고, 다시 2년 후에 구매 과장으로 승진했어. 또 2년 후 부공장장으로, 또 2년 후 공장장이 되었지. 공장장 탄하이룽은 그때부터 모든 아가씨들을 매력에 따라 순서를 정해서 하나하나 정복하여 자기 침대의 전리품으로 만들었어. 그의 마누라는 참을 수 없었지. 그러자 탄하이룽 공장장은 그녀에 대해 할 수 있는 모든 조치를 취했어. 공장의 꽃이었던 그녀의 약점을 악랄하게 들춰낸 거야. 예전 공장장을 협박해서 모두 까발리게 했어. 손발로 차고 과거의 잘못과 결점을 지적해서 고치라고 했어. 나중에는 그녀를 파면 대상에 넣었지. 집에 가서 남편과 아이한테만 충실하도록 한 거야. 노동자처럼 대우하는 것은 변하지 않았어. 탄모우 엄마는 울면서 투쟁했어. 그러다가 참고 나중에는 그냥 운명으로 여기고는 성실한 현모양처가 되었지. 나중에는 간질이라는 병에 걸렸고 몸도 급속하게 뚱뚱해졌어. 출중한 미녀가 뚱뚱한 아줌마로 바뀌고 만 거야. 몇 년에 걸쳐서 이런 일들을 알아넸어. 그때 당시 난 너무 무서워서 침대에 오랫동안 앉아 있다가 잠들어 버렸었어. 이튿날 아침 탄모우의 엄마는 미소를 지으면서 밥 먹으라고 나를 깨웠지. 마치 어제 저녁에 아무런 일도 없었던 것처럼 아침밥을 해줬어.

13장

"내가 너무 오래 이야기했지?" 하면서 안펀은 오리털 침낭 안에서 자세를 바꾸었다. 그녀의 목 안에서 팔을 빼냈다. 팔이 저려서 공중에서 몇 번 털고서야 피의 흐름과 신경의 퍼짐을 느꼈다.

"푹 빠져 들었어. 아마 탄모우의 가족은 네 인생에 있어서 특별한 존재일 거야. 네가 무엇을 말해도 나는 다 듣고 싶어. 마치 네 과거에 빠진 것처럼 말이야."

"그건 다만 내 인생의 시작일 뿐이야. 행복과 불행은 다 거기서부터 시작되었어."

"출발점. 맞다. 출발점이야. 사람마다 자기한테 속하는 출발점에서 시작하는 거야. 스스로 아픔을 느끼는가? 아니면 스스로 평범함을 느끼지 못하는가."

"그래?" 안펀이 긴 이야기를 준비하려고 할 때 우리는 동시에 어디선가 불빛이 있다는 것을 느꼈다. 안펀은 머리를 처들고 침낭에서 팔을 빼면서 손으로 가리키면서 "빨리 봐봐! 비행물체, 분명 비행물체일 거야" 하고 말했다.

하나, 둘, 셋. 한 열 개 정도 되는 광선이 어두컴컴한 큰 산 뒤에서 넘어오면서 아래로 이동했다. 우리 둘은 동시에 일어나 앉아 그 광선을 지켜봤다. 그것은 마치 아우디의 헤드라이트처럼 밝았다. 안개 모양같이 부드럽게 발산되어 한 덩이로 되었다. 그들은 'V'자 모양으로 배열되었다. 맨 앞에는 선도하는 광선이 있었으며 다른 것보다 좀 컸다. 아마도 맨 앞줄이라 우리하고 가까워서 시각적으로 더 커 보일 수도 있다. 그들은 진짜 우리한테로 다가왔다. 먼저 맞은편 산 형세를 따라 오는데 마치 스키를 타고 내려오는 것 같았다. 먼 곳에 있는 평지에 도착했을 때에는 아주 천천히 왔고 숲까지 왔을 때는 주저하면서 이동했다. 그들의 배열은 자꾸 엉망으로 엉켰다. 그 다음 밀림을 지나고 골짜기 거쳐 우리한테로 향했다.

몸에 있는 솜털이 다 일어날 것처럼 무서웠다. 몸을 제어하지 못한 채 침낭 속으로 들어갔다. 안편은 굉장히 흥분했다. "오! 오! 오!" 감탄까지 가면서 뛰기까지 했다. 바로 그녀의 미끈한 팔을 잡아당겼지만 그녀는 조금도 주의하지 않고 발가벗은 채로 침낭을 빠져나갔다. 텐트 한쪽을 열고 신속히 밖으로 나가더니 그 광선들을 향해서 달렸다.

"안편."

제지하려고 했지만 할 수 없었다. 따라가서 그녀를 잡고 싶었다. 그런데 왠지 이상하게도 팔마저 움직일 수 없었다. 그때는 마치 사악한 주술에 걸려든 것처럼 볼 수 있고 의식도 뚜렷했지만 움직일 수 없었다.

안편은 희미한 어둠 속에서 앞으로 달려갔다. 그녀의 몸은 건강하고 힘이 있었으며 아름다운 빛을 발했다. 그 광선들은 드디어 어둠 속에서 갑자기 나타난 안편을 발견하고 바로 멈추고는 움직이지 않았다. 안편과 그들이 점점 가까워질 때 그들은 동시에 사방으로 흩어지면서 각기 다른 방향으로 신속하게 활주했다. 안편은 그중 하나를 지켜보다가 쫓아갔다. 그녀의 속도가 너무 빨라서 내 눈을 의심할 정도였다. 얼마 후에 그녀는 광선 근처까지 다가갔다. 그녀와 광선들은 중첩되어 있었다. 그녀의 몸은 광선에 가려서 감미롭고 아름답게 변화되는 눈부신 윤곽을 그려냈다. 그런 아름다움은 삭막한 광야의 어둠 속에서 우울함을 만들어냈다. 순식간에 일어난 대지에 떠도는 격한 흐름에 나의 동공은 놀라 커져 버렸다.

안편은 광선들을 향해 달려들었다. 그녀가 달려드는 순간 광선들은 모두 사라져 버렸다. 고요한 들판에 또다시 어두운 적막이 흘렀다. 공간은 또다시 거대하고 견고하며 춥고 찬 마루판으로 변했다.

나의 혈액은 거의 굳어 버렸다. 아주 짧은 동안의 광경이었다. 그야말로 갑자기 일어난 이런 상황에 나의 생각은 도저히 따라갈 수 없었다.

십오 분 정도 지난 후 안편의 그림자가 텐트 앞에 나타났다. 나는 다급히 불렀다. "안편! 빨리 들어와. 춥지? 얼었지?" 안편은 들어오지 않았다. 저녁밥을 했던 부뚜막으로 가서 다시 불을 지폈다. 그녀는 불더미 옆에 한참 쪼그리고 앉아 있더니 어슬렁어슬렁 텐트를 들추고 침낭 안으로 들어왔다.

안편의 몸은 뜨거웠고 촉촉하기도 했다. 그녀는 흥분해서 거칠게

숨을 쉬었다. 나는 그녀의 이름을 여러 번 불렀다. 그리고 옆으로 그녀를 끌어안고 한 손으로는 그녀의 가슴을 살며시 어루만졌다. 한참 후에야 안편은 나의 목소리에 반응했다. 그녀가 몸을 돌려 눕자 우리는 몸을 마주하게 되었다. 동시에 그녀의 손도 내 등을 어루만지기 시작했다. 등이 뜨거워지기 시작했다. 이런 열이 나의 온몸에 전달되었다. 이런 느낌은 아까 광선들이 내보내는 빛처럼 아주 밝았지만 눈부시지는 않았다. 아주 뜨거우면서도 사람을 태우지 않았다. 이 열기는 내 몸의 감각을 따스하게 했다. 몸 안에 잠재되어 있던 싱싱함이 솟구쳐 나왔다. 강남의 작은 마을, 전원, 빼곡한 옥수수밭, 들꽃으로 만발한 들판, 뜨거워진 대지, 머리 위의 푸른 하늘, 토양의 썩은 냄새, 향기롭고 맑은 땀이 마구 생각났다. 내 몸은 달리고 있었다. 마치 방금 전 안편이 나갔던 것처럼 말이다. 사춘기 시절 마리와 마주 보았던 그 순간에 흥분되었던 것과 같았다. 나는 떨면서 질주했고 아주 빨리 그리고 깊이 이미 안편의 몸 안에 빠져 있음을 알았다. 아까 안편이 어둠 속에서 질주하던 것과 같이 매우 의아해하면서 눈동자를 크게 떴다. 나는 내가 이미 안편의 몸 안에 빠져 있음을 알 수 있었다.

나는 입술을 안편의 입술에 가져갔다. 그리고 생소한 달콤함을 빨아들였다.

"안편, 네가 밖으로 나가는 순간에 너를 사랑한다고 소리치고 싶었어. 그때 왜 아무런 소리도 내지 못했고 움직일 수 없었는지 모르겠어. 사랑해, 안편."

나의 한마디, 한마디 말에 따라 안편은 몸을 위로 일으켰고 목은 내게 감겨 있었다. 나는 예전에 내 목이 이렇게도 유연하고 긴지 몰랐다. 한 바퀴, 한 바퀴 에워쌌는데 안편이랑 하나씩 하나씩 매듭을 지었다. 이런 매듭은 나의 열정을 막았고 거꾸로 밀면서 아래로 향했다. 심장의 압력은 우르르 몸의 하류로 돌진했다. 그곳에 형언할 수 없는 에너지가 점점 많이 모였다. 나중에 그들은 드디어 제방을 뚫고 대단한 위력으로 앞의 질주를 뒤따랐다. 나는 안편의 그 파란 만장한 세상에 빠져들었다.

　나는 진짜 자신이 한 번 힘차게 흐르고 있는 것 같았다. 도중에 일찍 얼음이 되었고, 심지어 마르거나 죽음에 가까웠다. 드디어 어느 날 온도가 높아지고 사라진다. 융합되어 망망대해에 들어간다. 비바람이 멈춘 후 바다는 죽은 듯이 조용했다. 나는 오랫동안 안편의 몸 위에 기댔다. 과거, 미래, 생명과 사망의 체험 같은 것은 생각하고 싶지 않았다. 외로움은 영도 이하이다. 심령의 온도가 높아갈 때 빙산은 풀린다. 나는 자신의 바다를 찾았다. 그녀에게 호송되거나 포위되었다. 나는 잠들었다. 꿈속에서 꽃들이 하나하나씩 피었다. 바람은 화분을 사방에 흩어냈다. 그들이 어떤 곳에 떨어지더라도 말끔하고 새로운 색과 향기를 자아낸다. 나는 마리가 자란 것을 보았다. 그녀가 꽃밭에서 걸어올 때 치마에는 이미 화분들이 묻어 있었다. 얼굴 위에 있는 반점처럼 떨어지고 날아가고 흩어진다. 그녀는 성숙하고 우아하게 변했다. 얼굴에는 쑥스러운 웃음을 띠고 있었다. 그녀의 주위에는 색채가 감돌고 있었다. 마치 크레용으로 그린 수없이 많은 선 같았다. 사춘기 시절의 충동 같았다. 나는 "마리. 넌 뻣뻣하게 시체로 실려 푸른 하늘과 나의 놀라운 눈빛을 뒤로 했

었지. 그것 때문에 나의 사춘기 성장은 잔인하게 무너졌어. 오늘 안 편이 질주하는 것을 보니 사춘기 때의 기억은 그냥 하나의 착각이 고 그냥 악몽이지 않아? 너는 오늘 꼭 어둠 속 어딘가에 있을 거야. 아니면 눈앞에 서 있는 너의 애인과 속닥거리거나 뒤엉켜 있거나 몽 유하겠지. 생명이 있는 한 꼭 좋은 날이 있을 거야. 세상의 그 어떤 곳에도 햇빛이 비출 수 있는 기회가 있을 거야."

눈물이 흐른다. 뜨겁게 안편의 가슴을 적신다. 안편은 나의 머리 카락을 쓰다듬는다. 나는 깨어났다. 나는 눈물을 머금으면서 "안편, 사랑해. 드디어 너를 찾았어. 현실이야? 아니면 환각이야? 하늘에 있 어? 아니면 인간 세상에 있어?" 하고 물었다.

"어디에 있든지 모두 중요하지 않아." 안편은 나의 여윈 어깨에 키 스하면서 "찾은 것이 제일 중요해" 하고 말했다.

나는 눈물을 흘리며 말했다. "영원히 너를 찾지 못하는 줄 알았 어. 살아 있을 때 찾을 거라고는 생각지도 못했어."

"네가 처음이라는 것을 알고 있어." 안편은 혀로 나의 눈가에 있는 눈물을 한 방울, 한 방울 핥아 주었다. "만약 내가 너를 도와 내 자 신을 찾아왔다면 담대하게 너의 사랑을 받아 줄 거야. 하나님께서 안배한 우연과 위로가 드디어 나에게도 왔어. 필요 없다고 생각했 지. 영원히 기회가 없다고 생각했어. 하지만 네가 나타났고 우리는 동시에 여기에 나타났지. 동시에 자기를 찾았어. 이 얼마나 큰 행운 인지. 사랑해."

우리는 키스와 애무를 시작했다. 안편은 내 몸 위에서 무너지고 조심스럽게 나를 자신의 몸 안으로 밀어 넣었다. 나는 따듯하고 부드럽고 달콤한 속에 들떠 있다. 안편은 느긋하게 반나절이 지나서야 보일 듯 말 듯하는 동작을 여러 번 반복한다. 그녀의 입술은 나의 귓가에 오랫동안 머물러 있었다.

"그건 비행물체가 아니었어. 세상에는 귀신도 있고 신도 있지. 그래도 외계인 같은 것은 없어." 안편은 "몇 년 전에 책 한 권을 본 적이 있어. 거기에는 사람은 일종의 우연이고, 생명도 일종의 우연이며, 지구도 일종의 우연이라고 했어. 때문에 사람은 천성적으로 외로움이 있고, 생명도 천성적으로 외로움이 있으며, 지구는 절대적으로 외로운 거지" 하고 말했다.

"그런 것이 그렇게 추상적인지는 몰랐다. 그냥 당장 눈앞에 있는 것만 이해하고 싶었어." 나의 두 팔은 몸 위에 있는 안편을 끌어안았고 그녀의 풍만함을 어루만졌다. 그리고 그녀더러 빨리 아까 하다 중단한 광선의 기적을 말해달라고 재촉했다. "그건 과학기술이 아니고 외계인도 아니면 대체 뭐야?"

"내가 아주 어렸을 때 야부린산 고향에 있는 어르신한테서 이런 이야기를 들은 적이 있어." 그녀는 나의 귓가에 닿을 듯 말 듯 하게 키스했다. "어르신께서는 선조들이 금은보화를 땅에 묻은 지 꽤 되었다고 했어. 찾으러 갈 수도 있는 거지. 특히 광야에서 보내는 어두움은 지면을 떠돌다가 올라와서는 공기 중에서 떠돈다. 사실 금은보화의 냄새가 그들의 영혼이야. 금은 황금색을 띠고 은은 하얀빛을 띠지. 누가 그 물건들을 발견하고 추적한다면 그 재물을 얻어서 큰 부자가 되는 거야. 그 말에 따르면 우리가 아까 봤던 것은 은이야."

"네가 말한 것은 우리가 부자가 된다는 거야?" 나는 웃었다. 나는 내가 부자가 될 거라고는 한 번도 생각해본 적이 없었다.

"그래, 나는 아주 미친 듯이 부자가 되고 싶었어. 하지만 일찍 돈이 떨어졌지. 부자가 되고 싶다는 소망은 몇 년 동안 생각한 게 아니야." 안편은 "어르신들이 추측하고 설명하는 것은 재물로 제한되어 있어. 우리 선조들이 너무 가난했기 때문일 거야. 하지만 난 그것이 재물의 빛이라고는 생각하지 않아."

"그럼 그것은 무엇일까? 동물처럼 미끄러지고, 멈추고, 관찰하고, 판단하고, 뿔뿔이 흩어지는 그것 말야."

"소망 덩어리일 거야. 혹은 감정 덩어리, 정보 덩어리." 안편은 "더 구체적으로 말하면 분열된 영혼 덩어리라고 말해도 될 거야. 나는 사람이 죽은 후에는 하나의 영혼으로 다닐 것이라고 생각하지는 않아. 지금 세상에는 많은 사람들이 있고 각각의 개인으로 존재하지만 죽은 후 영혼은 교육을 받게 돼. 자동적으로 자기와 비슷한 영혼을 찾고 분류해서 조를 짜는 거지. 영혼은 생전에 강렬한 소원을 이루지 못한 후세의 연장이야. 비슷한 영혼들이 같이 뭉쳐서 덩어리를 형성하는 거지. 다시 말해서 동일한 소원을 가진 무리들이고 그들은 힘을 합치게 되는 거야. 예를 들어 어떤 사람이 평생 자기가 추구했던 진정한 사랑을 얻지 못하고 죽게 되면 그 영혼은 사실 진정한 애정을 갈구한다는 소원 자체라고 볼 수 있어. 그는 다른 비슷하고 단순한 애정의 소원을 가진 영혼들을 찾아서 덩어리를 만들게 될 거야. 빛을 발하는 아름다운 애정의 덩어리가 되는 거지."

나는 다시 안편의 몸 안에 돌진한 후 편안해졌다. 나는 말했다.

"사랑하는 자기야. 네가 말한 것처럼 아까 그 모든 것들이 영혼 덩어리라고? 그럼 너는 영혼의 숨소리를 얻은 거야? 아니면 같이 합류한 거야? 네가 추적한 그 빛 덩어리들은 어떤 영혼들이야?"

"당연히 얻지 못하지." 안편은 말했다. "만약 내가 거기에 합류한다면 난 지금 죽은 사람이야. 하나의 영혼이지. 나를 만져봐. 내가 진짜로 있어? 그냥 한 줄기 빛이야?"

안편의 매끈한 엉덩이는 아주 풍만했다. 매끈한 등은 아주 부드러웠다. 풍만하고 탱탱한 가슴은 내 손 안에서 춤추고 있다. 실제로 체온은 따스함을 전달했다. 입술로 구시렁거리고 속닥거리며 귀와 살을 서로 문지르며 떨어지기 어려웠다. 안편이 나에게 한 말은 진짜였고 확실했다. 특히 오늘 저녁, 특히 바로 앞, 특히 지금. 당장 다시 들어가지 못하는 것이 한스러웠다. 몸으로 이 사랑이 진실이지 영혼이 아니라는 것을 표현하고 싶었다.

"만약 그게 영혼이라면 네가 뒤쫓은 그 빛 덩어리들은 어디에 속해?" 나는 일부러 안편을 놀렸다. "천재? 미모? 재산? 존귀? 아니면 사랑?"

"사랑." 안편은 나의 귓가에 대고 애교가 넘치는 어조로 "놀렸어? 사랑을 주세요! 사랑을 주세요! 우리들한테 사랑을 주세요! 내가 빛 덩어리들을 덮칠 때 갑자기 정신이 들었어. 이렇게도 멀고 광활한 곳에 있는 우리를 찾은 것은 우리의 강렬한 소망의 신호를 받고 우리에게 소망을 추구하는 기회를 주려고 했던 걸 거야. 내가 단번에 뒤쫓아서 덮칠 때 그 빛 덩어리들이 사라졌지만 나는 아주 세게 땅바닥에 넘어지면서도 내 소원을 말했어. 그곳에 엎드려서 기도했어."

"진짜? 신기하네."

이때 나는 안편의 말을 믿을 수 없었다. 안편이 그 빛 덩어리들을 쫓았다가 돌아온 후 우리 둘 사이에는 그간의 관계를 뛰어넘는 무언가가 생겼다. 내가 조금도 예상하지 못했던 일이다. 안편을 만나 며칠 동안 원래부터 친한 것처럼 붙어 있었지만 안편이 어느 한 시점에 내 애인이 될 거라고는 한 번도 생각해 본 적이 없었다. 그리고 나의 몸은 아주 신기하게 어떤 이끌림에 따라간다. 모든 것이 정의와 사리에 맞지 않게 지나가지는 않았다.

24살 때 나는 진정한 사랑에 빠져보지 못했던 초라한 남학생이었다.

14장

"네가 어떻게 상처받았는지 그 이야기를 끝내면 많이 좋아질 거야." 그녀는 말했다. "나는 너의 그 끊어졌다 이어졌다 하는 것에 기대고 싶지 않거든."

밤하늘은 여전히 고요했다. 광선들의 갑작스러운 방문이 지나가자 몸 밖에 있는 세상은 여전히 있는 것 같았다. 몸 안에 있는 세상인데 바로 나와 안편 사이의 그만한 세상이다. 조금 조금씩 싹트기 시작하고 절기가 바뀌며 따스하게 된다. 우리는 서로 지난 과거들의 이야기를 나누었는데 대화는 처음과 달리 적극적이고 다급하게 변했다. 안편은 탄모우 집의 많은 세세한 것들을 알려주지 않겠다고 했다. "나는 완전히 귀를 기울여 듣는 것이 그것보다 더 중요해."

"나와 마리의 이야기는 그녀의 시체가 구급차에 실려 갈 때 끝난 게 아니야." 나는 말했다. "그건 그냥 악몽의 시작이야."

그때는 마리 일가의 살해사건이 발생한 지 사흘 후였다. 놀란 가슴이 아직

가라앉지 않은 작은 마을에 읍내 경찰차가 다시 나타났다. 마을 파출소 경찰의 동행 하에 경찰차는 골목을 천천히 지나갔다. 경찰이 호주머니에 손을 넣고 어슬렁거리는 것이 이리저리 조사해 보는 것 같았다. 그 뒤를 호기심이 있는 사람들이 뒤따랐다. 나중에 차와 사람들은 우리 집 문 앞에서 멈췄다.

나는 정원에 앉아서 여름방학 숙제를 하고 있었다. 며칠 동안 잠자는 것 이외에는 숙제만 하고 있었다. 숙제를 한다고 했지만 별로 진도는 없었다. 내 공책에는 글자가 별로 없었다. 내 머릿속은 마리의 뻣뻣해진 시체가 구급차에 실려 들어가는 광경이 꽉 차 있었다.

우리 집 문 앞에 선 경찰차에서 경찰 몇 명이 내렸다. 마을 파출소의 여드름투성이인 키 작은 경찰이 맨 앞에서 걸었다. 사람들은 그를 여드름 경찰이라고 불렀다. 그들은 우리 집 정원에 들어서서 내가 있는 작은 책상 앞에 오더니 몸을 굽히면서 숙제 공책을 보았다. "허허. 이놈 봐라. 공책에 한 글자도 없고, 온종일 어디에 정신을 팔고 있는 거야??"

나는 귀찮은 듯이 그를 쏘아봤다. 여드름 경찰의 입에서는 담배, 술, 돼지 머리고기, 야채 등의 썩은 냄새가 났다. 그는 나의 머리를 쓰다듬더니 허허 하며 혀를 찼다. 빨리 아저씨라고 부르라고 했다. 혹시 다음에 이 아저씨가 너를 잘 봐줄 수도 있어.

나는 힘껏 머리를 돌렸다. 이때 다른 경찰 두 명이 집안으로 들어왔다. 어머니의 이름을 불렀다. 그 중 한 사람 손에는 종이 한 장이 쥐어져 있었다. 나는 한 번 쳐다보고는 순식간에 머리가 터질 것만 같았다. 그것은 바로 내가 마리에게 준 초상화였다.

그들은 나를 방 안으로 불렀다. 어머니는 경찰 손에 쥐어진 그림을 보고 "애야. 이건 네가 그린 거야? 누구를 그렸어?" 하고 물었다.

"마리. 내 친구 마리." 나는 말했다. "내가 마리에게 줬던 초상화에요. 졸업하기 전에 모든 반 친구들한테 그림을 그려주었어요. 마리의 이 그림은 두 번째 그림이에요. 예전에 그렸는데 그 애가 마음에 들지 않아 했거든요."

경찰들은 서로 눈치를 보더니 그 그림을 가져갔다. 어머니는 순간 심각하게 여기더니 이내 울기 시작했다. 할 일 없으면 공부나 열심히 할 것이지. 무슨 재미도 없는 그림을 그리면서 괜히 문제를 일으켜?

어드름 경찰은 "아이고, 아주머니. 좀 진정하세요. 큰일 아닐 거예요. 애는 그냥 우리하고 잠시 같이 가는 거예요. 조사에 협조해 주세요. 빨리 돌아올 거예요. 아주 빨리. 제가 보증합니다. 유용한 정보를 제공해서 사건을 해결할 것을 도와주는 것이니까 정의로운 일이죠. 시민이라면 사람마다 책임이 있습니다"라며 어머니를 진정시켰다.

어머니는 어드름 경찰한테 무릎을 꿇더니 울면서 빌었다. "우리 애가 수줍어하고 담이 작은 거 삼촌도 잘 알잖아요. 제발 부탁인데 데리고 가지 말아요. 집에서 물어보면 안 될까요?"

나는 얼른 달려가서 어머니를 부축하면서 "엄마. 나 아무 일도 없을 거예요. 빨리 일어나세요. 엄마. 경찰 아저씨가 물어보면 내가 알고 있는 것 모두 말할게요. 제대로 말하겠습니다. 일어나세요, 엄마"라고 했다.

이렇게 나는 경찰차에 탔다. 한 시간 정도 걸려 차는 드디어 시내로 들어갔다. 그리고 경찰서라고 쓰인 낡은 건물 앞에 나를 내리게 했다. 두 명의 경찰이 나를 맞이했다. 키 큰 경찰은 나를 층계 난간의 철근에 수갑을 채우고는 내 반바지를 벗겼다. 여름이라서 나는 사각 반바지만 입고 있었다. 만약 벗게 되면 알몸이 되고 말 것이다. 그래서 나는 죽을힘을 다해 버티며 반항했다. "아저씨 왜 벗겨요? 왜 벗겨요? 나는 그냥 팬티 하나만 입었어요." 키 큰 경찰은 내 뺨을 한 대 쳤다. "이 양아치 새끼. 죽고 싶어? 어른이 뭘 하라면 해야지. 생떼 쓰지 마!" 눈에 불꽃이 일 정도로 맞았다. 다른 층계의 한쪽 편에도 한 여인이 수갑을 차고 있었다. 몸은 말랐지만 얼굴은 조금 통통했다. 우리 엄마보다 젊은 것 같았다. 나중에 알고 보니 산아제한 규정을 어기고 도망치다가 붙잡혔다고 했다. 밤새 수갑이 채워져 있었다. 모기한테 물려서 사지가 부어올라 있었다. 그녀는 키 큰 경찰에게 싸가지 없이 다른 집 귀한 아이를 그렇게 하느냐, 진짜 뻔뻔하다며 욕을 했다. 키 큰 경찰은 사납게 그녀의 뺨을 몇 대 치면서 쓸데없는 일에 참견 말라고 했다. 그리고 경찰은 내 반바지를 벗겼다. 그리고 팬티를 들고 더러워 죽겠다고 하면서 빠른 걸음으로 기다리고 있던 경찰차에 가져다주었다.

온 천지가 어두컴컴했다. 온몸이 벌벌 떨렸고 손발이 감각을 잃었다. 이마에서는 쉴 새 없이 식은땀이 났다. 그녀는 수갑이 채워지지 않은 다른 손으로 나를 도와 땀을 닦아주었다. "애야, 두려워하지 마. 저 사람들은 거칠지만 마음은 나쁘지 않아. 좋은 사람을 억울하게 만들지는 않을 거야. 조금 후면 괜찮아져. 조금만 지나면 된다."

나는 울음을 터뜨렸다. "이곳에 와서 그냥 상황만 이야기한다고 했잖아요. 왜 수갑을 채우는 건가요? 그리고 옷까지 벗기고." 나는 사방이 컴컴해질 때까지 울었다. 여인은 끊임없이 땀을 닦아주었다. 그리고 끊임없이 "아가야. 괜찮다. 진짜 괜찮아"라고 말해 주었다.

반나절이 지나서야 연세 많은 여인의 부친이 물과 먹을 것을 여인한테 가져다주었다. 여인은 아버지에게 나에게도 물을 주도록 했다. 그리고 어르신께서는 밖에 나가 새 팬티를 사오더니 나한테 입혀주었다. 날이 오래전에 이미 어두워졌다. 내가 잤는지 아니면 기절했는지 생각나지 않는다. 꿈에서 여러 번 모기를 쫓았다. 몸에 쥐가 나기 시작했다. 머리 주위에 고압 자기장이 흐르는 것 같았다. 나는 그런 자기장에 몇 번이고 맞은 듯했다. 꿈 때문에 놀라서 깨어났을 때, 아니면 이미 기절했다가 전기에 의해서 깨어났을 대 키 큰 경찰이 내 자지를 잡아당겼다. 그 다음 나는 완전히 깨어났다. 키 큰 경찰은 손전등으로 내 하반신을 비추었다. 내 반바지는 이미 무릎 아래까지 내려가 있었다. 키 큰 경찰은 쪼그리고 앉아서 손가락으로 내 자지를 만지더니 술 냄새 나는 입을 벌리면서 헤헤헤 웃고 있었다. "양아치 새끼. 털이 두 개 났네." 나는 놀라서 소리를 한 번 질러대고는 의식을 잃었다. 아무것도 알 수 없었다……

　여기까지 말하자 나의 온몸이 떨리고 있었다. 며칠간 사라졌던 악성 반응이 또 나타난 것이다. 위는 더 빨리 움직였고 통증이 시작되었다.
　안편은 나를 꼭 끌어안더니 내 머리, 입술, 목, 배에 키스를 해 주었다. 나는 점점 안정을 찾았다. 그리고 엄청난 피로와 심신쇠약으로 아주 빨리 잠들어 버렸다. 이튿날 햇볕이 내 몸 위에 비치자 다시 힘이 나기 시작했다. 그래서 짧은 시간에 그 과정의 이야기를 말해 버렸다.

　경찰이 나를 데리고 간 것은 죽은 마리의 호주머니에서 내가 그린 그림을 발견했기 때문이다. 내 바지를 벗긴 것은 법의한테 가져가 검사하기 위해서였다. 마리의 시체 검사 결과를 보면 강간 행위는 없었지만 그녀의 팬티에 정액이 묻어있었다. 후에 증명해 보니 그 정액은 정말 내 것이었다. 그들은 사람을 보내 심문했다. 내 수갑을 풀 때 키 큰 경찰은 호기심이 생기는 듯 내 고추를 관찰했다. 나중에 그들은 옥수수밭에서 있었던 상황이나 마리가 평소 왕래했던 상황이나 그녀의 어머니 상황들을 상세하게 물었다. 며칠 동안 열이 나고 입술이 마르더니 위경련이 생겼다. 늘 한기를 느꼈고 사지에 쥐가 났다. 그들은 나를 시내의 인민병원에 입원시켰다. 입원하던 기간에 근엄한 얼굴의 뚱뚱한 경찰서장이 나를 보러 병원에 왔다. 사건은 이미 해결되었다. 이번 일은 나와는 별 관계가 없다고 알려주었다. 그리고 경찰서의 키 큰 경찰이 이미 처분을 받았다고 말해 주었다. 그리고 나를 훈계했다. 부모님한테는 "애들이 소꿉놀이를 하더라도 좀 적당해야 합니다. 요즘 애들은 신체발육이 빠르고 영양도 좋아 어릴 때부터 큰 꿈을 갖도록 교육해야 합니다. 인성교육을 잘 시켜야 합니다"라고 말했다.

내가 퇴원해서 집으로 돌아온 후 가족들은 여름 내내 덤덤했다. 어느 날, 아버지가 밖에서 술을 마시고 들어오셨다. 내가 밥상에 앉아 종이에 그림을 그리는 것을 보았다. 그는 갑자기 미친개처럼 돌변하여 종이를 찢고 내 머리를 채어 땅바닥에 내팽개쳤다. "이놈 감히 그림을 그려? 씨발, 감히 그림을 그려? 네가 고생을 덜 했구나? 씨발! 아버지가 체면을 잃은 걸로 부족해? 못된 짓만 하는 짐승 같은 놈."

아버지는 당신의 가죽 허리띠를 빼더니 나를 죽도록 때렸다. 나는 처음에는 팔로 막았지만 나중에는 맞았던 부위가 별로 아프지 않았다. 나는 아무 소리도 내지 않고 땅바닥에 앉아 가죽 허리띠가 춤을 추면서 내려오는 것을 환영했다. 어머니가 뛰어 들어와 막았다. 아버지는 어머니도 몇 대 때리더니 손을 멈췄다. 어머니가 나를 잡아당길 때 하반신이 모두 젖어 있음을 발견했다. 병이 발작했다. 소변을 자제할 수 없었다. 온몸을 벌벌 떨었고 사지가 마비되었다. 그 다음부터는 이런 작은 버릇들로 내 마음과 몸은 약골이 되었다.

나이가 많아짐에 따라 다른 버릇도 아주 심해졌다. 나도 모르게 사정을 했다. 바로 유정이었다.

"매번 별다른 증상은 없었어. 아무 때나 일어났고 축축했지. 정액이 흘러나오면 온몸에 기운이 다 빠졌어." 나는 말했다. "나는 알았지. 진정한 나의 자아는 이미 죽었어. 그 후부터 나는 껍데기 속에 살고 있었어."

"넌 껍데기가 아니야. 넌 아주 좋았어. 오늘 저녁부터 너의 영혼은 살아났어." 안편은 일어나더니 내 머리를 자신의 허벅지에 놓았다. "나는 이렇게 기분이 미묘한 적이 없었어. 수많은 남자들을 만나봤지만, 나는 내 자신이 진짜 술집여자라고 생각했어. 아니면 나는 태어날 때부터 술집여자였을지도 몰라. 육체는 마비되고 심령은 말랐지. 하지만 오늘밤에는 완전히 달라. 한 사람이 자신의 몸으로 진짜 사랑을 체험한 거야. 첫사랑이라고 하지. 그러면 오늘밤이 분명 내 첫날밤일 거야."

"맞아. 너의 첫날밤, 나의 첫날밤." 나는 말을 더듬으면서 "우리의 첫날밤"이라고 말했다.

내가 알고 있는 내 몸은 진짜 놀라운 변화를 겪었다. 지금 이 시각 내 몸은 완전한 내 몸이 아니었다. 더 정확하게 말한다면 예전에 있었던 그 몸이 아니었다. 대학 때 여자 친구 펑펑은 사람들이 좋아하는 일본 학생 스타일의 단발머리를 하고 있었고 얼굴은 항상 홍조를 띠고 있었다. 그녀는 나를 대신해서 1년 넘도록 빨지 않은 옷을 빨아주었다. 대학 2학년 겨울방학이었다. 나는 쟈오뚱 반도에 있는 그녀의 집을 찾아갔다. 얼마나 아름다운 집이었던가! 그녀의 집 2층에 서서 창밖을 바라보면 거대한 해양식물이 바다 쪽을 향해 펼쳐져 있었다. 멀리 푸른 바다의 수평선이 보였다. 햇볕은 짠 바람, 큰 파도 소리와 어울려 작은 건물에 전달되었다. 펑펑은 내 앞에서 옷을 하나하나 벗어던졌다. 그녀는 일본 만화 그림을 그려 넣은 티셔츠, 노란 꽃을 수놓은 정교한 브래지어에 LEE 청바지를 입었었다. 바지에 긁힌 허벅지는 여러 가느다란 흔적이 남겨져 있었다. "이거 하나만 남았다. 우리 바보야." 그녀는 애교 섞인 목소리로 말하며 창문에 있는 건조대에서 널어놓은 침대보를 가져왔다. 그리고는 그걸로 자신의 몸과 나를 감쌌다. 내 손은 그녀의 팬티 속으로 갔다. 나는 평온하게 그곳에 서 있었다. 그녀의 알몸과 바짝 붙었다. 시간이 흐름에 그녀의 몸에서 촉촉하게 땀이 흘러나오는 것을 느꼈다. 한참 후 그녀는 쑥스러워하면서 울음을 터뜨렸다. 침대보 안에서 나오더니 대충 옷을 입고 방을 나갔다. 계단을 내려갔다. 정거장에 가서 남방으로 돌아가는 표 한 장을 샀다.

"넌 나한테 모욕을 줬어." 몇 번인지는 모르겠지만 그 후에 펑펑은 적어도 세 번 정도 나에게 몸을 드러냈다. 처음 그녀의 몸을 봤을 때에는 희미하게 허리부위 위쪽에 있는 갈비뼈가 나와 있었다. 그 후로 그곳이 완전히 평평해졌다. 그녀가 몸을 움직일 때면 아름답고 길고 좁은 자리가 생겼다. 듬성듬성했던 모발은 점점 빼곡해졌다. 색상은 짙어 보이고 윤기가 났다. 나는 펑펑을 알아봤다. 학창시절 열심히 공부만 하고 성숙하지 않을 것 같던 소녀가 대학에 진학해서 급속히 성숙해가는 과정들을 지켜보았다. 애정? 우리가 손을 잡고 도시의 크고 작은 거리, 작은 골목을 걸어 다니던 사랑, 우리가 비디오방에서 함께 〈큰물고기〉와 〈본능〉을 보던 사랑. 설마 이것이 사실이 아니었던 건가? 하지만 나는 한 번도 긴 시간 동안의 포옹과 키스 같은 것을 한 적이 없었다. 알몸이 된 소녀에 대해 예술작품에 나오는 것처럼 설레고 충동적인 행위를 하고 싶은 마음이 없었다. 우리는 몇 번이나 저녁에 한 이불 속에 누워 있었지만 아무 일도 없었다. 그녀의 체온은 점점 뜨거워졌다. 그녀는 내 몸에 밀착해서 정면으로 누웠다. 다시 돌아눕는다. 그녀의 숨소리는 점점 커져 갔고 입 속의 열기는 내 얼굴에 아주 작은 물방울을 맺히게 했다. 나는 그녀의 몸을 밀치면서 "귀염둥이, 자자, 자자. 나 피곤해"라고 말했다. 그리고 일부러 눈을 감았다. 등 뒤에 찬바람이 불어오자 나는 팔로 그녀의 몸을 어루만졌다. 그러나 아무런 감각도 없었다. 어둠 속에서 놀랍게도 마리의 차디찬 시체가 내 등 뒤에 붙어 있는 것 같았다. 식은땀이 났다. 불을 켜고 보니 펑펑은 눈물을 글썽이며 나를 보고 있었다.

"나를 모욕하니?" 그녀는 계속 그렇게 말했다. 한 번, 두 번, 세 번.

"나를 사랑하지 않아?" 그녀는 반복해서 묻는다. 나는 고개를 저었다. "너 진짜 나를 사랑해?" 나는 결연히 머리를 끄덕였다.

두어 번 그녀는 아주 거칠게 내 머리를 자신의 젖가슴에 갖다 댔다.

나는 억울한 듯 눈물을 흘렸다. 그녀는 아주 놀랍고 의심스러운 눈빛으로 나를 보더니 묵묵히 이불 속으로 들어간다. 나중에 그녀는 "만약 네가 나를 버린다면 죽어 버릴 거야" 하고 달했다.

나는 다가가 그녀를 안았다. 그녀는 등을 돌렸다. 나는 뒤로 그녀를 끌어안았다. 그녀는 거칠고 낮게 "네가 진짜 나를 사랑한다면 나도 너의 절제된 모습을 사랑해. 너는 비범한 남자야. 만약 네가 모욕을 준다면 난 무조건 죽을 거야. 아니면 네가 죽어서도 후회할 일을 만들 거야"라고 말했다.

"소녀는 항상 이렇다. 특히 첫날밤." 안편은 여기까지 듣더니 더 참지 못하고 말했다. "그 나이라면 정확하게 어떤 일인지 말하지 못할 거야. 그녀도 도저히 이해가 안 되고. 그냥 잘못된 거였지. 사람마다 각기 다른 사랑이 있어. 원인, 과정, 결말을 포함해서. 뭐 별로 고정된 것은 없지."

그때 제일듣기 싫었던 말은 '죽음'이라는 단어였다. 나는 "난 별 볼일 없는 놈인데. 네가 죽기까지 하겠냐?" 하고 말했다.

펑펑은 머리를 끄덕였다.

진짜. 매일 펑펑과 있을 때면 큰 고통과 도전 속에 처해 있는 것 같았다. 중풍으로 반신불수가 된 것 같았다. 나무지팡이도 없이 굳건히 벼랑 끝 비바람 속에서 걷고 있는 것 같았다. 그냥 헛된 발버둥만 치고 가는 길이 정상인지? 거리를 두고 걷는다든가? 안정된 목적지에 도착했다든가? 분투와 모험을 즐긴 후 요행히 성공한 기쁨이라든가? 모두 망상일 뿐이다. 하지만 없었다. 그곳에는 길이 없었다. 펑펑의 미묘하고 열정적인 몸은 내 머릿속에서 일렁이는 죽음의 기운을 쫓아내지 못했다. 벌거벗은 하반신의 수치스러웠던 기억, 단단한 가죽 허리띠, 허공에서 춤추고 있던 아픔과 마비를 떠오르게 했다……. 나는 그 많은 순간마다 나 자신을 잃었다. 매번 몸 하나와 영혼 하나를 필요로

할 때면 나는 공허함에 빠지게 되었다. 아무리 노력해봤자 손에 잡힌 것은 공기뿐이었다. 아마 공기마저 잡히지 않은 것일 수도 있다.

펑펑은 끝내 나를 떠났다. 그녀는 다시는 청바지를 입지 않았고 반바지만 입었다. 흰 두 다리에는 스타킹을 신었고 두 다리를 드러냈다. 공기 중에는 푸르고 매끄러운 방탕의 분위기가 퍼지게 되었다. 학교 매점에서 나는 그녀를 만났다. 우리는 진짜 오랫동안 만나지 않았다. 그녀는 조금도 어색함이 없었다. 예전에 나하고 데이트하던 것처럼 싱글벙글 웃고는 나를 끌고 달렸다. 기숙사 모퉁이 어슴푸레한 가로등 밑에서 우리는 짧은 대화를 나눴다.

"내가 지금 뭘 하고 있는지 알아? 일하고 있어. 매일 저녁 나가서 일해." 그녀는 득의양양 머리를 흔들어대면서 일부러 뽐내는 자세를 취했다.

"펑펑, 너 왜 일해? 저녁에 혼자 나가면 얼마나 위험하다고!" 나는 그녀를 염려하면서 조급해했다. "돈도 부족하지 않으면서, 왜 이렇게 자신을 힘들게 만들어?"

"돈은 부족하지 않아. 돈 벌기 위해서 일하는 거라고 말하지 않았잖아." 그녀는 말했다. "방탕에 빠지고 싶어서 그래. 나이트클럽에서 남자들과 같이 술 마시고 노래 부르는데, 모두를 나하고 하고 싶어 안달이야. 너처럼 그렇게 교양이 많지 않아. 하하!"

나는 이런 말을 도저히 그녀하고 연관을 지어 말할 수 없었다. 나는 씩씩거리며 그녀를 쳐다보면서 한참 동안 아무 말도 하지 않았다.

"봐! 봐! 내 옛 남자친구. 너 눈 크게 뜨고 봐봐!" 그녀는 아예 팔을 꺼내고 허벅지를 쩍 벌리고 옷깃까지 열고는 나더러 자신의 몸을 자세히 보라고 했다. 불빛에 보이는 그 부위는 심한 얼룩들이 있었다. 시퍼렇고 어떤 곳은 물린 자국들도 나란히 있었다.

"너 알아? 이건 어느 큰 주식회사 회장이 남긴 걸작이야. 나만 보면 참지 못하겠대. 쯧쯧! 나이가 60이나 되는 늙은 놈이. 그런데도 작은 수탉 같아." 그녀는 중얼거리면서 말을 이었다. "벌써 여덟 번이나 나를 불렀어. 나보고 나오라고 하는데 얼마 주었는지 알아? 3만 위안이야. 하하! 3만 위안. 그 사람은 나보고 처녀냐고 물었어. 이 아가씨는 처녀 맞는데 경험이 많은 여자라고 했거든. 그 사람은 '좋아, 좋아! 가격을 올려줄 수 있어. 애인이라면 청춘을 돌릴 수 있는 보물이지. 경험이 많든 아니든 다 귀중한 거야.' 나는 '오빠! 무슨 진기한 보물이죠? 남자친구한테 그냥 줘도 그 사람은 받지 않으려고 하던데.' 회장은 하하하 큰소리로 웃더니 '이상하지 않아, 이상하지 않아. 내가 만난 여인들은 각각 달랐지만, 네가 만난 남자하고는 천양지차지. 여러 종류의 사람이 있다면 세상은 색 다르지' 하고 말했어."

내 마음은 갈기갈기 찢어지듯 아팠다. 나는 가로등 밑에 서서 한마디 말도 할 수 없었다. 눈물이 뚝뚝 떨어졌다. 펑펑은 입을 깨물고 나를 보더니 같이 울었다. 한참 후 그녀는 다시는 만나지 않을 거라고 했다. 그 후 진짜 그녀를 만나지 못했다. 그녀는 자퇴하고 떠나 버렸다. 같은 반 친구한테서 들은 바에 의하면 그녀는 그 회장의 애인이 되어 광동의 자회사에 취직했다고 한다. 나는 그녀의 만용을 막지 못했다. 내 자신이 미웠다. 길거리 거지라 하더라도 자기의 여자를 위해서 다른 사람과 칼부림을 하며 싸울 것이다. 나는 왜 나이트클럽에 가서 그녀를 빼내지 못했을까? 그런데 매번 이렇게 충동을 느낄 때면 마음에 북소리가 울렸다……. 내가 그렇게 해서 그녀를 빼내온 다음 또 어떻게 할 거지? 나는 완전히 자괴감에 빠졌다. 매일 도서관에서 유화 화집을 맞대고 넋을 놓기도 했고, 이불 속에서 늦게까지 잠을 잤다. 나는 그때부터 체코와 폴란드 예술가들의 사진과 유화에 빠져 들었다. 물론 멕시코 화가들의 그림도 있었다. 이 세 민족은 다른 민족들하고 표면적으로 달랐다. 그들이 더 나약하다고 할까. 그들의 기억 속에는 상처, 암담함과 고민이 더 많았다. 내 생각 속에 있는 그들은 나와 같이 무언가를 확정짓지 못하고 샌드위치 신세이며 항상 무엇을 해야 할지 모른다. 나는 그들의 작품을 마주 하면서 넋을 잃었다. 도서관에 펼쳐놓은 지도 위에서 잠이 들었다. 나의 대학생활은 이렇게 멍청하게 잠만 자면서 지나갔다.

내 평생은 이럴 것이라고 생각했다. 사실상 졸업할 때까지, 졸업 후 2년이 되어서, 야부리스의 유화 관련 시상식 참석통보를 받을 때까지 나는 줄곧 이렇게 살아왔다. 내가 어떻게 안편을 만날 수 있었지? 또 왜 나 자신도 모르게 그녀를 따라 다니고, 야부리스를 그렇게 여유 있게 달렸을까? 왜 저녁에 이런 야외에서 완전히 다른 사람으로 변해서 안편의 몸에 들어갔던 거지? 무엇이 자신의 과거로부터의 포위망을 미친 듯이 뚫게 했던 걸까? 어떤 힘이 나를 원상 복구시킨 걸까?

"생활에 있어서 '왜?'라는 의문은 가지고 있어야 하지만, 너무 빠지면 안 돼." 안편은 다시 내 생각을 가로막았다. "복잡하게 생각하지 말자, 많이 생각하지 말자, 날이 밝는다. 우리의 대오는 태양을 마주한다. 간다고 했으면 가야 한다. 하늘의 태양은 바구니 같아."

그녀는 쉴 새 없이 몸을 펴면서 하품했다. 쉴 새 없이 손을 침낭 안에 넣더니 내 몸을 더듬었다. 나의 몸에는 끊임없이 전류가 흘렀다. 그녀는 "아마도 넌 나를 기다리려고 깊은 잠에서 깨어났을 거야. 아니면 내가 마리일 거야. 너의 청춘 시절을 고통스럽게 했던 마리일 거야. 나는 그곳에서 돌아와 너를 구해 주는 거야."

"넌 당연히 마리가 아니지." 나는 하하 웃음을 터뜨렸다. "마리는 나하고 같은 반 친구였어. 그녀는 죽은 지 벌써 몇 년이 되었어. 생명이 기적을 이루고 그녀가 죽지 않았다 하더라도 너처럼 늙은 여인은 아니야."

"버릇없이, 버릇없이." 안편은 소리를 질러댔다. "나를 늙은 여자라고? 칼을 찾으러 갈 거야. 너의 그 작은 고추를 잘라낼 거야. 요리를 만들어 야외에서 즐길 거야."

한참 떠들어대고 보니 태양은 점점 높아졌다. 텐트 속도 점점 뜨거워졌다. 우리 둘은 모두 침낭 안에서 나왔다. 내가 옷을 입는 것을 보는 안편의 눈길은 따듯했다. "햇빛 아래에서 너를 보니 좀 어색하네"라고 그녀는 말했다. 그녀는 옷을 입지 않고 침낭 위에 앉아 있었다. "나는 일광욕을 할 거야. 나를 잘 봐둬. 네 마음속에 내 몸을 잘 기억해둬."

안편의 몸은 기억 속에 내가 수없이 데생했던 석고상 같은 아름다운 자태를 가지고 있었다. 햇빛 아래에 피부는 깨끗하고 불그스레했다. 한참 후 그녀가 땀을 흘리자 윤기가 흐르고 광택이 났다. 야외에서 비닐텐트를 보니 정말 근사해 보였다. 안편의 상상력은 우리와 세상 가운데에 있는 어떤 장벽을 뚫었다. 우리가 서로 자기의 일부분을 보았을 때 그 일부분에 서로 들어 갈 수 있었다. 그녀의 몸은 조금도 생소하지 않다. 그녀가 눈앞에서 내보내는 기운은 어제 밤에 보았던 광선들과 같았다. 그녀는 나의 친절, 감동, 따스함, 사랑과 능력을 불러 일으켰다. 그녀는 아마 나의 백지에서 걸어 나갔을 것이다. 내 기억 속에서 부활했을 것이다. 그녀의 실오라기만

한 일도 다 내 기억 깊은 곳과 영혼의 깊은 곳에 있는 것 같았다.

나는 그곳에서 멍하니 안편의 몸만 감상했다. 안편의 몸은 내가 네 번째 주시한 몸일 것이다. 처음은 치마를 입은 소녀 마리, 둘째는 미술대학 회화과에서의 모르는 모델, 셋째는 대학 때 쫓아다녔던 펑펑. 하지만 마리는 거기에 속하지 않을 것이다. 모델도 속하지 않을 것이다. 펑펑은 나한테 난잡한 기억을 줬고 가시에 찔린 것 같았다. 나중에는 온통 상처투성이었다. 돌파도 하지 못했다. 안편이 나한테 가져다준 것은 내가 처음으로 열정적으로 솔직하게 마주 한 것이었다.

안편의 몸매가 어떻게 변하든 상관없지만 그녀가 자꾸 오른손으로 왼쪽 젖가슴을 가리고 있는 것을 눈치 챘다. 그 도습은 마치 자기를 위해 경건하게 기도드리는 것 같았다. 이런 기도는 마치 유럽 중세 귀족들이 사교를 위해 진행하는 의전 같았다. 어떤 신자들이 하나님을 향해 믿음을 맹세하는 것 같았다. 아니다. 이슬람교 성도들이 알라를 향해 속삭이는 말을 하는 것 같았다. 내가 자신의 그 동작을 보고 있다는 것을 안 안편의 눈꺼풀은 잘못한 초등학생처럼 아래로 처져 있었다. 그 행동이 좀 이해되지 않아서 물어 보려고 했다. 안편은 나의 말을 제지했다.

"이곳은 너에게 보여주고 싶지 않은 부위야." 그녀는 말했다. 그녀는 다른 손으로 옷을 찾았다. 나는 바로 다가가 그녀를 도와 속옷을 입혀 주었다. 내의가 안편의 상반신에 걸쳐져 있자- 오른손을 왼쪽 가슴에서 내렸다.

"더 기다려야 해! 그때면 볼 수 있어." 그녀는 설명했다. "언젠가는 내가 여기에 관련한 이야기를 용기를 내어 침착하게 알려줄 거야."

"좋아," 그녀가 나의 이마에 하는 키스를 받아주면서 "모든 것이 순조롭게, 너의 소망대로!" 하고 말했다.

그녀가 옷을 하나하나 입는 사이 나는 텐트 밖으로 나갔다. 매끈매끈한 자갈 하나와 날카로운 돌 하나를 가지고 왔다. 그러고 나서 나는 텐트에 돌아왔다. 다시 안편과 마주해 앉았다. 나는 날카로운 돌로 매끈매끈한 자갈 위에 안편의 이름을 새겼다. 그리고 작품의 윤곽을 대강 새기고, 칼로 작품을 열심히 조각했다. 나의 두 손은 예전에 써 보지 못했던 힘을 사용하여 아주 빨리 작품을 완성했다. 이름은 깊숙하게 돌에 새겨졌다. 적어도 이 미리 정도 되었다. 나는 이 작품의 제목을 '안편의 품'이라고 지었다.

"너무 섬세한데." 안편은 그 돌을 가져가 갖고 놀면서 고민했다. "돌은 원래 변하지 않으니 돌 그림이 되겠지. 포옹이나 사랑이라고 이름을 붙이자. 내가 두 팔을 벌려서 끌어안는 것은 뭐지? 내 품 안에는 아무것도 없는데."

안편이 말한 것이 틀리지 않았다. 그녀의 품 안에는 아무것도 없었다. "한 사람을 끌어안는 것은 어렵지 않지." 나는 "만약 사랑과 영혼이 없다면 오랫동안 여기에 머물러 있을 수 없어" 라고 말했다.

"내가 안은 것은 영혼?"

나는 맞다고 대답했다. 안편은 돌을 가져가 한참 보고 나서 "이 영혼은 네 것이니? 네가 영혼이라고? 오늘 저녁 광선에 있는 미립자를 눈으로 볼 수 없는 것과 같이?"

나는 머리를 끄덕였다. 그리고는 우리 둘은 웃음을 참지 못했다.

안편은 억지라고 말했다. 나는 그림에 부여한 억지라고 말했다. 모르는 사이에 안편은 가만히 손가락을 깨물었다. 흐르는 피를 작품에 바른다.

"내가 전에 들었는데, 돌의 그림은 이렇게 전해진 거래." 안편은 아는 것이 많았다. "고대 사람들은 이렇게 새겨진 곳에 피를 바른대. 그러면 피의 색이 돌 안에 들어가는 거지. 몇 백 년 몇 천 년이 되어도 색깔은 존재해. 그들이 쓴 것은 대부분 동물의 피지만 간혹 적군의 피, 혹은 전투에서 사망한 동족의 피, 혹은 사랑하는 애인의 피였을 수도 있어."

나는 칼로 손가락 하나를 그어서 피를 작품에 떨어트렸다.

"무조건 애인의 피일 거야." 안편은 아주 긍정적으로 말했다.

이건 이미 아주 완벽한 예술작품이 되었다. 우리 둘의 선혈이 맺혔다. 안편은 칼을 달라고 눈치를 주었다. 그녀는 칼을 들더니 칼끝으로 작품 속에 있는 좀 과장된 두 비대한 젖가슴 한 젖꼭지를 가리키더니 "만약 나를 그린 것이라면 여기는 이래야 해."그녀는 칼끝으로 단호하게 잘라냈다. 절반되는 젖꼭지가 잘려졌고 하얀 상처만 절반이 남았다.

"왜?" 나는 놀라면서 그녀를 처다봤다.

그녀는 나를 향해 피식 웃더니 "내가 이렇기 때문이지. 아까 내가 몸을 막으면서 너를 보지 못하게 했던 이유야" 하고 말했다.

내 마음은 쾅쾅 울리기 시작했다. 나는 깨달았다. 안편의 왼쪽 젖가슴 젖꼭지가 없던 것이었다.

"이건 내 청춘의 토템이었어." 안편이 옷을 열어젖히자 왼쪽 젖가슴이 보였다. 정말 절반 정도 되는 젖꼭지가 떨어져나가 있었다. "이 건 내 기억 속의 책이야. 너무나 친절해서 몸에서도 제일 잘 보이는 곳에 남겨 둔 거야."

나는 머리를 안편의 가슴에 묻었다. 나는 그녀의 부족한 유두를 가볍게 빨았다.

"우리 가자." 얼마나 지났는지 안편은 일어나면서 나도 일으켜 세웠다.

그리고 안편은 도중에 그런 비슷한 모양의 돌을 주웠다. 이 돌과 같이 바닥에 놓았다. 우리는 물건을 챙기고 길에 나섰다. 안편은 텐트를 접지 말고 기념으로 여기에 남겨두자고 말했다. 내가 보기에도 괜찮은 것 같았다. 오늘 혹시 여기를 다시 들릴 수도 있었다.

"늦어도 점심까지 우리는 돌아가야 해. 먹을 것이 없어." 안편은 말했다. "등향을 찾을 수 있다는 희망은 실로 막막해. 나는 몇 번씩이나 왔던 사람이야."

15장

골짜기에는 온통 돌뿐이었다. 태양이 떠오를 때 돌들은 힘을 합쳐서 열을 반사했다. 눈으로 높은 곳의 설산을 보고 있지만 몸은 따스한 신호를 받는다. 하지만 이런 골짜기는 나그네를 아주 지루하게 한다. 우리는 계속 걸었다. 주변 경관은 별로 변화가 없었다.

"차라리 우리가 각자의 일들을 말하자. 마음속에 묻어놓고 영원히 말하지 않으려고 했던 일들을 말해버리자. 그러면 끝까지 갈 수 있어. 심지어 등향에 도착할 수도 있지." 안편은 의견을 제시했다. "내가 먼저 말하지. 내가 자신을 술집여자라 했고 혹은 너한테 젖가슴을 보여주었을 때 너의 눈동자는 나약함과 두려움이 차 있었어."

그럼 너의 이야기부터 듣자고 했다.

그러자 그녀는 밤에 했던 이야기를 계속해서 들려줬다. 우리의 발걸음은 심장 소리와 말하는 속도가 서로 어우러졌다. 그녀는 말을 이었다.

탄하이룽과 리즈화가 출장을 가는 횟수가 점점 많아졌어. 나는 자연스럽게 탄모우의 어머니가 점점 더 익숙해져 갔어. 익숙하다 못해 탄모우어머니의 간질이 발작할 때 소리치거나 입가에 거품을 토할 때에도 그 옆에서 태연하게 잠을 잘 정도였지. 어떤 때에는 아예 깨어나지도 못했어. 우리는 함께 숙제하고 같이 밥 먹고 같이 등교했어. 사이 길에서만 서로 갈라졌지. 그는 자신이 다니는 고등학교로 가고, 나는 내가 다니는 초등학교로 갔어. 윗집 사람들 말고 다른 사람들은 내가 탄모우의 동생인 줄 알았어. 맞아! 내게 탄모우와 같은 오빠가 있다면 얼마나 좋았을까? 리즈화는 매번 출장 갔다 와서 말했어. "야, 이년아! 넌 탄모우 오빠가 있어서 얼마나 좋니?" 나는 주저하지 않고 머리를 끄덕였지. 나는 한때 집에 오기 싫었어. 리즈화도 만족했고 탄모우 아버지도 만족했어. 그는 "계집년. 빨리 커라. 크면 우리 집에 시집 와라. 탄모우도 너를 좋아하고 우리 두 집이 한 가족이 되잖아. 그럼 얼마나 좋아" 하고 말했지.

탄모우는 평소 말을 잘 하지 않았어. 그래도 나하고 같이 있을 때면 말을 진짜 많이 했어. 그는 교과서 말고 다른 책 보기를 좋아했어. 그리고 책의 내용을 하나하나씩 나한테 들려주었지. 어느 날, 그는 별로 들려줄 게 없었던 모양이야. 나는 "탄모우 오빠, 오늘 할 이야기는?" 하고 물었지. 탄모우는 바보처럼 어찌할 줄 몰랐어. 나를 빤히 쳐다보다가 자기가 본 책들을 뒤적거렸어. 그는 여러 가지 방법으로 이야기를 만들어서 나한테 들려주곤 했어. 어떤 때는 내가 전에 들은 이야기라고 말하면 탄모우는 또 바보처럼 있곤 했지. 그곳에 있는 책들은 이미 여러 번 뒤적거렸어. 더 이상 이 책들 속에서는 이야기를 지어내지 못했지. 그는 이마를 찌푸리더니 대충 이야기를 지어냈어. 얼마 후 탄모우는 이야기를 지어내는 것을 지겨워했어. 보고 들은 것들을 자기가 지어낸 것들과 같이 섞어서 들려주었지. 늘 이야기가 뒤죽박죽이었어. 어떤 때는 아주 흥분을 해서 이야기하기도 했어. 나는 듣다듣다 잠들어 버리기도 했었지. 탄모우가 나가 버리면 탄모우 어머니가 나를 안아 침대에 눕혔어. 이튿날 아침에 일어나서 눈감은 채 하는 첫마디가 "오빠, 나중에는?"라고 말하곤 했어. 어떤 때에는 탄모우가 나를 흔들어 깨웠어. 아직 끝나지 않았는데 네가 어떻게 잘 수 있냐면서 깨우는 거야. 그러면 나는 다시 정신을 차리고 다시 물었어. "오빠, 나중에는? 나중에는?"

사실 그때 어떤 이야기를 듣던 별로 중요하지 않았을 거야. 탄모우가 한 그 많은 이야기들을 내가 얼마나 기억하겠어? 생활은 이런 이야기들로 이루어지지 않지만 이야기를 나누는 것으로 이루어지도 하잖아. 몇 년 후에 나는 깨달았어. 내가 바랐던 것은 이야기 듣는 것이 아니라 서로 이야기를 나누는 것이었다고 말야. 탄모우가 이야기를 하는 것을 바랬었어. "오빠! 이야기 해 주세요." 내가 숙제를 마치거나 밥 먹은 후에 밥그릇을 한쪽 편에 밀쳐놓거든. 그러면 즐거움이 바로 시작되었지. 그는 자신만만하게 이야기를 준비하던 그곳에 앉아서 내가 이 말을 하기를 기다리고 있었다. 아니면 그는 아무것도 준비하지 않았다. 그런 때면 그는 기억을 모두 파헤치며 재빠르게 이야기를 만들어냈고 나는 곧 즐거워졌어. 저녁 밤의 등불은 나와 탄모우 사이를 채워 주었어. 탄모우의 공부방에 있는 것들은 사무실용 낡은 가구들이었고 희미한 빛들을 반사시켰어. 이야기를 시작하면 탄모우의 눈빛은 빛나고 열정적이었어. 평소의 모습처럼 그렇게 수줍어하고 겁이 많고 연약해 보이지 않았어. 그의 입술에는 위에는 색이 연하고 가는 수염이 나 있었지. 아래턱에는 청춘을 상징하는 여드름을 희미하게 볼 수 있었어. 일부 여드름에는 작은 고름도 있었지. 한 번은 내가 "탄모우 오빠! 내가 그 여드름을 짜줄까?"라고 물었어. 탄모우가 듣자마자 일어서더니 더듬거리며 말하더라. "하지 마! 안 편 넌 절대 안 돼. 그건 안 된다. 그것은 생리적인 현상이야. 짤 수 없어!" 나는 짤 수 있다고 생각하고 탄모우를 뒤쫓기 시작했어. 탄모우는 놀라서 집안을 이리저리 피하며 달아났어. 나는 그 뒤를 쫓아가며 소란을 피웠지.

탄모우는 달리면서 말했어. "넌 나를 잡지 못해."

나는 "도망칠 수 없어요. 오빠 아버지가 나보고 오빠한테 시집가라고 했어요. 도망칠 수 없을 거예요" 하고 말했지.

탄모우는 멈추어 서더니 의자를 앞에 놓고 막았어. "헛소리! 난 너 같은 어린애를 아내로 얻지 않을 거야."

"나 빨리 어른이 될 거야." 내가 의자에 올라가자 탄모우는 너무 놀라 의자를 치우면서 "그때면 나는 이미 노인이 되었을 텐데. 노인은 아니더라도 이미 결혼해서 아들도 있을 걸" 하고 말했어.

나는 의자에 철퍽 앉아 엉엉 울기 시작했어. 탄모우의 어머니는 문을 열고 들어오더니 탄모우 보고 동생을 왜 괴롭혔는지 물었어. 탄모우는 그냥 혼자 운 것이라고 했어. 그날은 탄모우의 아빠도 있었어. 내가 울고 있는 것을 보고 그는 바로 탄모우를 때렸어. 탄모우는 아무런 말도 못하고 온몸이 경직되고 말았어. 나도 순간 놀라 아무 소리도 내지 못했지.

그 후 탄모우는 며칠 동안 나를 거들떠보지도 않았어. 나는 그에게 "탄모우 오빠. 나 이야기 듣고 싶어요" 하고 사정했어.

"없어." 탄모우는 냉정하게 내뱉었다. "다 했어. 나 공부해야 해."

"안 해 주면 나 울 거야." 나는 위협했어. 탄모우는 주위를 의식하며 둘러보았지. 갑자기 간사하게 웃기 시작했어. "울어. 아무도 집에 없어."

나는 그 말이 무슨 뜻인지 알 수가 없었지. 탄모우는 다시 거듭 말했어. "우리 아빠 집에 없어. 누가 너를 무서워하겠어."

나는 정말 울었다……. 그때는 진짜 이상하게도 탄모우만이 내 앞에 있었어. 울려면 빨리 울 수도 있었지. 마음으로 우는 그런 느낌이 아니라 희열의 울음이었다. 일단 울기 시작하자 나의 의도는 성공했어. 탄모우는 "됐어, 됐어! 내가 할게. 그렇지만 넌 내 여드름을 건드리면 안 된다"라고 말했어. 나는 "누가 그 여드름을 만진대? 더러워 죽겠어" 하고 대답했어. 그러자 그는 이야기를 시작했어. 그렇게 우리는 지난날의 좋은 관계를 회복할 수 있었지.

어느 여름방학 무렵이었지. 탄모우의 어머니가 감기에 걸려서 일찍 잠자리에 든 적이 있었어. 나와 탄모우는 숙제를 마친 후 나는 책가방에서 기말 시험지를 탄모우한테 보여줬어. 시험지 위에 적힌 점수는 96점이었어. 탄모우가 말했어. "아이고, 안편 꼬맹이가 시험을 잘 봤네! 거의 100점이네!" 내가 한 묶음의 시험지를 상 위에 놓자 탄모우는 눈을 휘둥그렇게 뜨더니 놀랐어. "괜찮네, 괜찮네. 내 초등학교 때보다 잘한다. 모두 90점 이상이구나. 여기 100점짜리도 두 개가 있네."

탄모우와 같이 숙제한 후부터 학업 성적은 점점 좋아졌어. 탄모우의 성적도 그렇게 좋은 그 고등학교에서도 가장 우수하다고 하더라. 나는 탄모우의 여동생으로 나중에 탄모우한테 시집을 가야 하는데 공부를 못하면 되겠어! 그때 당시 나는 그렇게 생각했어. 탄모우와 같이 있으면 너무나 즐거웠어. 나는 그와의 대오에서 낙오될 수 없었어. 그래서 나의 학습 성적은 날로 좋아져 갔던 거지.

탄모우도 자기의 시험지 몇 장을 꺼내서는 나에게 펼쳐 보였어. 한 번 들여다보고 놀라서 아연실색했어. 네 장의 시험지 모두 98점이었고, 다른 세 장은 모두 100점이었거든.

그때 우리는 아주 기뻤어. 나무랄 데 없이 서로 상대방을 칭찬하며 격려했어. 나중에 나는 또 이야기를 들려달라고 졸라댔지. 탄모우는 이젠 너도 어린 아이가 아닌데 왜 자꾸 이야기를 해 달라 하느냐고 물었어. 나는 왜 이야기는 어른과 아동용으로 나누는 거냐며 이야기 듣기는 지겹지 않다고 대답했어. 탄모우는 "그 책들을 너 혼자 다 읽어 봤어? 어떤 이야기들은 자신이 보고 느낌이 좋다든지 어떤 생각을 가지게 되는지 함께 토론할 수 있어" 하고 말했어. 그래서 나는 《피노키오》의 주인공 피노키오에 대해 말했지. 피노키오는 나무 인형인데 코는 왜 짧았다 길어졌다 하는 걸까? 사람의 코가 정말 변한다면 재미있을 텐데. 누군가 거짓말 할 경우 코가 바로 길어지면 사람들한테 들통이 날 거 아냐. 아쉬운 건 사람들은 그렇지 못하고 사람들의 생각은 모두 허위로 포장되며 크게 변화되는 것도 없어.

"나는 동의하지 않아." 탄모우는 내 말에 반박하면서 "사람의 어떤 부위는 책에서 쓴 것과 똑같다. 단, 코는 아니야. 믿지 못한다면 네 손을 이리 가져와 봐" 하고 말했지.

나와 탄모우는 책상 모서리에 마주 하고 앉았어. 탄모우는 책상 아래에서 내 손을 잡고 자기의 반바지 안에 넣었지. 나는 작고 뜨거운 것을 만졌어. 그의 고추는 한참이 지나자 꿈틀거리며 움직이기 시작했어. 그리고 분명하게 커졌고 더 단단했으며 뜨거워졌지. 내 손은 온통 땀투성이였어. 너무 긴장되어 온몸을 떨기 시작했거든. 나는 손을 빼려고 했지만 탄모우는 있는 힘껏 내 손목을 잡고 빼지 못하게 했어. 우리는 너무 놀라서 서로 상대방 눈을 쳐다보고는 아무 소리도 내지 못했어. 그저 상대방의 더 빨라진 숨소리만 들렸지. 탄모우의 얼굴은 붉게 타오르는 것처럼 달아올랐어. 얼마나 오래 되었는지 갑자기 너무 뜨거워 손을 빼고 말았어. 내 손에는 온통 끈적거리는 것들이 묻어 있었어. 온통 비린내만 풍겼지. 그때 나는 탄모우가 내 손에 오줌을 싼 줄 알고 화를 내고는 화장실로 가서 손을 씻고 또 씻었어. 코에 대고 또 댔지. 나중에 그냥 수돗물 냄새만 나자 씻는 걸 그만두었어.

그날 밤, 나는 감히 탄모우의 작은 공부방에 들어가지 못했어. 탄모우의 어머니 침대에 가서 잤지. 나는 밤늦도록 잘 수 없었어. 처음으로 잠을 이루지 못했어. 예전에 리즈화가 남자들이랑 침실에서 놀고 떠들어도 나는 밖에 있는 소파에서 잘 수 있었어. 하지만 이번만큼은 잘 수 없었어. 마음은 당황했고 머리 주변은 정전기가 난 것처럼 찌릿찌릿했지. 피노키오의 코는 거짓말하면 길어졌는데 탄모우는 왜 그곳에 변화가 생겼을까? 설마 그때 나한테 거짓말을 한 걸까? 나는 되풀이해서 스스로에게 물었어. 이튿날 아침에 일어나서 물어볼 생각이었어. 하지만 이튿날 아침에 탄모우는 나를 보더니 요리조리 피했어. 사람이 거짓말 하면 자꾸 물어보는 것을 싫어할 거라고 생각하고 더는 물어보지 않았지.

다행히도 이번일은 그렇게 지나갔어. 우리는 예전과 같이 함께 숙제하고 밥 먹고, 등교하고, 탄모우 어머니의 간질을 응급 처치하곤 했어. 솔직히 말해서 나중에야 그동안 지냈던 생활을 회상해 보니 탄모우와 그의 어머니는 모두 간질병이 있었던 것 같아. 탄공장장, 리즈화 등 우리가 알고 있는 가까운 사람들은 한동안 사라진 것 같았어. 그들도 기꺼이 사라지기를 바랐어. 그동안 두 가지 일만 아주 분명하게 기억이 나. 한 가지 일은 탄모우의 아버지가 리즈화를 데리고 집에 와서 밥을 먹었던 일이야. (그때 당시에는 7층에 있는 집이 내 집이라고 생각했거든.) 탄공장장이 갑자기 허허 웃으면서 자기 가방이 있는 곳으로 가더니 옷 한 벌을 꺼내오더라. 불빛 아래에서 펼치면서 "이건 내 며느리한테 주려고 산 거야. 상하이에서 파는 오리지널 상하이 옷이야. 참, 패

선 잡지에도 나와 있어. 서양 모델이 입었다" 하고 말했지.

그것은 작은 들꽃 무늬가 있는 원피스였어. 새 옷 냄새가 났어. 보자마자 내 마음에 들었지. 웃음이 나왔지. 탄모우의 어머니는 "치마는 예쁘네요. 그래도 당신 마음대로 주장하지 말아요. 당신이 며느리라고 결정할 수 있는 게 아니잖아요. 이건 공장의 일이 아니잖아요" 하고 말했어. 탄모우의 아버지가 말했지. "당연히 내 며느리지. 리즈화하고 몇 백 번이나 상의했어."

리즈화는 바로 "네, 네, 네! 우리 집 애가 출세하는 거죠. 얼마나 좋은 아이인데요. 탄모우가 얼마나 훌륭한데요. 아버지보다 멋지고 좋은 학교에도 다니구요" 하고 말했어.

그날 밤 나는 정말 기뻤어. 치마를 입어보고 또 입어봤어. 저녁에 리즈화는 처음으로 나를 데리러 왔어. 그녀는 거울 앞에서 새 치마를 입은 나를 보더니 입을 삐죽거리면서 "예쁘다. 보통 예쁜 게 아니야" 하고 말했어.

"뭐가 예쁜데?"라고 나는 물었지. "치마가 예뻐요? 아니면 내가 예뻐요?"

리즈화는 서두르지 않고 담배에 불을 붙이고 거울에 비친 나를 향해 일곱, 여덟 모금의 담배연기를 내뿜으면서 "작은 요정. 당연히 치마가 예쁘지. 넌 아직 성장하지 않았어. 예쁜가 안 예쁜가?" 하고 말했어.

다른 한 가지 일은 탄모우가 대학에 진학하는 그 해 어느 날 저녁에 탄공장장이 음식점에 많은 사람들을 초대한 일이야. 모두들 축하하느라 많이들 마셨어. 나는 리즈화와 탄모우 사이에 앉았지. 탄모우는 사람들이 술 마시느라 주의하지 않는 틈을 타서 자꾸 나한테 새로운 것을 집어 주었어. 야부린산에 산새알이 있는데 크기는 달걀과 비둘기알 중간만 하고 향기롭고 진짜 맛있었어. 야부린산 사람들은 이런 산새들을 키우는 방법을 발명해서 산새알의 생산량을 대폭 높였대. 그리고 또 다른 일곱, 여덟 가지 산새알을 발명해서 먹는 것이었지. 그중 한 가지 방법은 산새알을 설익혀서 흰자가 없는 곳의 껍질을 조금 벗겨 특이한 양념을 그 안에 넣는 거야. 양념을 넣은 알들을 고정시켜 그릇에 놓고는 쪄서 익히는 거지. 이런 알들은 진짜 맛있었어. 나는 특별히 이런 알들을 먹는 걸 좋아했어. 그날 저녁에 마침 이 요리가 나왔어. 탄모우가 잠깐 있다가 하나 주고 또 잠깐 있다가 하나 주고 해서 나는 연이어 다섯 개를 먹었어. 탄모우는 나를 위해 여섯 번째 알을 가져다주었지. 산새알을 상에 대고 치면 껍질이 갈라지는 소리가 울리는 동시에 뜨거운 기운이 몸 아래에 전달되는 느낌이 있었어. 깜짝 놀랐지만 그때 첫 반응은 누군가가 뜨거운 국을 내 자리에 쏟은 거라고 생각하고 바로 일어나서 몸 아래를 훑어봤어. 이렇게 보는 것은 괜찮았지만 한 번 보니 완전 놀라서 멍해 있었어. 나는 엉엉 하고 울고 말았어. 살구색 천으로 감싸여 있는 내 자리에 피가 고여 있었던 거야. 바지도 축축했고 빨간 것이 크게 묻어 있었어.

리즈화와 탄모우는 동시에 머리를 돌려 내 쪽을 봤어. 리즈화는 한 번에 나를 잡아당겨 다시 그 축축한 곳에 앉게 했던 거야. 나더러 소리를 내지 말라고 눈치를 줬어. 그리고는 탄모우를 향해 손을 저으면서 "탄모우아. 보지 마. 동생이 성숙해지려고 그래. 남자 애들은 보면 안 돼"라고 말했어. 탄모우는 황급히 머리를 돌렸어. 나는 손에 여섯 번째 껍질이 깨진 산새알을 쥐고 그곳에 멍하니 앉아있었어. 아무런 입맛도 없었어.

저녁밥을 먹은 후 사람들이 거의 흩어진 후 리즈화는 탄모우를 향해 말했어. "탄모우아. 네 동생이 빨간 것이 왔어. 나갈 수가 없어. 너는 남자아이니까 상반신을 벗어도 괜찮아. 빨리 셔츠를 벗어 네 동생 허리에 매게 해서 엉덩이를 가리자." 탄모우는 급히 셔츠를 벗었지. 탄모우의 아버지는 얼굴을 찌푸리더니 셔츠를 아래로 잡아당기면서 아들이 더는 벗지 못하게 했어. 리즈화는 멍하니 탄모우를 보다가 그의 아버지를 봤어. 검고 뚱뚱한 탄공장장은 "아따 참, 리즈화. 너 이렇게 네 딸만 감싸면 안 되지. 우리 아들 셔츠를 더럽히면 재수 없잖아? 진짜 참, 안 그래도 남방에 있는 대학에 가는 것이 마음에 놓이지 않는데 어떻게 이런 더러운 생각을 하는 거야?" 하고 말했어.

"아이고! 무슨 그런 말씀을 하세요. 이게 뭐 더러워요? 다 미신이에요." 리즈화는 히죽거리면서 말했어. "아직 뭐라 할 수 없지만 안편이 탄모우의 마누라가 될 수도 있잖아요."

"너 분수 모르는 소리 하지 마! 그렇게 멀리 생각해서 뭐하냐?" 탄공장장은 한 손으로 탄모우의 옷을 잡아당기고 한 손으로는 자기 마누라 있는 데로 탄모우를 밀었어. 탄모우의 어머니는 탄모우를 끌고 갔지. 나는 구원을 바라는 것처럼 탄모우의 어머니를 바라보면서 "아줌마, 나……"라고 말을 채 하지도 않았는데 탄모우의 어머니는 내 앞에 서서 처음으로 표정을 찡그리더니 큰 거나 작은 거나 뻔뻔

하다고 욕하면서 탄모우를 데리고 나가 버렸어. 공장장도 리즈화를 쏘아보더니 자기 마누라와 아들의 뒤를 따라갔지.

리즈화는 화가 나서 잔 하나를 깼어. 그리고는 후다닥 자신의 셔츠를 벗어서 내 허리에 매서 엉덩이를 덮어 버렸지. 리즈화는 그냥 민소매만 입고 있었어. 두 젖가슴은 생생하게 조여져 있었지. 그녀는 담배 한 대를 물고 건들건들 나를 데리고 버스를 타고 집으로 돌아왔어. 오는 내내 얼마나 많은 사람들의 멸시를 받았는지 몰라. 집에 도착해서 문을 닫은 다음 나는 리즈화한테 뺨을 한 대 맞았어. 그녀는 "흉측한 것. 오려면 빨리 오던지, 아니면 늦게 오던지. 여러 사람 같이 있는 술자리에서 와서 나를 화나게 만들어!"

나는 억울해하면서 울었어. 리즈화는 발을 구르면서 소리쳤어 "울긴, 왜 울어. 사람 다 되어 가는 거야. 다음부터 조심해라."

16장

안편은 말하다가 멈추어 눈을 가늘게 뜨고 앞을 바라본다. 나는 아직도 이야기 속에서 돌고 돈다. 아까 말했던 젖가슴과 거의 잘린 젖꼭지랑 내 눈동자에 들어온 나약함과 무슨 관계가 있냐고 물었다.

"당연히 관계있지. 아직 그 단계까지 가지 못했어." 안편은 앞을 가리키면서 "할 이야기는 더 있어. 그런데 지금 길이 막혔어."

나는 골짜기가 이미 사라진 것을 보았다. 다른 방향으로 돌아가니 눈앞에 아주 큰 골짜기가 나타났다.

"만약 물이 풍부한 계절이라면 이곳은 강물이 내려가는 곳 일 거야." 안편은 과장된 동작으로 손짓을 했다. "맞은편에서 보면 여기는 아직 발견하지 못한 큰 폭포일 거야."

맞은편에는 진짜 허공에 승강장 같은 것이 달려 있었다. 승강장은 아주 커 보였고 한 몇 십 평방킬로미터는 될 것 같았다. 온통 파랗고 아래와 위는 구름으로 뒤덮여 있었다. 승강장 뒤에는 산들이 떼를 지어 있었다. 먼 곳에 있는 산은 설산이었다. 먼 곳에 있는 것은 단지 한 폭의 동양화 속에 그려진 선 같았다. 승강장 아래에 있는 골짜기는 너무 깊어 바닥이 보이지 않았고 몽롱함 속에 감추어져 있었다.

"승강장의 맞은편 혹은 뒷편은 등향일 거라고 생각해." 안편은 가방을 내려놓더니 다시 나를 도와 내 가방도 내려놓는다. 시야가 트인 곳을 선택해서 바닥에 앉는다. "나는 한 세 번 넘게 이 승강장을 봤어. 매번 길을 잘못 들어선 거 같았지. 하지만 이번만큼은 저기가 등향이라고 생각해. 진짜, 내가 보기에는 등향과 한 걸음 차이라고 생각해."

나는 눈을 가늘게 뜨고 자세하게 보고 또 봤다. 먼 곳, 가까운 곳, 높은 곳, 낮은 곳, 잘 보이는 곳, 구름이 있는 곳들을 봤지만 별다른 것은 보지 못했다.

"매번 올 때마다 길이 달라." 안편은 말했다. "예전에는 나 혼자 이 산에서 다른 산으로 넘어가곤 했어. 그 다음에는 여기 근처에 있었지. 골짜기를 통해 온 적이 한 번도 없었어. 하지만 산을 넘는다고 하더라도 한 번도 같은 길을 중복해서 걸은 적이 없어."

요 며칠 사이의 일정으로 등향은 이미 많은 신기한 것들로 억지로 맞춰졌다. 아마 등향은 그저 하나의 이야기일 것이다. 안편처럼 이야기를 좋아하는 여인들이 머리에 넣은 결말 없는 하나의 이야기일 것이다. 여기는 마치 별천지 같고 심지어 천국과도 같았다. "너 보기엔 있어?", "없어?", "너 보기엔 없어?", "있어?" 그럼 세상은 '있다, 없다' 사이에 있는 어떤 세상인 걸까?

"그렇다면 네가 어떤 것을 가지고 판단하는가에 달렸어." 안편은 머리를 돌려 나를 보면서 말했다. "나는 네가 지금 무엇을 생각하는지 알아. 놀라지 마. 너의 속마음을 꿰뚫어 보지 않아도 잘 알아."

나는 그래도 좀 놀랐다. 그러나 놀라지 않은 척했다. 나는 안편처럼 상대방의 동떨어진 생각을 알 수는 없지만 안편이 하는 말은 대체적으로 그 속에 담긴 의도를 알 수 있었다.

"빵으로 입맛을 판단할 수 있고 예술로 품위를 판단할 수 있다." 나는 "등향에 가려고 하는 너는 원래 확실한 목적을 가지고 있지 않아. 그러니까 정신적으로 '있다, 없다. 무슨 모양인가, 왜 찾는가'를 판단해봐"라고 말했다.

"들어보니 우리가 마치 중세 시대 철학자 같다. 하하……!" 안편은 하하 웃어댔다. "아마도, 네 눈앞에 있는 내가 등향이고, 내 눈앞에 있는 네가 등향이야. 우리는 서로의 등향이지."

우리는 이렇게 한바탕 웃어댔지만 마음속은 실망감으로 가득 찼다. 사실 안편이 제일 괴로울 것이다. 분명 아홉 번, 열 번, 열한 번인가 등향을 찾으러 왔으니 말이다. 나는 오히려 괜찮았다. 안편이 묘사하지 않았더라면 세상 어딘가에 무슨 신기한 등향이라는 곳이 있는 줄도 몰랐을 것이다. 비록 있다 할지라도 또 어쩌겠는가? 지금 이 낙담한 심경은 아마 안편한테서 옮았거나 아니면 눈앞에 길은 없고 돌아갈 수밖에 없는 것에 대한 두려움이다. 이번 여정 속의 이야기는 정말로 적지 않았다. 우리는 함께 걸으면서 이야기를 할 수 있었다. 이야기들마다 모두 과장된 건 아닌지 누가 알겠는가!

나는 방금 길에서 안편이 말해준 처음 생리가 왔던 그날 밤이 생각나서 자신도 모르게 "그 일이 무슨 영향이 있었어? 그 후의 너의 생활에 대해서"라고 물었다.

"모르지, 있을 수도 있었겠지." 안편에 대한 궁금증이 다시 일어났다. 이번에는 내가 그녀를 도발했다. "고마워." 그녀는 "아마 아무런 영향도 없었을 거야. 모든 여인은 다 이런 일을 겪어. 모르고 있을 때 갑자기 방문하지. 아무도 어찌할 바를 몰라. 그 다음 사춘기에 들어서고 정신적으로 성장하고 신체적으로 성숙해지지. 그리고 인생 중에서 의외의 많은 일을 당해. 좋고 나쁘고 자기 자신과 노력하고 판단하며 관계가 있던 없던 스스로 연결할 수는 없어. 처음 부모한테 맞고, 처음 그것이 오고, 처음 남자한테 당하는 등등."

"오, 나는 너한테 처음으로 당했어" 나는 이렇게 말했다. "뒤의 운명은 어찌어찌 되겠지. 너는 오늘 나와 연관이 있다고 생각해 아니면 없다고 생각해?"

안편은 웃음을 참지 못하고 나를 바닥에 밀쳐놓더니 손으로 있는 힘껏 간지럼을 태웠다. 나는 웃으면서 뒹굴고 살려달라고 소리 질렀다. 안편은 "여기서 누가 너를 살려 주겠어. 널 죽여도 그저 황량한 들판에 무명의 시체가 하나 더 생기는 것일 뿐이야. 뒤에 오는 탐험가들이 연구할 만한 가치가 있는지 과제만 남겨 놓을 뿐이지" 하고 말했다.

나는 열정으로 충만해서 발버둥치다가 안편을 몸 아래로 눌렀다. 나는 그녀의 목에 키스했다. 한 번 더하고 싶어졌다. 안편은 두 팔로 나를 통제해서 내가 힘을 쓰지 못하게 만들었다. 그녀는 웃으면서 "지금은 안 돼. 앞에 있는 곳이 정말 등향일 수도 있어. 우리 다른 사람들의 풍속을 더럽히지 말자."

그녀는 갑자기 봉건 시대의 가정주부가 된 것 같았다. 아마도 아까 초경이 왔던 유쾌하지 않았던 경험을 이야기하면서 기분이 가라앉은 것일지도 모른다. 나는 바로 그녀의 말을 듣고 얌전히 그녀 몸에서 내려왔다. 그녀의 옆에 나란히 누워서 공허한 하늘을 바라보라고 했다.

"너 그렇게 나를 상상하지 마." 안편은 내 얼굴을 돌려서 그녀의 얼굴과 마주볼 수 있게 했다. 그녀의 가쁜 숨소리가 느껴졌다. "나는 그렇지 않아, 그렇게 생각하지 마. 제일 싫어."

"뭐가?" 나는 호기심을 참지 못했다. 설마 안편이 나의 모든 잡념을 불현듯이 알 수 있는 걸까? 나는 믿지 않는다. "내가 너를 어떻게 상상한다고 생각해? 안편?"

"만약 내가 그렇다면, 홍." 그녀는 콧소리로 말했다. "술집여자로 생각되고 말지."

안편이 맞는지 모르겠다. 내 앞에서 몇 번이나 술집여자라는 호칭으로 자신을 말했다. 아무튼 오는 도중에 갑자기 나온 후부터 그녀는 시도 때도 없이 이렇게 말했다. 제일 처음 들었을 때에는 멍했었는데 몇 번 듣고 나니 별로 언짢지 않았다.

안편은 입을 삐죽거리며 계속 웃을 거냐고 했다. "내 모든 것을 다 듣고도 네가 계속 웃을 수 있는지 보자." 나는 "얼마나 심각한데? 난 웃을 수 있어. 어, 별로 대단한 것도 아니잖아" 하고 말했다. 안편이 "나를 사랑해?"라고 묻자 나는 "당연하지"라고 대답했다.

"너무 빨라, 넌 아직 아이야." 안편은 손가락으로 내 입술을 누르면서 "나의 어떤 이야기라도 사랑을 웃음거리로 만들지 못해. 그냥 나는 그 정도로 엄숙하고 싶지 않아. 불만이 가득한 현실주의자 같아. 지나간 모든 것은 연기와 구름이라고 생각해. 시인 쉬쯔머가 이렇게 말했지. '내가 손을 저을 때 구름을 가져가지 않는다.' 시인 까오성은 이렇게 말했어. '어두운 밤은 나에게 까만 눈을 준다.' 나는 그것으로 광명을 찾는다. 바로 이런 거야, 이것이 바로 나야."

"통쾌하지 않으면 말하지 마."

"시작하면 멈출 수 없어."

"초경 이야기가 그 후의 생활에 어떤 영향을 주었다면 리즈화로부터 찾아야 된다." 안편은 두 손을 끌어안았다. 뒤통수를 돌려 눕더니 공허한 하늘을 보면서 그 이야기로 다시 돌아왔다.

리즈화와 공장장의 뜨거운 관계는 갑자기 무너졌어. 아마도 내 첫 월경 때문이었을까? 아니면 그 일과는 전혀 상관이 없을 수도 있지. 맞아. 내 첫 월경하고는 확실하게 관계가 없었어. 그녀는 새로운 남자친구와 생겼어. 그녀와 공장장이 자주 상하이로 출장을 갈 때 마르고 키가 크며 쌍꺼풀을 가진 남자가 그녀의 생활 속에 들어왔지. 그는 자주 그녀의 침대에서 잤어. 어느 상하이 출장에서 그는 그녀와 한 이십분 가량 이야기를 주고받은 후 아주 작은 업무 계약서를 작성했어. 호텔로 돌아온 그녀는 갑자기 공장장한테 혼자서 방을 쓰겠다고 이야기했지.

"아따, 참! 우리가 번 돈으로 방값도 모자라." 공장장은 리즈화가 농담하는 줄 알고 "네가 다시 방을 잡고, 내가 방을 빼서 네 방에서 잘게. 그러면 되잖아" 하고 말했어. 공장장은 리즈화가 농담을 하는 것이 아니라는 것을 바로 알아차리고 이유를 물었어. 리즈화는 "코를 너무 세게 골아서요. 좀 편히 자려고요. 아니면 내일 돌아갈 힘마저 없어요" 하고 대답했지.

공장장은 그녀더러 다른 방을 잡으라고 했어. 그날 밤 리즈화는 거의 눈을 붙이지 못했어. 한밤중에 그녀는 쌍꺼풀을 가진 남자를 기다렸지. 그녀는 두 손으로 그 남자의 얼굴을 부둥켜 잡았어. 보고 다시 보아도 싫지 않았어. 남자는 얼굴이 하얗고 깨끗하며 각이 졌어. 남자는 눈이 크고 쌍꺼풀이 있었으며 가늘게 눈웃음을 띠고 있었지. 남자는 담배도 피지 않지만 그녀의 담배 연기를 싫어하지도 않았어. 남자는 섹스할 때 조심스럽게 절주를 맞추고 작고 낮은 소리로 그녀의 귓가에 대고 속삭였어. 상하이말로 했다가 표준말로 섞어 말했지. 남자는 오르가즘에 이르는 동안에도 조금도 대충 하지 않았어. 그날 밤 그들은 계속 뜨거운 사랑을 나누었어. 남자는 처음으로 오르가즘에 도달했을 때 "나의 작은 보배! 남은 반평생은 너하고 함께 할래. 되지? 되지?" 라고 몸을 요동치면서 묻기만 했어. 그녀에게는 한 남방의 애인이 지어준 '작은 보배'라는 애칭이 있었던 거야. "작은 보배. 들어봐 봐. 작은 보배, 사람들의 사랑을 얼마나 받는 이름인데." 그녀는 감동을 받았어. 그녀는 몸을 위로 올리더니 남자의 고백을 받아들이면서 말했어. "좋아, 좋아요. 나도 한평생 당신을 찾기 위해 살아온 것 같아." 그들은 사랑을 즐기면서 서로의 감정을 잘 불러 일으켜 오르가즘을 이끌어냈어. 다음번 상하이에 올 때는 오금이 쑤시는 듯 쌍꺼풀 남자를 만나고 싶어 했어. 그녀는 호텔 로비에 서서 공장장한테 "탄씨! 당신하고 같은 방을 쓰고 싶지 않아요. 난 단독으로 방을 잡겠어요" 하고 말했어. 공장장은 "농담하네. 아따, 참! 나하고 농담해. 리즈화, 참내!" 하고 말했지.

리즈화는 말했어. "정말이에요, 혼자서 잘 거예요!"

공장장은 좋아하지 않았어. "리즈화, 아따 참. 무슨 뜻이야? 내가 싫어서 그
러는 거지?" 리즈화는 다시 말했어. "아니에요. 당신이 싫어서가 아니에요. 나
애인이 생겼어요. 나 상하이에서 남자친구 사귀었어요. 그를 만나야 되요." 공
장장은 웃었다. "진짜 농담하네." 그는 방 하나를 잡고는 그녀를 끌어당기면
서 빨리 방으로 가자고 했다. 리즈화는 우뚝 서서 가지 않았어. 공장장이 진
짜 혼자 자겠냐고 묻자 리즈화는 혼자 자는 것이 아니라 단독으로 방을 잡겠
다고 말했다. 공장장은 "시끄럽게 하지 마! 너 나하고 상하이에 몇 번 왔다고?
낮에는 내 근처에 있고 저녁에는 내 배 밑에 있으면서 무슨 남자친구를 사귄
다고 그래. 귀신에게 홀렸지? 참내" 하고 말했어. 리즈화는 "진짜에요. 당신을
속이지 않아요. 지난번에 단독으로 방을 잡은 것도 바로 그 남자랑 자기 위해
서 그랬던 거예요"라고 말했지.

공장장은 반신반의하면서 그녀를 쳐다보았어. 리즈화 얼굴색은 온화하고
농담을 하려는 얼굴이 아니었지.

공장장의 얼굴색은 어둡게 변했다. 그는 이를 깨물고 욕했어. "나쁜 년. 감
히 어른을 가지고 놀아? 오늘부터 난 네 남자가 아니야. 네 공장장도 아니야.
나가 뒈져버려, 씨발."

이렇게 공장장은 리즈화의 관계가 틀어졌어. 공장장은 혼자 자고 혼자 일
을 처리하고 혼자 밥 먹었지. 리즈화는 돈 한 푼도 없이 로비에서 상하이 남
자를 기다리고 있었어. 상하이 남자가 왔어. 긴 소매 셔츠는 흰 바탕에 연한
회색 줄무늬가 있었어. 은은한 비누 향기가 풍겼지. 그는 들어서자마자 그녀
를 안았어. 그들은 아무런 거리낌 없이 호텔 로비에서 키스했지. 남자는 키스
하면서 그녀의 목에 금목걸이를 걸어주었어. "알라가 당신을 묶을 거야. 한평
생 당신을 묶어 놓을 거야. 작은 보배." 그 남자한테서 작은 보배라고 불리는

여인은 행복하게 머리를 남자의 어깨에 기대었지. 그리고 그들은 방을 잡고, 함께 식사하고, 함께 자고, 함께 상하이를 다니며 쇼핑을 했어. 그녀가 야부린 산 고향으로 돌아갔을 때 그녀의 과장 자리는 이미 없어진 지 한참이 지난 후였어. 공장의 집을 관리하는 사람들은 집을 회수할 것만 기다리고 있었어. 과장이 아니라면 두 칸짜리 방을 향유할 수 없었거든.

이렇게 우리는 예전에 있던 한 칸짜리 방으로 다시 이사했어.

그 여름방학에 탄모우는 내 생활 속에서 사라졌어. 그 후 그는 남방에 있는 대학에 갔어. 나중에 아무런 소식도 없었지. 나도 집에 돌아와 리즈화와 같이 한 방에서 자고 함께 밥을 먹곤 했어. 며칠 후 리즈화는 "귀여운 것. 내가 거실에 침대를 하나 펼게. 컸으니 혼자서 편하게 자" 하고 말했어. 나는 "당신은 왜 거실에서 안자요? 나도 방에서 자고 싶어요" 하고 말했지. 리즈화는 사납게 말했어. "여긴 내 집이야. 쌍년아! 네가 커서 내가 너의 집에서 자게 되면 네가 나더러 어디서 자라고 하면 다 잘 거야. 돼지굴이라든가 화장실이라든가." 나는 안 된다고 했다. 리즈화는 "왜 안 되는데? 예전에 늘 이렇게 자지 않았어?" 하고 물었다. 나는 "예전은 예전이고, 지금은 지금이고. 아니면 월·수·금요일은 내가 밖에서 자고, 화·목·토요일은 당신이 밖에서 자요. 일요일은 마음대로 합시다" 하고 말했지. 리즈화는 화를 냈어. 주먹을 불끈 쥐고 욕을 했어. "상판대기 두꺼운 것. 내가 너더러 어떻게 자라고 하면 자는 거지, 무슨 쓸데없는 말이 많아?" 나는 리즈화의 머리를 잡아당겼어. 우리는 뒤엉켜 싸우고 말았지. 리즈화는 머리가 헝클어진 채 땅바닥에 앉아 울어대기 시작했어. 나는 손을 멈췄어. 리즈화는 울고 욕하면서 자기의 처량함을 토로했어. 나도 같이 울었지. 나는 진짜 탄모우가 그리웠어. 엷은 입술, 티 없이 그저 쑥스러워하는 모습, 테이블 모서리에 마주 앉아 열심히 숙제하던 저녁에 그 어머니가 해준 계란볶음밥이 생각났어. 그녀의 간질이 발작하자 탄모우가 엄숙하고 냉정하게 응급조치를 해 주던 모습, 피노키오의 코가 생각나고 내 손에 묻은 탄모우의 뜨겁고 축축한 정액의 비린내, 신비하고 안절부절 하지 못하는 분위기, 기억 속의 달콤함. 나는 아주 크게 울었어. 계속 울기만 했어. 너무 울어서 천장이 희미하게 보였지. 리즈화는 놀랐어. 앉아서 나를 멍하니 바라보고 있었지. 내가 다 울고 나서 화가 다 풀리자, 그녀는 담배 불을 붙여 혼자서 피웠어. 나도 앉아 한 대를 달라고 했지. 리즈화는 "너는 못 피워. 열여덟 살, 열여덟 살이 된 다음엔 네 마음대로 해. 어디로 가든지 말든지, 전부 네 자유야" 하고 말했어.

나는 중학교에 들어가서 늘 지각했어. 월경만 제 때에 오고 다른 것은 거의 정상이 아니었지. 성적도 많이 떨어졌어. 탄모우에게 편지라도 한 통 써서 아주 그립다고 말하고 싶었어. 중학교 생활이 좋지 않다고 말하고 싶었거든. 그러나 탄모우의 주소가 없었어.

어느 날 저녁, 나는 몰래 그의 집으로 갔어. 7층으로 가서 문을 두드렸지. 탄모우의 어머니가 나와서 문을 열어주었어. 나를 보더니 바로 얼굴색이 변하더니 뚱한 표정으로 왜 왔냐고 물었어. 나는 "아줌마, 안녕하세요! 탄모우 오빠 주소를 좀 알고 싶어서요. 오빠에게 책 몇 권을 부탁하려고요" 하고 말했지. 탄모우의 어머니는 아주 엄숙하게 "주소 없어. 탄모우의 아버지가 너하고 연락하지 말라더라" 하고는 여우같은 년들이라고 한마디 욕을 내뱉더니 문을 쾅 닫았어. 나는 빨리 집으로 돌아왔어. 거실에 있는 작은 침대에 앉아서 〈피노키오〉를 보려고 했는데 더 볼 수 없었어. 그 책은 탄모우가 나한테 준 거야. 나하고 책 속에 있는 내용을 토론했던 책이야. 지금은 내가 너무 펼쳐서 낡아 떨어질 정도였어. 하지만 매 페이지마다 아주 많은 내용들이 담겨 있었지. 나와 탄모우가 같이 있을 때 수없이 오갔던 이야기와 관련한 내용들이 보일 듯 말 듯 떠올랐어. 그에게 편지를 쓰겠다고 다짐하고 펜을 꺼내 책의 마지막 페이지에 쓰기 시작했어. '탄모우 오빠. 안녕하세요.' 이렇게 호칭을 부르면 속마음을 제대로 표현하지 못할 것 같았어. 그래서 나는 또 다시 썼어. "사랑하는 피노키오, 안녕. 지금 어디에 있나요? 지금 어디에서 유랑하고 있나요? 나를 업고 있나요? 남방 어느 한 도시 어느 한 거리에서 혼자서 걸어 다닐 때 오빠의 손을 잡은 나를 생각했나요? 숙제할 때 나를 생각했나요? 학교 식당에 계란볶음밥이 있나요? 맛있나요? 당신의 어머니처럼 총총 썬 파를 넣는가요? 나는 당신이 답장을 주기를 기다립니다. 당신의 모든 것을 알려주세요. 거짓말하면 안 됩니다. 피노키오, 아니면 당신의 코가 또 커질 겁니다. 나는 그것을 잡을 것입니다. 피노키오, 피노키오야!"

편지를 다 쓴 후 피노키오가 거짓말해서 처음으로 코가 길어진 그 줄거리에 접어 넣었어. 그 후에도 나는 끊임없이, 끊임없이 편지를 썼어. 나의《피노키오》는 두꺼워져만 갔지. 시간은 하루하루 흘러가고 있었어. 날씨는 점점 추워졌지. 피노키오의 코는 짧아졌다, 길어졌다, 길어졌다, 또 짧아졌다 하고 있었어. 내가 쓴 편지는 근본적으로 보낼 수 없으니 답장이 없는 것은 당연한 일이었어. 겨울방학이 되어도 나는 탄모우와 연락하지 않았어. 이듬해 봄에 나는 계속해서 편지를 썼어.《피노키오》에 더 이상 넣을 수 없어서 탄모우가 나한테 준《푸시킨 시집》에 넣었어. 나는 한참 쓰다가 푸시킨의 시를 읽고는 했지. 나는 푸시킨의 시를 하나하나씩 외웠어. 한 삼분의 이 정도 읽었을 때 나는 책 속에서 탄모우의 글씨를 발견했어. 한 줄로 된 작은 글자였지. 파란 잉크의 만년필로 적은 주소였어. 상하이시 서사토로 18호 상하이문화잡지사 시가편집부. 나는 아주 기뻤어. 드디어 조그마한 단서로 탄모우를 찾을 거라 생각했거든. 이것은 탄모우가 베낀 주소야. 탄모우는 독서하고 창작하기를 좋아하니까 아마 이곳에 투고했을 거야. 만약 탄모우가 상하이문회잡지사에 시집을 발표했다면 편집자에게는 아마 그의 학교에 대한 상세한 주소가 있을 거야. 내가 만약 편지를 써서 편집자에게 탄모우한테 전달해달라고 하면 연결이 가능할 거야. 하지만 나는 탄모우가 과연 이 잡지사에 투고했는지부터 확인해야 했어. 여기에서 시집을 발표했는지 아닌지를 먼저 확인해봐야 했지. 탄모우가 일단 그들한테 투고했다면 그의 시집은 아마 발표되었을 거야. 그러니까 이 잡지사를 무조건 알아야 했어.

그 당시 리즈화는 이미 상하이 남자랑 아주 열정적으로 사귀고 있었어. 상하이 남자는 처음 우리 집에 와서 지낼 때 한 묶음 꽃무늬 천과 《상하이복장》이라는 책을 가지고 왔어. 상하이 남자는 엉큼하게 "이건 요즘 나오는 것 중에 제일 좋은 천이야. 원피스를 해 입어. 당신하고 딸아이가 각각 두 벌씩은 해 입을 수 있을 거야. 잡지에 스타일이 있고 참조해도 좋아. 좋은 양장점을 찾아야 되는데. 내가 예전에 재봉을 배웠어. 그 사람들한테 내가 말해줄게. 꼭 요즘 유행하는 예쁜 옷을 만들어 달라고 해. 너희 모녀는 몸매가 좋아서 입으면 아주 멋있을 거다"라고 말하면서 내 어깨를 만졌어. 나는 짜증내면서 비켰지. 이 남자가 오기만 하면 며칠씩 잤어. 리즈화는 귀신이 붙은 것처럼 밥 먹을 때도 그 남자의 얼굴을 비벼댔어. 그 남자가 올 때면 리즈화는 출근도 하지 않았어. 그러다 리즈화는 공장에서 처음으로 퇴직자 명단에 들어갔지. 상하이 남자는 "사랑하는 작은 보배. 당신 그 일자리에 미련을 가질 필요 없어. 아무 미래도 보이지 않아. 지금이 어느 시대인데 무거운 동물 장난감을 생산한다고 그래. 진짜 웃겨"라고 말하자 리즈화는 아주 기뻐하며 퇴사했어. 내가 매번 상하이 남자한테 눈치를 줄 때면 리즈화는 내게 경고했어. "게

집년. 내 앞에서 주의해. 지금 우리는 저 사람에 때문에 살 수 있는 거야. 마음씨가 얼마나 곱다고." 그러면 나는 얼굴을 돌렸지. 리즈화는 "너 내 앞에서 콧대 처들지 마. 이 빌어먹을 쌍년아. 공부는 엉망진창이고 네 몸 좀 봐봐. 미인박명이야. 나를 업신여기면서 너는 나중에 어떤 능력이 있는지 한 번 보자. 남자들이 너를 지껄여대고, 나중에 우는 날이 올 거야"라며 악담을 퍼부었어.

상하이 남자가 세 번째로 우리 집에 왔을 때 다섯 살 난 여자 아이를 데리고 왔어. "나 이혼했어. 그런데 딸아이를 돌볼 사람이 없어. 당신한테 부탁해도 돼? 안편의 여동생이 되게 해줘." 리즈화는 여자 아이한테 뽀뽀하고 또 뽀뽀했어. "당연하지, 당연하지. 우리는 원래 한 가족이잖아. 원래 같이 있어야 했지." 그리고는 나를 불렀어. "너 여동생이 생겼다. 기뻐, 안 기뻐? 이제 자매끼리 사이좋게 잘 지내." 나는 머리를 끄덕이고 아무 말도 하지 않았어.

상하이 남자는 내가 반감을 가지지 않는 걸 보고 매우 기뻐했어. 그날 그 남자는 술을 많이 마셨어. 여위고 마른 얼굴은 붉게 변했고 구시렁구시렁 상하이말을 했다가 표준말을 했다가 알아듣지 못하게 자꾸 횡설수설하기만 했어. 리즈화가 채소 사러갔을 때 나를 부르더니 자신의 여행 가방에서 신비스럽게 아주 큰 돈주머니를 꺼내주었는데 돌덩이 같았어. 그것을 내게 건네주었지. "귀염둥이, 예쁜 딸아. 이거 가져, 동생하고 같이 쓰렴. 이후에 사이좋게 지내라. 아빠가 너희를 위해서 돈을 벌 거야. 돈을 아주 많이 벌 거야."

그 돌덩이는 너무 무거웠어. 상하이 남자가 나더러 그걸 열어 보라고 해서 나는 그렇게 했어. 그리고 놀라서 어리둥절했지. 나는 한 번도 그렇게 많은 돈을 보지 못했거든. 아주 정연하게 배열되어 있었고 온통 새 돈으로 꽉 차 있었어. 남자는 "귀염둥이 딸아. 한 번 만져봐. 돈을 만지면 아주 편안하거든!"라고 했고 나는 한 번 만져봤어. 어떤 느낌이지? 아무튼 좋기만 했어. 그가 말한 것이 맞았어. 추운 날씨라서 손이 닿는 곳은 다 차갑기만 유일하게도 이 돈만큼만은 솜같이 따스했거든.

상하이 남자는 손가락을 걸고 약속하자고 했어. "이 돈을 네가 보관해. 네가 감추도록 해. 아무도 모르게 감춰라. 나도 모르게 말이다. 되겠니? 안되겠니?"

내 눈 앞에 있는 그의 손가락을 보고 이해하기 어려웠어.

그는 웃으면서 다시 나더러 약속하자고 했어. 나는 망설이다 손을 내밀었어. 그의 손가락과 나의 손가락이 서로 끼워졌지. 그의 장력에 나의 몸은 앞뒤로 세 번 정도 움직였어. 그는 아주 기뻐하면서 "엄마랑 동생이 모르게 하자. 신사협정이야. 비밀을 말하면 안 된다!" 하고 말했지.

나도 참지 못하고 웃었어. 나는 그가 재미있어 보였어. 나는 왜 그들이 알면 안 되냐고 물었고 그는 익살 맞은 표정을 하더니 술 냄새 풍기는 입을 내 귓가에 대고 "예쁜 딸아. 이렇게 많은 돈은 평소에는 안 써. 어느 날 급한 일이 생겨 필요할 때 엄마가 쩔쩔맬 때 네가 갑자기 이 돈을 엄마 앞에 내놓는 거야. 생각해봐. 엄마가 얼마나 기뻐하고 놀라겠냐!" 하고 말했어.

나는 그 많은 돈을 끌어안았어. 내 심장은 아주 빨리 뛰었지. 남자가 한 이야기는 정말로 마음을 쏠리게 만들었어. 내 눈 앞에는 진짜 그와 비슷한 상황이 펼쳐졌어. 너무 당황스럽고 절망적인 상황에 눈물콧물 범벅이 된 리즈화 앞에 선 나는 이 많은 돈들을 들고 있지. 웃지 않고 아주 차갑게 "리즈화, 당신이 나를 몇 년 동안 키운 것을 생각해서 이 돈을 가져가서 급할 때 써요!" 하고 말하는 거야. 그러면 리즈화는 아마 감격의 눈물을 흘리면서 달려올 거야. 돈을 잡는 동시에 알랑거리겠지. 흥, 그때면 나는 거들떠보지도 않으면서 "다음부터 태도를 좀 잘하세요. 나를 좀 사랑해 주면 어디 죽나요?" 하고 말하는 거야.

여기까지 생각하니 웃음이 나오기 직전이었어. 남자는 자신 있게 말했어. "여기 또 있어. 너와 나 사이에 작은 비밀이 있으니 우리는 좋은 친구지?"

나는 얼마냐고 물었어. 한 일만 위안 정도? 상하이 남자는 머리를 끄덕이더니 그렇다고 했지. 일만 위안보다 더 많다고 했어. 나는 아주 기뻐하면서 돈을 챙겼어. 다른 일을 좀 도와 달라고 요구할 때 내 얼굴에는 사이좋은 감정, 심지어 감격의 웃음이 피어 있었어. 리즈화의 남자. 당신은 진짜 당신하고 아무런 관계가 없는 사람에게 감사해야 해. 탄모우, 탄모우가 우리 둘의 관계를 구해준 걸 알아? 나는 "아저씨. 다음번에 올 때 문회잡지 몇 권 가져다주면 안 되나요?" 하고 부탁했어.

나의 일찍 마음속에서 계획이 있었어. 그냥 입으로 뱉으면 다른 사람이 보기에는 아주 당돌하게 느껴졌을지도 몰라. 상하이 남자는 제대로 알아듣지 못했어. 무슨 잡지냐? 꼭 상하이에서 사야 되니? 나는 문회잡지라고 상하이의 잡지인데 여기에는 없고 좀 보고 싶다고 말했지. 상하이 남자는 아주 경쾌하게 문제없다고 말했어. 작은 일이니까 아빠가 꼭 처리한다고 말했어. 그리고는 가방에서 공책을 꺼내서 잡지와 주소를 적었어. 그리고 다음번에 왔을 때 진짜 아주 많은 문회잡지를 가지고 왔지. 몇 십 권 되었어.

이렇게 나는 여동생이 하나 생겼어. 여자 아이는 아담한 체구에 몇 가닥으로 땋은 머리를 갸우뚱하고 있었고 쌍꺼풀 진 눈은 아주 컸어. 나를 볼 때는 겁에 질려 있었고 아주 공허해 보이기도 했어. 어떤 때 그 애는 비정상적인 아이처럼 보였어. 마치 기계 인간 같았지. 외모는 아주 예쁘고 아무런 문제도 없어 보이지만 피와 살도 없고 체온도 없는 것 같았지. 아니면 피와 살, 체온은 인공으로 만들어진 것일지도 모른다는 생각도 했어. 그 안에다 사상과 감정을 채워 넣은 것 같았지. 리즈화가 그러는데 그 애가 어머니 사랑이 부족해서 성격이 괴팍하다고 했어. "나도 어머니 사랑이 부족한데 왜 괴팍하지 않지? 나는 아빠 사랑이 부족한데"라고 말했어. 리즈화는 "나한테 함부로 지껄이지 마라. 나 아직 안 죽었어, 자꾸 사랑이 부족하다고 하는데 내가 보기에는 넌 좀 맞아야겠어" 하고 말했다.

그들은 그 애한테 안샹이라고 이름을 지어주었어. 펀이, 샹이. 자매의 이름이야. 처음에 나하고 안샹은 평범하고 화목하게 지냈어. 몇 년 후 나는 많은 방법으로 그 애를 학대했어……. 당연히 나중의 일이야. 그때 당시에는 귀신이 붙은 것처럼 나약하면 그냥 업신여길 것 같았어. 아주 통쾌했어. 아이고, 진짜 이런 거 말하기 싫네.

그 잡지들을 한 권씩 펼치고는 목록부터 확인했어. 실망스러운 것은 그 속에서 탄모우라는 이름을 발견하지 못했다는 거야. 아마 필명을 쓰지 않았을까? 나중에 나는 한 편의 시를 발견했다. 탄모우가 쓴 거라고 확신했어. '효파'라는 '탄모우'하고 아무런 관련 없는 생소한 이름을 썼어. 하지만 나는 매 구절마다 나와 그의 어느 기억을 서술한 것이라는 걸 느꼈어.

내가 그녀한테 수영을 가르쳤다.

그때 그녀는 방금 사춘기에 들어섰다.

강물은 그녀의 머리를 쓰다듬는다.

내 질투하는 마음도 같이.

나는 물을 많이 마셨다.

그녀가 바보같이 웃는 모습을 멍하니 바라본다.

햇빛은 그녀의 하얀 이를 비춘다.

그녀의 목소리는 반짝이는 물보라.

나는 용기를 냈다.

그녀한테 뽀뽀하려고 은밀한 계획을 세운다.

물을 마신 후 한 번 다시 한 번 나는 트림 때문에,

나의 계획을 완전히 망쳤다.

하늘은 굴같이 금홍색을 띠었다.

7월은 아름다웠다.

그해는 아름다웠다.

작은 도시, 아름다웠다.

내 심정이 아름다웠다.

사춘기에 요동치는 그녀,

정말 아름답기 그지없었다.

나는 한 편의 시 속으로 빠져 들어갔어. 오후 내내 앉아 이것만 읽었지. 나는 심지어 글 속에서 탄모우가 글 쓰는 모습을 명확하게 볼 수 있었어. 이마 위에 있는 앞머리를 쓰다듬는 모습도 볼 수 있었어. 머리를 숙여 재빠르게 쓰고는 머리를 들어서 도취되어 웃는 것을 보았어. 나는 다가가서 그 머리를 쓰다듬어주고 땀을 닦아주고 싶었지. 나는 시를 읽으면서 왼손을 꺼내고 손가락을 펼쳤어. 탄모우가 나의 모든 것을 느낀다고 확신했기 때문이야. 나의 손가락은 가늘고 길었어. 손톱과 관절사이에는 청춘의 붉어짐이 있었지. 나는 진짜 그렇게 심취되었어. 내가 이 문자들을 한 편의 짧은 영화로 상상할 때 귓가에 부드러운 음악이 울리기 시작했어. 그는 나를 안고 물 가운데에 서 있었어. 물줄기는 저절로 우리를 에둘러 흘러내려가지. 흩어진 꽃잎, 떠오르는 수초들은 우리의 몸에 가로막혀 우리 사이에 모였어. 우리의 몸은 한층 얇은 옷을 사이에 두고 청춘의 뜨거운 열정을 발산했어. 탄모우의 입가에 얇은 수염에는 물이 맺혀 있어. 햇빛 아래에서 보면 투명하고 빛이 나지. 나는 얼굴을 그의 가슴에 묻었고 거친 심장소리를 듣고 있어. 그의 두 손은 내 허리에 놓여 있고 점점 더 세게 잡고 있어. 강물에 숨이 막히는 것 같았지. 강물은 얼마나 따스한가. 우리의 몸을 끌어당겨 우리가 햇빛과 교차하는 곳에서 들려 있는 것 같았어. 아름답고 절묘한 윤곽이 나타났지.

무슨 의심할 게 있나? 나는 탄모우가 나에 대해 쓴 것이라고 확신했어. 그가 수영을 가르친 적이 있었던가? 만약 없었다면 나는 선천적으로 수영을 할 수 있는 사람인가? 나는 기억 속에서 이런 생활이 존재했는지를 증명해 보고 싶지는 않았어. 기억이 희미할 것을 바랐어. 만약 그가 없었다면 나의 사춘기 기억은 모두 공백일 거야. 여러 색으로 된 시멘트 담장이지. 촌스럽기 그지없는 달력이 걸려 있어. 담장 모서리에 쥐가 왔다 갔다 하고 상 위로 파리들이 날아다녔어. 주의를 끄는 돼지고기, 리즈화의 부르는 소리, 문을 지키는 귀신 같이 생긴 공장장, 상하이 남자의 창백한 얼굴, 안상의 공허한 눈동자, 피로 붉어진 의자를 감싼 천, 메마른 공기, 흙이 날리면서 눈꽃이 춤추고 있었어. 낙엽이 진 후 조용해진 고목나무. 봄바람은 불어오고 고집스럽게 파랗고 조금씩 의미 없이 짙은 색을 띠고 있지. 골짜기는 얼어붙고, 녹고, 다시 얼어붙고, 새우 몇 마리 그림자를 영원히 보기 어려워. 저녁에는 도저히 잠을 잘 수 없어.. 입술은 마르고 손가락이 닿는 곳마다 정전기 소리가 났어. 기적은 너무나 미약하고 두껍고 무거운 어둠을 파열시키지 못해.……. 내 사춘기가 이 정도였나? 당연히 아니야. 나의 사춘기는 바로 탄모우이야. 얇게 썬 파를 넣은 달걀볶음밥, 상 아래에서 서로 부딪히는 다리, 피노키오와 푸시킨이다.

하지만 탄모우는 내가 갈망할 때에 나타나지 않았다. 탄모우는 당연히 한 번 나타났지만 내가 아무런 예측도 하지 않을 때 갑자기 나타났다. 17살 되던 여름, 16살 되던 여름, 15살 되던 여름 나는 매일 매일 남방으로 떠나려고 생각했다. 내가 진짜 가출했을 때 그가 갑자기 나타났다.

17장

우리는 그곳에서 누워 이야기를 다 끝마칠 수 없었다.

하늘은 짙은 남색이었다. 사방 주위는 유달리 조용했지만 하늘 끝에서 시커먼 것이 몰려왔다. 비구름 같아 보이지만 꼭 그런 것 같지는 않았다. 안편은 벌떡 일어나더니 가방에서 비닐 텐트를 꺼냈다. 그녀가 예비용으로 비닐 텐트를 준비했는지 몰랐다. 내 기억으로는 큰 비닐 텐트 하나를 가져온 걸로 알고 있다. 어제 저녁에 우리의 텐트를 만들었다.

비구름이 가까이 오자 나는 드디어 알 수 있었다. 그건 빽빽해서 이루 다 셀 수 없는 새들이었다. 방대한 사각형 대열로 우리가 있는 곳을 향해 포위해 공격하러 온다.

안편은 우리가 손으로 비닐 텐트의 네 모서리를 잡으라고 눈치를 줬다. 임시로 작은 숙소를 만드는 것이었다. 그리고 우리는 엎드려 있었다. 그들이 가까워짐에 따라 나는 한 줄기의 강대한 기류를 느꼈다. 교향악과 같은 고함소리가 울려왔다. 나는 푸른색의 깃털을 보았다. 수없이 많은 푸른색의 깃털들은 온 하늘을 덮었다. 한바탕 어두움이 올 때 비린내를 풍기는 뜨거운 비가 쏟아졌다. 우리 머리 위에 있는 비닐 텐트는 텅텅 요란한 소리를 냈다. 몇 분 후 어두움 은 사라졌다. 햇빛 아래에서 대지를 보니 흙탕물로 뒤덮여 있었다.

안펀은 비닐 텐트를 치우고 일어서서 하하 큰소리로 웃어댔다. 그리고 나더러 일어나라고 한다. 새무리의 방향을 추적한다. 우리가 낭떠러지까지 쫓자 드디어 새들은 모두 거대한 산위의 승강장에 모여 있었다. 그들은 아주 복잡한 도안을 조성했고 부단히 변했다. 그광경은 대형 군대사열과 같았다. 치밀하고 철저하게 계획되어 거행하는 장엄한 사열이다. 맞다. 수십, 수백, 수만 배가 되는 규모 이상일 것이다. 나는 놀라서 얼이 빠져있었다.

"나는 처음 본 게 아니야." 안펀은 "여기가 바로 전설 속의 등향일 거야. 그들이야말로 등향의 진짜 주인이지. 매번 이런 광경을 볼 때마다 너무 아찔해. 나는 스스로 내가 인간 세상과 천국의 경계에서 있는 착각이 들곤 했어. 여기는 천국으로 가는 입구야. 우리가 길을 찾지 못한 것은 우리가 들어갈 자격이 부족하기 때문이야. 봐! 이 새무리들은 부단히 무늬가 바뀐다. 마치 어떤 것을 표현하는 것같아. 우리가 모르는 것은 우리가 아예 능력이 안 되어 이해를 못하는 것이지. 우리는 그냥 자신이 처한 그 인간 세상 안에 있는 세상만 알고 있어."

안펀은 어떤 때는 너무 간단하게 생각하고 어떤 때는 너무 심각하게 생각한다. 이러한 점은 나에게 그녀에 대한 생생한 인상을 심어주었다. 그녀는 나에게 물을 먹여 주고, 더 무거운 짐을 메고, 나를 대신해서 호텔비를 계산했고, 자신의 자질구레한 성장과정을 알려주었다. 따스한 몸으로 거의 마비된 내 몸 안에 잠자고 있던 청춘을 깨워주었다. 그녀는 등향, 등향차의 신비함을 대강 추리하고, 어둠 속에 있는 멀고 먼 하늘을 상상했다. 밤하늘 광선을 철학적으로 설명하기도 했다. 지금 그녀가 새무리들을 향해서 어떤 의문을 던졌을 때 그녀의 얼굴에 떠오른 단순하고 열정적인 모습은 나에게 환호를 불러일으켰다. 새무리들은 표현하는 데 조금도 손색이 없었다. 나는 자신을 제어하지 못하고 안펀에게 가까이 갔다. 골짜기를 뒤로 하고 그 거대한 새들을 배경으로 하고 그녀를 끌어안았다.

"아마 아주 간단한 이동일 거야." 나는 아주 빨리 눈앞에 있는 광경을 알 수 없었다. 저녁에 보았던 광선들 같이 어떠한 신선한 견문은 어쩌면 진짜 보지 말았어야 하는 것일지도 모른다. 올라가서 전설 혹은 철학 같은 것은 더 말할 나위도 없다. 거기에 담긴 결론을 다시 생각하고 알아낸다. "아마 네가 말한 천국의 현상일 거다. 그들은 수없이 많은 짝들일 것이다. 한데 모여서 사랑의 성대한 세리머니를 거행하는 거겠지."

안펀을 꽉 끌어안고 그녀의 입술에 나의 입술을 가져다 댈 때 그녀는 눈을 비스듬히 뜨더니 아주 놀랐다. 그녀는 입술을 벌리면서 말했다. "나 신비한 광경을 봤어. 나를 놓지 마! 우리 제자리에서 180도 돌자. 그러면 넌 신비한 것을 볼 수 있을 거야."

그녀의 얼굴색은 흥분되어 상기되었다. 분명히 어지간한 발견은 아니었다. 우리가 끌어안은 상태에서 제자리에서 절반 돌았을 때 나는 진짜 눈앞에 있는 광경 때문에 놀랐다. 새들은 쌍쌍으로 날개와 날개를 연결하여 장엄한 반환형을 이루었다. 우리하고 마주 했다. 그 모습은 진짜 아주 큰 품속 같았다. 게다가 그 많은 새들은 놀랍게도 한순간에 이렇게 이루었다. 그리고 어떤 새도 아무런 소리를 내지 않았다.

세상은 정말 조용하고 또 조용했다.

그 시각, 한 줄기 전류가 나와 안편의 몸을 뜨겁게 달구는 것 같았다. 모든 외로움과 더 나아가 몇 년 동안의 마음의 상처를 울리는 것 같았다. 순간 사라지고 순간 나타나는 광경은 그 무엇보다 화려했다.

나와 안편은 동시에 새무리들이 전하는 뜻을 알아차렸을 것이다. 우리는 눈을 감고 그윽하게 키스했다. 우리들은 입술로 서로 상대방을 어루만졌다. 입술 위에 있는 무늬들을 세어보았다. 목이 무척 말랐다. 안편의 입 안은 촉촉하고 달콤했다. 혀끝은 그녀의 잇몸과 그 위아래를 더듬고 다시 그녀의 혀를 감싸 안았다. 그들은 서로 감싸여져 있고 나풀나풀 춤을 추었다. 한참 지나 그들이 모두 녹는 느낌이 있었다. 우리는 황홀해서 자신을 잃어 버렸다. 나와 그녀는 완전히 하나가 되었고 누가 누군지 몰랐다. 우리 둘은 혼연히 하나가 되었다. 서로의 존재가 사라진 듯했다.

포옹과 키스가 끝났을 때 새무리들이 이미 사라진 것을 알았다. 모든 것은 그들이 오기 전처럼 조용하고 평범했다. 자세히 보니 촉촉한 대지에는 빨간색의 수많은 작은 새싹들이 자라났다. 안편은 머리를 숙이고 부끄러운 듯이 나를 쳐다보았다. 그리고는 몸을 돌려서 히히 웃어댄다.

"왜 웃어?" 나는 뒤에서 그녀의 잔등을 끌어안고 얼굴을 그녀의 하얀 목에 가져갔다. 나는 그녀의 귀 주변의 혈관을 보았고, 목에 있는 반점을 보았다.

"아까 새무리들이 올 때 하늘에서 무슨 비가 내렸는지 알아?" 그녀는 여전히 히죽 웃는다. 나는 "무슨 비야. 흙탕물이지" 하고 말했다. 안편이 말했다. "흙탕물이 아니야. 모두 새똥이야. 내린 것은 똥비야."

원래 이런 거였구나. 나는 참지 못하고 웃어댔다. "하지만 조금도 지독한 냄새가 없었어. 그냥 향기로운 비린내지."

"나는 별다른 냄새를 맡지도 못했어. 이것도 이곳에서 보면 이상한 거지." 안편은 말했다. "새똥은 새똥이지. 내가 아까 만약 비닐 텐트로 막지 않았다면 우리 둘은 지금 진녹색의 똥 범벅일거다. 하하."

"하하." 나는 "그렇기에 땅에 작은 씨앗들이 자라났지. 기름진 것, 아까 우리도 똥에 젖는다면 우리 몸에도 씨앗이 날지도 모르지" 하고 말했다.

시간은 이미 늦었다. 태양은 이미 기울어지기 시작했다. 공기 속에 있는 비린 냄새뿐만 아니라 나는 여러 가지 음식물의 냄새들을 맡았다. 예를 들면 어릴 적 박하 떡을 구울 때의 향기, 옥수수죽 향기, 땅콩기름을 뜨거운 가마에 볶을 때 나는 향기들이었다. 이런 냄새는 이해할 수 없었다. 안편한테 들려주자 안편은 "너 배고파서 그럴 거야. 환각이야. 우리 빨리 돌아가자" 하고 재촉했다.

우리는 원래 길을 따라서 골짜기를 통해 돌아왔다. 안편은 팩으로 포장된 우유를 나한테 건네주었다. 그녀는 내가 아까 말한 음식물의 향기들을 마음에 두고 있었다. "아, 이곳이 원래 심상치 않아. 새무리와 그들이 펼친 공연, 우리를 둘러싼 것, 새똥 비가 지난 후에 생긴 작은 새싹들, 심지어 어제 저녁에 나타난 광선들, 어디나 다 흔적이 있어. 모두 다 자주 보는 것이 아니라 쉽게 이해할 수 없어. 등향은 그렇게도 많은 전설을 가지고 있는데 아마 모두 그만한 근거가 있을 거야."

"이것과 나의 후각이 무슨 관계가 있지?" 나는 "아마 나의 후각이 바로 네가 말한 것이야. 배고파서 생긴 환각이지. 그러면 우리가 봤던 것도 환각이라고 추리해도 되겠지? 어떤 것은 우리 스스로 확정 짓지 못한다거나 혹은 깨우려는 강렬한 소망이 없는 것이 아니겠어?" 하고 말했다.

"나는 그렇게 생각하지 않아." 안편은 말했다. "이 세상에 많은 생각들이 있다는 것을 믿어야 해. 네가 보지 못하는 세상은 존재하고 너는 그 그런 세상을 알 수가 없어. 나는 기관은 역할이 있고 기능은 제한이 있다는 것을 항상 믿거든. 사람은 한 가지만 있어도 완전히 제한된 것을 넘어설 수 있어. 심지어 끝없이 꿰뚫고 지나갈 거야."

나는 서서 안편을 자세하게 살펴보았다. 어느 순간부터 그녀는 왜 이상하게 변했는지 알 수 없었다. 어제 이맘때는 차에 앉아서 자기 스스로 술집여자라고 했다. 지금은 그녀가 마치 하나님의 어깨 위에 서 있는 것 같았다.

"귀신이 아니야, 이상하게 생각하지 마." 안편은 내 코끝을 눌렀다. 그리고 젊고 경력이 풍부한 유치원 선생님처럼 느릿느릿 말했다.

"심-령-이-지. 언젠가는 호킹 박사를 찾아가 물어볼 거야. 심령이 뭔지 똑똑히 말할 수 있는지."

"호킹, 호킹을 말하는 거야?" 나는 안편이 말하는 어조를 모방하면서 말했다. "호킹 박사는 심-령-을 말하지 않아. 그 분은 여-인-을 말해. 꾸준히 탐구한다면 우주를 알 수 있을 거라고 말했어. 아무리 노력해도 여인은 알 수 없다고."

이번에는 안편이 멈추었다. 자세하게 나를 보더니 "진짜? 그 사람이 진짜 그렇게 말했어?" 하고 물었다.

나는 호킹 박사를 흉내 내며 머리를 갸우뚱하고 말했다. 이런 모습이 진짜 박사 같아 보였다. 아마 이후에도 머리를 갸우뚱하고 말할 것이다. 권위가 있어 보인다.

"진짜. 그 사람은 아주 진지했고, 그 모습은 농담하는 것 같지 않았어. 우리처럼 의심과 환각 속에 처해 있는 것이 아니었지."

18장

우리는 저녁 무렵 전에 드디어 승용차를 찾았다. 가방을 트렁크에 넣자 삽시간에 온몸이 가벼워졌다. 안편은 차 시동을 걸고 작은 숲, 산비탈, 오솔길을 따라 운전했다. 하루가 지났지만 길 옆에 자란 작은 들꽃들은 더 자랐고 더 화려하게 보였다. 내 마음은 올 때보다 더 즐거웠다. 나는 음악이 듣고 싶었다. 안편이 오면서 들려주었던 킴레이 퍼쓰의 컨트리풍 음악이 생각났다. 안편은 나를 제지하면서 "듣지 말자. 너무나 슬퍼. 그리고 길에서는 어울리지 않아."

"왜 길에서는 안 어울리지?"

"그 사람은 교통사고로 죽었거든."

나는 놀라서 손을 움츠렸다.

"너 사실 미신도 믿고 나약하기도 하지." 안편은 웃으면서 "당연하지. 미신과 나약함은 한 쌍의 자매지" 하고 대답했다.

작은 숲을 나가서 파로내자 승용차는 또 흔들흔들 거리면서 산비탈, 오르막, 다시 산비탈, 그 다음 굽이굽이를 돌았다. 나는 잠이 몰려왔다. 아마 정말 잠든 것 같았다. 귀에는 그냥 차바퀴가 땅바닥에서 빠르게 마찰되어 돌아가는 소리만 들려왔다. 도로와 눈앞에 있는 것은 하얗다가 한참 회색으로 되었다. 눈이 한참 있다가 다시 없어진 것은 아닌가? 이렇게 생각하면서 눈을 떠서 확인하려고 했지만 눈을 뜰 수 없었다. 진짜 피곤했다. 그렇지만 마음속으로는 안편이 안타까웠다. 내가 자고 있는데 그녀는 차를 운전했고, 일정 내내 나보다 더 무거운 짐을 지었다. 흐리멍덩할 때 안편이 나한테 하는 소리가 들려왔다. "너 자고 있어! 조금 후에 나도 잘 거야." 나는 놀라서 깼다. 안편은 핸들을 잡고 오른손으로 변속기를 계속 작동했다. 그녀는 나를 보더니 웃었다. "네가 담이 너무 작아서 생쥐 같다. 불러도 안 일어나고, 때려도 안 일어나던데 놀라 일어나네."

"만약 너도 잔다면 우리는 진짜 끝나." 나는 "죽는 걸 두려워하지 않아. 게다가 항상 어둠 속에서 죽기를 원했거든. 지금은 네가 있으니 나는 조금도 죽고 싶지 않아" 하고 말했다.

"만약 진정한 사랑이라면 같이 죽어도 아주 완벽할 거야."안편은 어떤 때는 정말 입을 막지 못했다. "나비로 변할 수도 있어."

나는 갑자기 아주 재미가 없는 장면이 연상이 되었다. 진짜 사랑하는 사람이 죽어서 나비로 변했다면 진짜 사랑을 위해 같이 죽은 한 쌍은 그럼 무엇으로 변하는가?

"어떤 물건이 상대방을 서로 마찰을 만들 수 있어?"라고 안편에게 물었다. 안편은 좀 생각하더니 "네 말 뜻을 알겠어. 사랑하지 않는 것 혹은 위선적인 사랑을 그런 것으로 만들려는 거지? 내가 보기에는 한도 끝도 없이 서로 못살게 할 거야. 그것도 일종의 사랑이고 아주 특이한 사랑이지."

진짜 재미있다.

안편은 "나비보다 더 세고 더 낭만적인 것이 있다고 생각해. 예전에 나는 탄모우하고 같이 죽고 싶었고 같이 한 쌍의 나비로 변하고 싶었어." "왜 나비로 변하려고 그랬어? 얼마나 못생겼는데." 나는 "설마 나비 생김새가 낭만적인 것은 아니겠지?" 하고 물었다.

"생김새라면 너와 같은 애들의 낭만이지." 안편은 내 말을 하찮게 여기면서 말했다. "엄마 거미를 검은 과부라고 부른다. 배우자랑 교배한 후 상대방을 먹어치우거든. 수컷 거미는 뜨거운 사랑에 푹 빠져 교배하면서 자기의 몸을 적극적으로 검은 과부더러 삼키도록 해. 너무 사랑한다 해도 어떻게 상대방을 먹어서 자기 몸 안으로 들여 소화시키고 자기의 혈액 안으로 심지어 영혼 안으로 들어가게 해. 그렇게 하면 안 되지."

"어머! 나비가 이제 거미로 변했구나." 나는 피하는 동작을 했다. 안편은 급브레이크를 밟더니 차를 길 가운데 세우고는 "비열한 남자"라고 욕을 했다.

나는 그녀가 왜 화내는지 몰랐다. 계속 농담을 했다. "적어도 남녀는 평등해야 될 거 아니야." 나는 바로 변명했다. "다시 말해서 검은 과부가 된다면 얼마나 외롭겠어! 애인은 죽었고 자신의 영양분으로 되었는데 어느 누가 생명의 거리에서 그녀와 친구가 되겠어?"

"이건 친구해 주는 게 아니지? 몸 안에 녹아 있으니 한시도 떨어질 수 없는 거야." 안편은 말했다. "그가 너의 마음속에 있으니 어떠한 말을 해도 그는 제일 빠르게 들을 수 있어. 네가 어떤 일을 해도 그는 제일 빠르게 볼 수 있어. 네가 어떤 생각이 있어도 어떤 감정이 생겨도 그 안에는 모두 그가 포함되어 있어. 그가 어디에 있는데? 왜 외롭다고 해? 넌 그냥 형식만 중시하는 거야."

순간 변명할 단어를 찾지 못했다.

하늘 끝에 많은 구름이 몰려왔다. 저녁노을이 오색찬란하게 비쳤다. 구름 떼가 만든 세상은 멀어 확인할 수 없다. 위엄이 있고 광활하고 신기해 보였다. 나는 구름을 가리키면서 안편이 어릴 때 구름을 보던 것과 끊임없이 연관시켰다. "어떤 때는 보다가 열정이 불타올라. 세상은 왜 그렇게도 깊은지. 신비스럽고 생명을 동경할 수 있는지?"

당연히 안편은 정말 화낸 것이 아니었다. 내가 구름을 보자 그녀는 손수건으로 창문에 낀 뿌연 안개를 닦아주었다. 그리고 그 구름 세계를 가리키면서 "내가 처음 비행기를 탔을 때 아주 슬펐어. 나는 어렸을 때 구름 안에 세계가 있다고 믿었어. 구름이 있다는 것은 그 세계가 있다는 것이었거든. 구름은 무대 위에 펼쳐져 있었고 그 뒤에 있는 사물을 감추고 있었어. 무대에 중요한 인물들이 등장할 때면 엔지니어가 안개를 내보내서 효과를 만들어내잖아. 구름은 그런 중요한 인물들이 등장할 때 그들이 내보내는 안개일 것이라고 생각했어. 하지만 내가 구름 위에 올랐을 때 그 너머는 구름이었고 또 구름이었지. 다른 세상이라든가 신선과 같은 인물은 보지 못했어."

"행여 비행기에 놀라서 가 버렸을지도?" 나는 "엉덩이에 연기를 피면서 가기를 기다렸다가 그들이 다시 나왔어" 하고 그녀를 놀렸다.

안편은 손수건을 가느다란 밧줄로 만들어 나를 때렸다. 그녀의 얼굴은 저녁노을 아래에 붉어졌다. 나는 참지 못하고 그녀와 키스했다. 키스하고 또 했다. 키스하는 도중에 탄모우가 생각났다. 나는 "탄모우……." 하고 말하자 그녀는 나의 입을 막고 더 이상 말하지 못하게 했다. 끝난 후 안편은 차 시동을 건 후에야 "지금 탄모우를 질투하는 거지?" 하고 물었다.

솔직하게 말해서 탄모우를 좀 질투한다.

안편은 "질투하지 마. 그는 일찍 죽었어"라고 말했다.

안편과 같은 나이의 여인들이 튜닝한 개성 있는 차를 몰고 각지를 돌아다닌다는 것을 알고 있다. 혼자서 자주 웃거나 혹은 표정 없이 자기를 술집여자라고 한마디씩 욕한다. 당연히 많은 일들이 있다. 안편이 나보고 이야기를 하라고 한 것은 아마 자기의 이야기를 꺼내려고 했던 것이었다. 안편의 이야기를 듣다 보니 어느새 자신의 이야기는 잊어버리고 말았다. 요 며칠 동안 우리들은 서로의 이야기 속에서 길을 걸어갔고 상대방의 몸 깊은 곳까지 도달했다. 어쩌면. 어쩌면, 진짜 어쩌면.

그러나 그녀는 탄모우가 죽었다고 이야기할 때 나는 조금도 놀라지 않았다. 이것 때문에 가벼워졌다거나 질투가 없어졌다거나 하지 않았다. 그녀가 처음 탄모우를 말했을 때 아마 나는 그 사람이 일찍 죽었다고 느꼈다. 나는 내 자신이 왜 이렇게 생각하는지 알 수 없었다. 확인하기 전에 나의 이런 불길한 생각에 좀 미안했다. 하지만 지금 안편은 탄모우가 진짜 일찍 죽었다고 말했다. 나의 미안함은 깨끗이 사라졌다. 마음 한구석은 질투로 인해 더 큰 공간을 만들어냈다.

그녀는 계속해서 탄모우에 대해 이야기했다. "이제 마지막으로 탄모우를 두 번 보았던 것을 말해 줄게."

그때는 내가 KTV 아가씨로 4년 정도 일하던 해였어……. 오! 술집여자. 어머니 리즈화는 어떤 때 전화로 나를 이렇게 불렀어. 나도 늘 이렇게 자신을 불렀지. 너무 귀를 찌르지? 그건 습관이 되면 괜찮아. 그냥 그래. 나는 이미 이 바닥에서 한 예닐곱 개 도시의 수십 곳의 유흥업소를 전전했어. 그때 탄모우는 출국했어. 일본으로 갔다고 들었지. 일본은 어디에 있지? 동쪽인가? 바다 속? 그렇게 쉽게 건너갈 수 있는 건가? 나는 동쪽에 있는 도시를 따라 옮겨 다니며 생계를 유지했어. 무단쟝에서 남쪽으로 이춘, 웨이하이, 르짜오와 롄윈항에까지 옮겨 다니며 밥벌이를 했지. 나중에는 다시 따롄으로 돌아갔어. 그해에 나는 진저우에 머물러 있었어. 맞아. 랴오닝성의 진저우라고 해야겠지. 나는 계속 돈만 모았어. 돈을 모아서, 돈만 있으면 요코하마에 날아갈 것이라고. 일본에 있는 요코하마야. 돈이 많으면 편안하게 왕복할 수 있겠는데. 바깥세상에서 돈을 세다보니 손에 쥐가 났어. 돈이 많으면 요코하마에서 있고 싶은 대로 있을 수 있겠지. 왜 요코하마에 가는 거지? 당연히 탄모우 때문이었지. 탄모우가 대학을 졸업한 후 한 2년 동안 일한 후에 요코하마로 갔어. 사실 사람을 모시고 술 마시면서 노래하는 일을 별로 싫어하지는 않았어. 사람들은 무슨 목적으로 이런 일을 하냐고 묻곤 했지. 나는 돈을 벌려고 한다고 말했어. 돈 있으면 뭐 어떻게 할 건데? 돈 있으면 내 사랑을 찾아 갈 거야. 나는 이렇게 간단하게 생각했어. 매번 KTV 마담은 내 머리가 잘못되었다고 말했어. 이런 곳에서 번 돈으로 사랑을 기다린다고? 다른 사람들이 이런 일을 하고 있는 우리를 어떻게 보는지 알아? 그 사람들 눈에는 우리는 술집여자야. 나는 미래를 대비하는 거야. 탄모우를 찾아내야 하고 그가 돈이 있든 없든 그와 함께 살 거야. 나는 탄모우와 나의 이야기만 말했다. 그녀들이 웃을까 두려움 때문에 예전에 소꿉장난했던 일들은 말하지 않았어. 나는 그 뒤의 일, 탄모우가 대학에 입학한 후의 일, 내가 푸시킨한테 푹 빠진 일, 문회잡지 위에 쓰인 시집을 읽은 후 그를 찾으려 했던 일들을 이야기했어. 그 이후 나는 탄모우를 두 번 보았다. 처음에는 아주 흥분했어. 드디어 그를 만날 수 있었거든. 꿈만 같았지.

그건 정말로 꿈이었어. 17살 되던 가을에 야부린산은 황금색과 진홍색, 짙은 녹색으로 뒤덮여 있었지. 어느 일요일 저녁에 집에서 나와 둥근 모양의 오르막길을 따라 앞으로 걸어갔어. 나는 어디로 가야 할지 몰랐어. 리즈화와 다투고 일부러 상하이 남자가 데리고 온 동생의 팔을 시퍼렇게 만들어 놓았거든. 나는 그 공허한 한 쌍의 눈을 보면서 너희 아빠와 우리 엄마한테 말하지 말라고 했어. 그리고 그 여자 아이한테 "안샹아. 팔이 어떻게 된 거야? 왜 시퍼렇게 되었어?"라고 물으면 아이는 저절로 그랬다고 말했어. 나는 "거짓말. 정말로 그렇게 독하게 할 수 있어?"라고 물었고 안샹은 울기 시작했지. "언니가 가르쳐줘요. 언니 제발 가르쳐줘요." 그러면 나는 말했어. "화장실에 넘어질 곳이 없어? 길을 걸을 때 뒤에서 맞을 수도 있고, 작은 침대에서 언니하고 같이 지내니 떨어질 수 있겠지? 야부린산 방언도 잘 못하고 남쪽 지방의 어투가 있는데 어느 누가 너를 업신여기지 않겠어? 넌 이곳의 아이들이 다 어리석게 봐!" 안샹이 "언니, 뭐가 어리석은 거예요?"라고 물었고 나는 "어리석은 것을 업신여기지 않으면 바로 어리석은 거야" 하고 대답했지. 안샹은 눈을 아주 크게 뜨더니 아무런 소리도 내지 않았어. 그 후 그의 아빠는 과연 그녀의 팔이 시퍼렇게 된 것을 보았어.. "왜이래? 팔은 왜 이렇게 되었어?" 이 작은 요정은 뜻밖에 모르는 척하면서 팔을 보더니 "어디에 있어요? 어디에 시퍼런 게 있어요?"라고 말했어. 그녀의 아빠는 알려주었어. 안샹은 아빠가 혼내지 않는다면 말하겠다고 했어. 그녀의 아빠는 "말해, 너를 혼내지 않을게" 하고 달랬지. 안샹은 말했어. "우리 반 나쁜 애들이 나를 꼬집었어." 리즈화가 옆에서 듣더니 화를 냈다. "못된 것들이 그렇게 무서워? 그들을 찾아 혼내줘야지." 여자 아이는 뜻밖에도 리즈화의 두 다리를 붙잡았어. "어머니. 가지 말아요. 부탁이에요. 내가 먼저 나쁜 애들을 때렸어요. 작은 걸상으로 나쁜 애들을 때리자 이마가 크게 부어올랐어요." 리즈화가 듣더니 "우리 귀염둥이. 생각이 있네. 언니보다 강하다" 하고 칭찬했지.

나는 옆에서 듣고 있었다. 기뻐서 죽을 것만 같았어.

대부분의 시간 동안 나와 안샹은 괜찮게 지냈어. 상하이 남자는 야부린산과 상하이를 왕복하면서 매번 올 때마다 한 더미씩 물건을 가져왔지. 리즈화는 이웃들이 보라고 어떤 때는 그 물건들을 일부러 문 밖에 내놓기도 했어. 상하이의 국수는 새하   어. 북방의 국수보다 부드럽고 매끄러웠지. 리즈화는 그것들을 아주 나란히 의자에 널어서 햇빛에 말리곤 했어. 떡 속에는 가지각색의 과일과 젤리 등등이 들어 있었어. 먹으면 여러 가지가 자꾸 나왔어. 먹을수록 더 먹고 싶었어.. 금화의 햄에는 흰 소금이 한층 더 있었어. 얇게 잘라서 찌면 말린 고기 냄새가 가득했지. 리즈화는 그것들을 복도에 달아놓았어. 그 복도는 공공복도였지. 이웃들이 문 밖을 향해서 "리즈화, 리즈화! 햄을 조금 더 높게 달아라. 머리가 닿잖아. 이렇게 많이 달아 놓다니 우리가 도와서 먹어줄까?"라고 하면 리즈화는 "네, 네, 네. 다음번에 애 아빠가 오면 햄과 동북의 백주로 초대할게요"라고 했어. "어느 애 아빠?"라는 소리가 들려오면 리즈화는 농담으로 욕하면서 "씨팔, 너희 애 아빠다" 하고 답했지. 나는 점점 이린 분위기를 좋아하게 되었어. 사실 동생을 많이 꼬집지는 않았어. 특히 거짓 말을 그렇게 예쁘게 둘러댈 때 진짜 영리해 보였어. 내가 화를 내지 않게 만들었지.

그날 리즈화는 갑자기 나를 불렀어. "계집년. 내 앞에서 조심해." 나는 "왜?" 하고 물었지. 그녀는 "네가 어린 동생을 어떻게 한 거 내가 모른다고 생각하지 마!"라고 소리쳤어. 나는 "사람을 괴롭히지 않아요. 무슨 헛소리에요. 안샹도 못 믿어요?" 하고 화를 냈어. 리즈화는 씩씩거리면서 그곳에 앉아서는 입으로 웅얼웅얼 나를 욕했다. "말하는 것도 이렇게 사나워서. 커서 얼마나 많은 사람한테 해를 입히려고."

그녀가 화를 내자 나는 아주 기뻤어. 둥근 모양으로 된 오르막을 올라갈 때 나는 입으로 흥얼거렸어. 이 세상에서 엄마가 제일 좋아, 엄마가 좋아. 가도 가도, 가도 가도, 불평이 어디에 있고 내가 어디에 있겠는가. 길은 진짜 오래되었어. 울퉁불퉁했지. 몇 년 동안 다녔는데도 항상 이랬어. 그러나 길은 정말 아름다웠어. 울퉁불퉁한 곳은 낙엽들이 떨어져 있었다. 주위에 있는 나무를 보면 관목은 아직도 파랗고 자작나무는 황금색을 띠었고 잎사귀들은 바람을 타고 날아다니며 알록달록 반사되곤 했어. 은행나두 잎사귀도 널려 있었어. 단풍나무는 붉어져 있었어. 어떤 것은 하늘을 가려 굵어져 있고 어떤 것은 땅바닥을 덮어 붉어 있었지. 대부분 나무들의 이름을 몰랐어. 색은 짙고 옅고, 잎사귀는 촘촘하게 흩어져 있었지. 차량이 한 대 지나가면 잎사귀들은 모두 휘날렸어. 우수수 일어났다가, 스르르 눕는 거야. 나는 움직이는 잎사귀를 따라서 달렸어. 한참 달려서 황색 잎사귀를 잡았어. 다시 달려서 붉은색 잎사귀를 잡았지. 제일 높은 곳까지 달렸을 때 나는 머리를 들었는데 정말 놀랐어. 탄모우가 앞에서 걸어 왔고 황색의 큰 가방을 메고 있었어. 통통한 여자 아이의 손을 잡고 있었어. 맞아. 탄모우가 맞아. 몇 년 동안 탄모우를 만나지 못했어. 그는 더욱 컸고 살이 불었어. 이마는 많이 건장해졌네. 맞아. 탄모우이야. 하지만 그의 손은 통통한 여자 아이를 이끌고 있었어. 난 한동안 멍해 있었어. 나는 그곳에 서서 그들이 내 앞으로 오기를 기다렸어. "탄모우 오빠!"

그들은 멈추어 일제히 나를 봤지. 의심 가득한 눈으로 나를 봤어.

"탄모우 오빠." 나는 웃음을 참지 못하고 또 불렀지.

"하느님!" 탄모우는 너무 놀란 나머지 입을 벌리고 있었어. 그의 치아는 정연하고 희었어.

"와, 진짜 생각도 못했다. 너 이렇게 많이 컸구나." 탄모우는 계속 감탄했다. "와, 정말 너 이렇게 컸구나. 이렇게 예쁘게. 동생아."

나는 그곳에 서서 바보같이 웃었어. 탄모우는 횡설수설 말하고 한참 나의 모습에 감탄하더니 손으로 그 통통한 여자 아이와 나를 누가 더 큰지를 비교했어. 통통한 여자 아이는 한마디 말도 없이 눈을 크게 뜨고 나를 봤지. 그 여자 아이는 피부가 정말 좋았어. 나중에는 그녀의 생김새가 떠오르지 않았어. 그냥 기억되는 것은 내가 한 번도 보지 못한 아주 좋은 피부뿐이었지. 아마 남방 여인이라면 이런 피부를 가지고 있었을 거야. 그 후 며칠 동안 탄모우가 내 옷을 하나하나 벗길 때 정말 열등감을 느꼈어. 나는 마치 공사장에서 걸어온 한 쌍의 구두와 같았거든. 나는 그 여자 아이에게서 모델처럼 늘씬한 긴 다리에 번쩍이는 연한 가죽 장화를 본 거야.

"넌 비교하지 않아도 돼. 그녀는 하얗고 통통하지. 남방은 물이 많아서 그래. 예쁜 것은 아니야." 그날 밤 탄모우는 몰래 우리 집으로 왔어. 나하고 약속을 잡았지. 둥근 내리막 오른쪽으로 구부러진 골목의 작은 여관방 하나를 잡았어. 아주 빨리 내 옷을 벗겼다. "너의 피부야말로 제일 아름다워. 건강해보여. 그녀는 지방 때문에 윤기가 나서 그렇지 아름다운 것은 아니지."

나는 그때 무엇이 건강미인지 몰랐어. 무엇이 건강해 보이지 않는 아름다움인지? 하야면 하얄수록 예쁜 것이 아닌가?

"당연히 아니지. 할리 베리(Halle Berry)를 봐. 흑인인데 검은 눈동자. 미국에서 모델로 매우 인기 있고 또 연기도 잘 해. 바로 그 까만 피부가 사람을 끄는 것이 아니겠어?" 탄모우는 내 몸 안을 비집고 들어왔어. 나는 너무 아파서 땀범벅이 되고 말았지. 소리를 지르고 싶었어. 탄모우는 "소리 지르지 마. 다른 사람들이 들으면 안 좋아" 하고 말했어. 나는 울었어. 탄모우는 "울지 마. 이게 얼마나 좋은 일인데. 울면 안 되지" 하고 달랬지. 나는 소리 없이 이를 깨물고 울었어. 탄모우는 입술로 내 눈물을 빨았지. 나는 거의 기절하다시피 했어. 아픈 건 참았지만 여전히 탄모우의 어깨를 꺼안고 있었어. 끝난 후에 나는 "탄모우 오빠, 내 곁을 떠나나요? 그 여자 아이랑 결혼해요?"라고 물었어.

"아니." 그는 담배를 입에 물었어. 침대보에 있는 피를 보고 두 글자로 말했다. 아니! 담배를 피운 후 그는 또다시 내 몸 안으로 비집고 들어왔어. 이렇게 그는 매일 밤 8시 전후에 몰래 빠져 나와서 11시에 떠났어. 어떤 때에는 낮에도 몰래 빠져 나왔지. 나는 방 안에서 기다리고 그가 올 때면 먹을 것들을 가져다주었어. 라면, 고기, 과자 그리고 쇠고기 장조림이었어. 나는 3박 4일 동안 그 안에서 지냈어. 나가고 싶지 않았어. 나간다 해도 제대로 걷지 못할 것 같았거든. 나는 작은 방 안에서 한참 걷다가 쉬곤 했어. 한 발짝도 내딛기가 어려웠어. 진짜 아프고 힘들었거든. 하지만 난 이제 내 혈액에서도 탄모우의 향기가 느낄 수 있었어. 삼일 동안 항상 이렇게 했어. 내 옷을 벗기고 자기 옷도 벗고, 다시 자신의 옷을 입곤 했지. 그 후 이틀은 아무 말도 없었어. 마지막 날 그는 옷을 절반 정도 입더니 상반신을 드러내고 땅바닥에 쪼그리고 앉아 울었어. 그 모습은 정말 마음이 아팠어. 나도 알고 있었어. 아마 나 때문에 울었을 거야. 마음속으로 아주 좋아했어. 다가가서 같이 쪼그리고 앉아서 울었어. 그는 "안편! 나 어릴 때부터 너를 좋아했어. 나 지금 짝이 있어. 넌 이렇게 작은데 네가 고등학교를 졸업하고 대학을 졸업해서 어른이 되면 난 바로 늙어. 집에서는 나보고 일찍 결혼하라고 할 거야" 하고 말했어.

나는 "그 통통한 언니하고 결혼해요?"라고 물었지.

그는 "우린 이미 혼인신고를 했어"라고 대답했어.

나는 "그녀를 좋아해요? 그녀도 오빠를 좋아해요?"라고 다시 물었지.

"나는 그녀를 좋아하지 않아. 하지만 우리 아버지와 어머니가 다 좋아하서. 난 다시 돌아올 수 없어. 나는 밖에 있을 거야. 남방에서 잘해서 성공할 거야. 너도 알잖아. 우리 아버지가 얼마나 무서운지. 밖에서 대학을 다녔다면 이런 작은 도시로 돌아오지 말라고 했어. 남한테 망신을 당하지 않게 말이야. 나는 돌아올 수 없어. 내가 돌아온다 해도 너와 결혼할 수 없어. 우리 아버지, 어머니에게 맞아 죽을 거야. 북방 사람은 외지에서 정말 힘들어. 아무것도 모르고. 그녀 집을 의지하지 않았다면 생활도 몹시 어려웠을 거야."

그가 이렇게 말하자 나는 정말 마음이 아팠어. 내 눈물은 그의 번드르르한 잔등에 뚝뚝 떨어졌어.

나는 "그녀는 뭐해요? 집에 돈이 많아요?" 하고 물었어.

"그녀는 집에 공장이 있어. 그녀는 아버지를 도와 회사를 경영해."

나는 아무 말도 하지 않았어. 결혼했다 해도 별로 중요하지 않았어. 서로 사랑하지 않으면서 결혼한다면 영원할까? 나는 언젠가 성장할 거야. 학교에 갈 필요도 없고 리즈화의 작은 방에서 비집고 살지 않을 거야. 하지만 나는 조금 열등감을 느꼈어. 내가 보기에도 나 자신은 너무 작았어. 빨리 성장하지도 않았고 탄모우와 나이차도 있었고. 내 젖가슴은 작은 밥공기만 했어. 거울을 볼 때 갈비뼈를 볼 수 있었고 골반은 더 튀어나왔지. 나는 잠자코 있다가 눈물을 흘렸어.

탄모우는 내 허리를 두드리면서 "여동생, 학교 잘 다녀. 대학도 남방에 있는 학교에 가야해. 그래야 우리가 자주 만날 수 있게 되잖아" 하고 말했어.

나는 엉엉 울었어. "오빠가 떠난 후 내 성적이 많이 떨어졌어."

"그러면 안 된다." 그는 일어서서 나를 꾸짖었어. "너 공부를 제대로 하지 않으면 한평생 야부린산, 이 작은 곳을 벗어날 수 없어."

우리는 여관방에서 나왔어. 탄모우가 다음날 남방으로 되돌아가야 했기 때문이었지. 문을 나설 때 그는 지금 통통한 여인과 신혼여행 중이라고 말해 주었지. 나는 얌전히 머리를 끄덕였어. "빨리 가요. 눈치 못 채게 해요. 화낼 거예요."

건물 아래 골목을 걸을 때 나는 "오빠, 만약 돈이 어느 정도, 많은 돈이 있으면 그 통통한 언니를 의지하지 않아도 되죠?" 하고 물었어.

"당연하지. 난 언젠가 꼭 많이 벌게 될 거야. 언젠가 그런 날이 올 거야. 그런 날 내가 그 여자를 의지하지 않아도 된다."

"나 돈 있어. 지금 있어."

탄모우는 호기심 가득한 얼굴로 나를 바라보았어. "진짜야. 아주 많아. 필요하다면 오빠한테 줄게. 아무도 몰라!"

"당연히 필요하지." 탄모우는 반신반의하면서 골목 입구에 서 있었지. "많아? 어떻게 그렇게도 많은 돈이 있어? 어서 가져와 봐. 한 번 보자."

마음속으로 방법을 생각했어. 나는 탄모우 오빠가 빨리 어려움 속에서 나올 수 있도록 하려고 몰래 집으로 들어갔어. 작은 침대 밑에 있는 낡은 책을 넣은 종이상자 밑에서 종이봉투를 꺼냈어. 상하이 남자와 손가락으로 약속하고 얻은 돈이었어. 나는 그것을 외투 안에 감추어 골목 입구로 왔지. 탄모우는 그곳에 서서 담배를 피웠어. 나를 본 후 종이 봉투를 받더니 쪼그리고 앉아서 풀어헤쳤어. 희미한 먼 곳에 있는 가로등 불빛으로 우리 앞에 놓여 진 것이 진짜 돈이라는 것을 보았지. 잘 정리된 돈뭉치는 빽빽하고 두꺼웠어. 탄모우는 그것을 다시 포장해서 품 안에 넣더니 조금 남겨 놓을까 하고 물었어. 나는 고개를 저었지. 탄모우는 한쪽 팔로 내 허리를 잡더니 뽀뽀해 주었어.

"귀염둥이, 사랑해."

나는 거의 쓰러질 것 같았어. 얼마나 행복하고 달콤한가. 탄모우 오빠가 나를 사랑한다는 말을 했어. 나를 사랑한댔어. 돈을 주는 것이 더 기뻤어. 그것을 받았을 때보다 백배 만배 강렬했어.

우리는 이렇게 이별했지. 탄모우가 급히 서둘러 골목 깊숙한 곳으로 사라진 뒤에야 나는 집으로 돌아왔어.

나는 리즈화한테 매우 심하게 욕을 얻어먹었지. 그녀는 나를 삼일 동안 찾아 다녔다고 했어. 무슨 큰일이 있는 줄 알고 하마터면 경찰에 신고할 뻔했다는 거야. 나는 "왜, 그렇게 놀라세요. 친구 집에 갔었어요. 당신과 당신 남자한테 자리를 좀 더 내주면 좋잖아요?" 하고 말했지.

두 달이 되어도 월경을 하지 않았다는 것을 알았어. 삼 개월부터는 밥만 먹으면 토했어. 임신했을 거라고 생각했지. 탄모우한테 말하고 싶었어. 그때서야 나는 여전히 탄모우가 어디에 있는지 몰랐다는 사실을 깨달았어. 남방에 있다. 맞아. 대학도, 일하는 곳도 다 난징이야. 배우자도 남방 사람이야. 상하이, 난징 혹은 쑤저우, 항저우일 거야. 남방이라면 나는 이런 도시밖에 생각나지 않았어. 그는 도대체 어디에 있을까? 삼일씩이나 데이트하면서 나는 한 번도 물어보지 않았어. 탄모우, 당신은 지금 도대체 어디에 있나요? 어느 도시에? 어느 거리, 어느 골목, 몇 번 타고 가면 되나요? 편지를 쓸려면 우편번호는 어떻게 되나요? 나는 물어보지 않았어. 이런 말을 묻지도 않았지. 탄모우가 내 앞에 있을 때 아마 난 탄모우가 떠날 것을 생각지도 않았던 거야. 아마 그는 잠깐 떠났다가 다시 돌아올 것이다, 그렇게 생각한 거지. 내 앞에 서서 "안편 동생이 점점 예뻐지네. 와, 진짜 점점 예뻐지네" 했었지.

어느 날 저녁 리즈화는 산뚱 대추를 큰 자루에 가져 왔어. 우리는 상에 둘러앉아 먹었어. 세 개 정도 먹을 때 갑자기 속이 메스꺼워졌지. 급히 화장실로 달려가서 토했어. 리즈화는 의심의 눈빛으로 대추를 보고 다시 나를 보았어. "너, 왜 그래? 대추 괜찮은데, 너 왜 토해?"

"나도 모르겠어. 아마 임신일 수도 있어." 나는 작은 침대어 앉았어.

리즈화는 삽시에 얼굴색이 새하얗게 변했어. 그녀는 손에 쥐었던 대추 몇 알을 상에 던지고 입 안에 있던 반쪽 대추마저 바닥에 토했어. 그리고는 천천히 나한테 걸어왔지. "너 열나지? 너 방금 뭐라고 그랬어?"

"나도 몰라. 아마 임신일 수도 있어" 나는 같은 말만 반복했어.

"무슨 헛소리야? 네가 뭘 안다고 그래!" 그녀는 머리 위부터 발끝까지 훑어 보더니 "아. 오. 오. 너 저번에 집 나가더니 건달들하고 마구 논 것이 아니야?"

"당신이야말로 건달 같아." 나는 대들었지.

"입 닥쳐. 큰일이 났는데. 빨리 말 못해. 너 누구하고 놀았어?"

"무슨 놀긴. 당신이야말로 남자들과 논 것이지." 나는 기세등등하게 "나와 탄모우이야. 나는 그를 사랑해. 어떻게 막 논다고 그래요?" 하고 말했지.

리즈화는 듣더니 마치 미친개처럼 펄쩍 뛰었어. 그리고 내 머리를 잡아당

겄어. "넌 작은 술집 년이야. 술집 년도 오기가 있어야 해. 지혜가 있어야 한다고. 그런데 그 개 같은 놈의 개새끼라고? 무슨 짓을 한다고 그래? 씨발 좆 같네. 발정이 나도 아무나 하고 하면 안 되지. 너 진짜 나를 죽일 셈이야? 씨발! 오늘 네 머리를 밀어버리고 말 테다." 그녀는 진짜 방 안으로 들어가서 가위를 들고 나왔어. 안샹은 놀라서 '엉엉' 하고 소리 내서 울었지. 리즈화는 그 애한테 손을 휘저으면서 말했어. "입 다물어. 저리 못 가. 네 언니 머리를 깎을 거야."

나는 조금도 피하지 않았어. 차갑게 미친개를 쳐다보았지. 미친개는 다시 내 머리를 한줌 잡더니 싹둑싹둑 가위로 잘랐어. 그렇게 머리를 다 깎아 버렸지. 리즈화는 그러고도 화가 안 풀려 가위를 쥐고 집을 나갔지. 그녀는 탄모우의 집을 향해서 달렸어. 7층까지 올라갔지. 탄모우의 아버지와 어머니는 점심을 먹고 있었어. 리즈화가 미친개처럼 들이닥쳤어. "탄모우, 이 건달 놈 어디 있어?"라고 소리 질렀어. 그의 어머니는 "야, 이 술집 년아! 네가 몇 년 동안 우리 집 남자를 홀리더니 내 아들을 찾아서 무엇을 하려고 그래?" 하고 맞받아 소리를 쳤지.

리즈화는 다가가서 그녀에게 가위를 들이댔어. 가위는 여인의 팔을 찔렀지. 시뻘건 피가 솟아나왔어. 탄모우의 어머니는 "사람 죽이네. 사람 죽이네"라고 고함질렀어. 공장장은 안방으로 들어가서 문을 걸어 잠그고 전화로 신고했어. 신고한 후 살그머니 문을 열고 거실로 오니 두 연인은 모두 땅바닥에 누워 있었어. 리즈화는 이미 기절했어. 그녀는 탄모우의 어머니가 던진 뜨거운 계란찌게에 머리를 맞다보니 너무 뜨거워 눈조차 뜰 수 없었어. 두 손으로 얼굴을 감싸 안았지. 탄모우의 어머니는 이때가 기회다 싶어 냄비로 리즈화의 머리를 아주 세게 내려쳤어. 리즈화는 쓰러졌지. 탄모우의 어머니는 이때 이미 통제력을 잃었어. 아마도 이런 기회를 오랫동안 기다렸을 거야. 그녀는 발로 리즈화의 아래를 세게 걷어찼어. 걷어차면서 숫자를 셌어. 널 걷어차 버릴 거야. 하나, 걷어찬다. 둘, 걷어찬다. 셋……. 열 몇까지 세고 자신의 몸을 지탱할 수 없었어. 간질이 발작해서 땅바닥에 쓰러지더니 거품을 물기 시작했지.

한참 후에 경찰들이 와서 두 여인을 정신 차리게 했어. 탄공장장은 "이 여인은 원래 우리 공장 직원이었어요. 우리 업무에 참여하면서 고객들 집을 드나들며 공장에 좋지 않은 영향을 많이 끼쳐서 설득시켜 퇴사시켰습니다. 그런데도 아직까지 퇴사한 것을 인정하지 않아요. 오늘은 집까지 찾아와서 살인을 하려 했어요" 하고 말했어. 공장장의 부인은 팔에 난 가위 상처를 보이면서 엉엉 울면서 말했지. "이 술집 년은 공적인 원망을 사적으로 복수했어요. 내 아들을 죽이려고 왔어요. 가위를 들고 사방 돌아다니면서 찔렀어요. 찔렀어요!"

리즈화는 수갑이 채워졌어. 그녀의 하반신은 이미 젖어 있었어. 온통 피와 오줌이었지. 얼굴, 목에는 온통 화상을 입었고 벌겋게 부어올랐어. 눈은 전혀 뜰 수 없었지. 경찰이 소리 질러 물었어. "이 가위 당신 것야?" 리즈화는 머리를 끄덕였어. 경찰은 또 물었어. "당신은 사람을 찔렀어. 오자마자 사람을 찌른 거야?" 리즈화는 "저 집 아들이 우리 딸을 강간했어" 하고 말했다. 두 명의 경찰은 "이 골칫거리야! 행패까지 부려?" 하면서 그녀를 끌고 갔어. 죽은 개처럼 끌고 층계를 내려갔지. 다친 데가 너무 심하다 보니 얼마 못 가서 리즈화는 경찰차에서 기절했어. 경찰차는 어쩔 수 없이 그녀를 병원으로 데리고 갔어.

이튿날, 경찰 둘이 나를 찾아와서는 "너 임신했다면서. 탄모우 거야? 그가 너를 강간했어? 아니면 네가 자발적으로 했어?" 하고 물었어. 나는 "우리는 좋아서 했어요. 나는 그 사람을 좋아해요" 하고 대답했지.

경찰은 나더러 소견서를 쓰고 손도장을 찍게 했다. 며칠 후 그들은 다시 왔다. "너희 엄마가 이미 동의한다고 조정했다. 그녀와 탄모우 어머니의 치료비용은 서로 배상하지 않고 각자 부담한다고 합의를 봤다. 너의 수술비는 탄씨 집에서 지불하기로 했어. 빨리 병원으로 가자." 이렇게 나는 그들을 따라 병원에 가서 유산을 시켰지.

매번 KTV 마담이나 아가씨들이 이 이야기를 들을 때면 나 대신해서 흥분하곤 했어. "씨발놈! 사람을 업신여긴 거 아냐?" 나는 "아니야, 어떻게 사람을 업신여긴다고 하니? 그건 진짜 원해서 한 거잖아. 탄모우하고는 관계없어"라고 하자 그들은 아무 말도 하지 않았어. 너는 이해가 안 되겠지만 우리 여기 KTV에서 일하는 여자들은 모두 다 대단히 아픈 과거가 있어. 열 명 중에서 아홉 명은 헐어빠진 첫사랑이 있지. 그런 첫사랑이 있으면 아홉에 하나는 같았어. 그런 남녀 관계에 대해 아주 둔해졌고 감정상의 일을 걱정하거나 세심하게 연구하면 아주 징그럽고 재미가 없게 되는 거야.

아가씨들 중에서 갑자기 이상한 아이가 나타났어. 그녀는 늘 이런 여자 아이였지. 몸에 명품만 걸치지만 이 세상에 대해 특히 이 세상 사람들이 함부로 말하는 무슨 도덕관과 가치관에 대해서는 거들떠보지도 않았어. 그녀의 손톱은 매니큐어로 물들어 있었어. 우리들이 눈물을 글썽거리며 자신의 상심한 과거의 사랑을 이야기할 때면 그녀는 옆에서 한마디 말도 없이 듣기만 했어. 그리고 난해한 눈빛으로 우리를 보았지.

"너도 말해봐!"

우리는 예의를 갖추고 그녀에게 말했어. 혹은 예의를 떠나서 그녀에게 말할 수 있는 기회를 주는 것이다. 그녀는 매니큐어로 물들인 손가락으로 아주 가늘고 긴 박하향의 담배를 튕겨 털었어. 그리고 우리 쪽으로 고개를 돌리고는 눈을 깜박거리며 천천히 말했지.

"이 아가씨는 너희들처럼 그렇게 바보가 아니야. 첫째, 열어섯 살이야. 어느 큰언니가 나한테 '미인! 처음은 매우 비싸. 팔래 안 팔래?' 나는 얼마냐고 물었어. 그녀는 오천 위안이라고 했지. 나는 잘못 들은 건가 싶었어. 맞아! 오천 위안이야. 오백 위안은 아니지? 나는 바로 몸을 팔겠다고 했어. 그래서 팔았지. 나한테 오천 위안을 준 그 바보는 어떻게 생겼는지는 기억나지 않아. 그냥 그가 돈을 세는 손이 토실토실했고 금반지가 크고 빛났던 것만 기억나. 남자는 무슨 물건인 건가 싶었지. 너희들이 말한 것처럼 그렇게 대단해? 나와 같이 남자를 보면 돈 세는 한 쌍의 손을 보도록 해. 그냥 그렇지 해."

우리들은 어안이 벙벙했어. 그녀는 다시 담배에 불을 붙이고는 여유를 부리며 그곳에서 담배연기를 내뿜었어. 그 순간 우리들 사이에서 그녀의 존재감은 묵직해졌어. 그녀는 아마 얼마 못 가 우리 자매들의 우상이 될 거야. 진짜 우상 말이야.

진쩌우에서 반년을 넘게 일하던 어느 날 오후, 꿈을 꾸었어. 갑자기 어떤 사람이 와서 우리 집 문을 세게 두드렸어. 그래서 문 뒤로 가서 작은 구멍으로 밖을 보았지. 사람 한 명이 서 있었어. 너무 말라서 뼈밖에 없었고 눈 주위는 까맣고 깊었지. 얼굴과 팔뚝에는 온통 상처가 있었고 밖으로 고름과 피가 흘렀어. 나는 너무 놀라서 혼비백산했지. 문 뒤에 서서 누구냐고 물었어. 문 밖에 있는 사람이 소리를 내자 나는 바로 탄모우인 줄 알았어. 그런데 탄모우가 왜 이렇게 된 거지? "나, 탄모우이야. 너의 오빠 탄모우이야. 안편 동생, 빨리 문 열어줘." 맞아. 무엇을 더 의심할 게 있어? 오빠에게 왜 이렇게 되었냐고 물었어. 탄모우는 문 밖에서 "누가 나를 죽이려고 해. 네가 나한테 준 돈을 혼자서 차마 쓰지 못했어. 그런데 나 나쁜 사람한테 걸려들었어. 빨리 구해줘" 하고 말했어. 나는 재빨리 문을 열어주었지. 문을 열고 나서 난 하마터면 기절할 뻔 했어……. 탄모우는 하반신이 없었거든. 내가 그 앞에 나타났을 때 그의 상반신은 쾅 하고 땅바닥에 떨어졌어. 그는 두 팔로 내 발을 끌어안았어. 피를 온 사방에 묻혔지. 나는 갑자기 놀라서 잠에서 깼어. 그리고는 침대에서 부들부들 떨었지. 한참을 떨고 나서 머릿속에서 다시 이 무서운 꿈을 그려봤어. 아마 탄모우를 너무 생각해서 그럴 수도……. 맞아. 나는 그때 마침 마이클 잭슨을 좋아했어. KTV에서 자주 그의 노래를 틀어놓았지. 그래서 그런 꿈을 꾼 건가 싶어서 그 이상한 꿈의 원인을 알았다고 생각했어. 그런데 나중에 알아보니 그 꿈은 일리가 있었다. 그건 마이클 잭슨 때문은 아니었어. 바로 탄모우 때문이었지. 그때 꿈속에서 봤던 '절반의 몸'을 가진 탄모우는 내가 보았던 '두 번째' 탄모우이었어. '마지막 번'이라고도 할 수 있겠지.

19장

"탄모우에게 진짜 무슨 일이 생긴 건 아니지?"

나는 아주 호기심 있는 태도로 변했다. 게다가 안편이 설명하고 있을 때 마음은 점점 혼란스럽기만 했다. 나는 어렸을 때부터 내가 꾼 모든 꿈을 쉽게 의심했다. 특히 그런 악몽은 자신의 현실과 관계가 있었다. 사춘기에 들어서서, 특히 마리가 뜻밖에 사망하고, 그것 때문에 저녁 수갑을 차게 된 경험을 가지게 뒤로 나에게 악몽은 거의 매일 번갈아 무대에 올라서 연기하는 오래된 드라마로 변했다. 때문에 매일 꾼 꿈들을 현실과 무슨 관련이 있는지 추궁할 힘마저 없었다.

"맞아. 그 사람 진짜 일이 생겼어. 일도 여러 번 발생했고, 매번 심했어. 맨 마지막에는 목숨마저 잃었지." 안편은 아주 빨리 걸었다. 발걸음은 앞으로 내디딜수록 빨랐다. 그녀는 내가 두 걸음 걷는 것을 기다리더니 다가와서 내 손을 끌어당겼다. 나를 데리고 조금 더 빨리 걸었다. 나는 그녀의 숨결에서 땀의 향기를 맡았다. 그것은 내가 정신을 차릴 수 있게 했다. 갑자기 그런 생각이 들었다. 우리는 차를 몰고 있지 않았나? 어떻게 우리가 걷고 있는 거지?

나는 멈추지 않을 수 없었다. 안편은 머리를 돌려서 왜 그러냐고 물었다. 우린 차를 타지 않았냐고, 파로내자 승용차에 타지 않았냐고 했다.

안편은 멍하니 서서 주위를 둘러보더니 망연한 표정을 지었다. "우리가 차에 탔었나? 우리가 차를 찾았었나?"

"당연하지, 마치⋯⋯." 나는 열심히 현실을 회상했다. 맞다. 생각났다. 킴레이 퍼쓰의 컨트리풍 음악을 틀려고 카세트테이프를 찾을 때 네가 나를 제지하면서 "킴레이 퍼쓰의 노래를 듣지 말자. 너무 슬퍼서 길에서 어울리지 않는다"고 했다. 나는 "왜 길에서 안 어울리지?" 하고 물었고 당신은 "그 사람은 교통사고로 죽었기 때문이다"라고 했지. 맞지?

안편의 얼굴색은 하얗게 질려 있었다. 어지간히 놀란 게 아니었다. 요 며칠간 나는 한 번도 그녀가 허둥대는 것을 보지 못했다. 얼굴색이 변하는 것은 더욱 보지 못했다.

"망쳤어, 망쳤어. 우리 차에 올랐었지." 그녀는 자기의 어깨를 들썩거리면서 나의 어깨를 보고 또 본다. "우리 짐은? 없어졌어, 차에 놓았지?"

나는 그녀의 손을 황급히 잡아당기면서 계속 가자고 했다.

"아마 내가 잘못 기억했을 거야. 아마 너무 이야기에 빠졌어." 나는 그녀를 빠져 나오도록 했다. 안편은 더 말하지 않고 한 발짝 한 발짝 나를 따라나섰다. 태양은 이미 붉어졌고 우리 앞에 놓인 길도 보일 듯 말 듯했다. 우리는 쉴 새 없이 굽은 길을 가고 언덕을 올랐다. 우리는 설산을 보았고, 매서운 추위가 점점 다가오는 것을 느꼈다. 아주 큰 오르막에서 우리 둘은 거의 동시에 소리를 질렀다. 나는 얼마 되지 않는 곳에 야부리스 리조트의 건물 꼭대기를 보았다. 그러나 안편은 눈밭에 넘어지고 두 손으로 자신의 눈을 가렸다.

"왜? 안편 너 왜 그래?" 나는 쪼그리고 앉아 그녀의 두 손을 얼굴에서 떼놓으려고 했다. 하지만 그녀가 아주 세게 가리고 있어 어찌할 수가 없었다. 나는 쪼그리고 앉아 그녀가 진정하기를 기다렸다. 한참 후에야 안편은 드디어 손을 얼굴에서 내려놓았다. 그녀의 얼굴은 창백했다. 그녀는 더듬거리면서 말했다.

"나, 내 차를 보았어. 저기에 굴러 박혀 있어. 저 골짜기에!"

그녀는 나더러 부축해달라고 했다. 나는 힘껏 들어 그녀를 땅바닥에서 세웠다. 그녀는 힘없이 팔을 들어서 손가락으로 왼쪽 방향 앞에 있는 골짜기를 가리키면서 말을 했다.

나는 그녀가 가리키는 방향을 따라 전후, 상하, 원근, 좌우를 보고 또 보았다. 흰 눈으로 뒤덮인 골짜기, 띄엄띄엄 있는 나무, 잔가지들을 드러내놓은 것들만 봤지 다른 것은 보지 못했다. 맞다. 전기선 한 줄이 우리가 서 있는 언덕길을 뚫고 지나간다. 하나는 리조트 방향으로 통했고, 전봇대는 늘 고독하게 눈밭에 서 있다. 다른 것은 진짜 아무것도 없었다. 햇빛은 미약하지만 눈밭에 비추어 그나마 주변은 조금 볼 수 있었다. 안편의 그 큰 차가 만약 눈앞에 있는 골짜기에 떨어졌다면 그림자조차 볼 수 없는 것은 아니다. 그녀는 많이 힘들 것이다. 그건 가벼운 과거에는 속하지 않았다. 그녀의 길고 긴 서술 중에서 깊이 숨은 것들이 다시 그녀의 의식에 들어가서 상처를 줄 수도 있다. 우리의 생각이 차에서 멀어지도록 해야 한다.

나는 황급히 안편을 도와 그녀의 볼과 얼굴에 입김을 불었다. "안편, 우리 너무 피곤해. 지금 우선 차를 찾지 말자. 리조트에 도착했어. 지금 우리가 제일 먼저 해야 하는 것은 음식점에 가서 맛있게 한 끼 먹는 거야. 호텔에 방으로 돌아가 욕조 몸을 담그고 등향차 마시며 계속 우리의 이야기를 하는 거야."

"어쩌면, 어쩌면, 지금 승용차를 찾는다는 것은 의미 없어. 우린 이미 도착했어." 안편도 나한테 두 손을 내밀고 볼을 만져주었다. 우리는 따스함이 전달될 때까지 서로를 어루만져줬다. 얼굴에 웃음이 피어오를 때쯤 손을 뗐다. 그 다음 우리는 손을 잡고 리조트로 돌아갔다. 리조트 음식점에서 과연 밥을 먹을 수 있었다. 우리는 어묵탕 2인분 시켜서 마주 앉아 먹었다. 얼굴이 온통 땀투성이가 되었다. 안편은 안에 있는 고기를 좋아했다. 나는 고기를 모두 안편 입에 넣어주었다. 그녀는 매번 고기를 씹지 않고 마치 흡입하는 것 같았다. 나는 웃음을 참지 못하고 "왜 씹지 않아? 이렇게 고기 덩어리가 큰데?" 하고 물었다. 안편은 "씹지 않을 거야. 이렇게 맛있는데, 어떻게 파손할 수 있어?" 하고 대답했다. "네 뱃속에 구렁이가 있는 것은 아니겠지?" 하고 묻자 안편은 "맞아. 구렁이. 지금 나는 먹을 것을 구렁이한테 주고 있는 거야. 식자재를 넣어 줘" 하더니 하하 웃었다. 음식점에 다른 사람은 없었다. 우리가 일찍 왔거나 아니면 늦게 왔을 수도 있었다. 일하는 종업원 두 명만이 있었다. 유리로 된 주방의 창문에서 큰 산을 대하고 이야기하며 우리가 있는 곳을 보기도 한다. 그들도 더러 웃고 있었다.

　나는 정말 동북의 목이버섯을 좋아한다. 안편은 그 목이버섯을 나에게 주었다. 나도 한 번 들이키려고 했었다. 목이 막히지 않은 것이 다행이었다. 안편은 너무 웃어 눈물까지 흘렸다. 얼굴은 점점 혈색을 찾았다. 나는 부단히 어묵탕 속에 있는 것들을 들이마셨다. 그녀를 더 많이 웃게 했다. 안편은 진짜 쉽게 웃게 만들 수 있는 사람이다. 건망증도 조금 있다. 그녀는 이때 무조건 파로내자를 하늘 저 밖으로 버렸을 것이다.

　밥을 먹은 후 안편은 프런트에 가서 방 하나를 취소했다. 우리 둘은 함께 방을 사용했다. 안편의 방은 내 것보다 더 컸다. 그녀는 자기의 방에서 맞은편 산비탈에 있는 슬로프를 볼 수 있었다. 커튼 사이로 보니 진짜 먼 곳에 있는 눈부시게 하얀 것을 볼 수 있었다. 바로 슬루프일 것이다. 내가 처음으로 스키타면서 넘어지기만 했던 슬로프였다.

　안편은 뜨거운 물에 몸을 담그자고 했다. 나도 그러자고 했다.

　우리는 뜨거운 물로 채워진 욕조 안에서 밤늦게까지 몸을 담근 채 누워 있었다. 우리의 머리 위로 수증기가 피어올랐다. 수증기들은 아득한 분위기를 만들었다. 연극 무대에서 아주 낭만적인 장면을 연출할 때 연막을 피워 분위기를 만들어 내는 이유를 알 수 있었다. 처음 무대의 연막장치를 발명한 사람은 아마 이런 밤을 지낸 경험이 있을 것이다. 순전히 나의 생각이다.

　안편은 한참 등을 돌리고 있다가 내 사타구니에 앉았다. 그리고 다시 욕조 한쪽에 옮겨가 한참 앉아 있다가 자기의 다리를 쭉 뻗어 내 어깨 위에 올려놓았다. 그녀는 갑자기 "야, 남방 건달! 탄모우의 이야기 다 해야 되는 거야?" 하고 물었다.

"마음대로. 하지만 탄모우를 말할 때 나를 남방 건달이라고 부르지 말아야 한다." 나는 "그런데 네가 악몽을 꿨다고 했잖아? 탄모우는 그 뒤에 죽었어? 악몽과 무슨 연관이 있어? 나 진짜 알고 싶어" 하고 말했다.

"너 설마 남방 건달이 아니냐?" 안편은 흘겨보더니 새로운 호칭을 알려줄 것을 기다리고 있었다.

"나 진짜 남방 건달이야. 대신 탄모우를 말할 때 이렇게 부르지 마!"라고 나는 말했다. "내가 왜 남방 건달이 아니야? 대학도 겨우 졸업했고, 광고지 디자이너로 체육관에서 일했었. 3개월 후 관장에게 밉보여 해고당했지만. 그리고 크고 작은 수많은 광고 회사를 전전했지. 그런 회사들은 작긴 하지만 사장들이 너무 티를 냈어. 모두들 긴 수염에 양복을 입었지. 어떤 사람들은 사시사철 내내 전통복을 입고 마치 자기가 중국에서 아주 영향력이 있는 것처럼 행세했어. 그들은 말로는 '하나님도 바꾸지 않는다'라는 사업을 하지만 실제는 행정관리들에 의지한다거나 기를 쓰면서 소비자들의 비위를 맞춰야 했어. 그들은 보통 노예와 야만인들로 구성된 혼합체야. 공항에서 사람을 모시고 커피숍에서 고객과 담판하는 자태와 음성은 신사 같지만 사석에서 비용 처리 영수증을 정산 받을 때면 큰소리로 욕을 퍼부었지. 더러운 말이 연속으로 나왔어. 세상물정 모르고 채용된 미디어 전공의 사회 초년생 여직원을 때렸기도 했어. 만약 그녀들을 침대 위까지 오르게 했다면, 그 여자애들의 생일에 주먹만 한 생일 케이크를 사 주는 것도 아까워했어. 쓰레기 같은 놈들이야. 미술대학 졸업생은 램프의 바람막이처럼 그 사람들을 따라다니면서 왕래하지 않으면 안 돼. "썩 꺼져! 꺼지면 꺼질수록 이 어르신 업무가 번창할 거야." 그들은 항상 담배를 꼬나물고 있었어. 담배 연기를 수염 사이로 내뿜기만 했어. "스스로 자기가 인재라고 하니 참! 헤드헌터한테 부탁할 필요도 없고, 인력시장에 많이 있으니 마음대로 잡아올 수 있지." 어떤 때는 나는 그들과 싸웠다. 나중에는 내 코와 눈이 붓고 시퍼렇게 되어서 떠나기도 했어. 그 후 나는 아예 아무 회사에도 원서를 넣지 않았어. 나는 교외에 있는 팔십 년대에 지은 시멘트 건물의 허접한 방에서 그림을 그렸어. 다른 사람이 부르는 가격의 3분의 1 정도의 가격으로 잡지와 서책의 삽화를 그렸지. 대부분 나는 먼저 내 그림을 그렸어. 끼니를 해결할 수 있는 라면마저 다 먹고 나면 돈 벌 것을 생각했지. 사람이라는 것은 사실 다 죽기를 기다려. 자신들이 사회의 주류라고 생각하는 사회 쓰레기들도 모두 죽기를 기다리지. 혼자서 자유롭게 지내다가 죽는 것은 더욱 좋아. 나도 무슨 대단한 화가가 되고 싶지는 않아. 대부분 유명한 화가인 쩡판쯔와 위에민쥔처럼 잘난 척하며 작품 하나에 몇 천만 위안으로 높이 불러. 그러면 뭐 어떻다는 거야? 그냥 연예인들을 모방하는 거야. 티를 내면서 쓰레기 같은 대중잡지 지면에 돈을 내고 등장하는 거지. 자기가 성공한 것을 자랑하는 거야. 그들은 사실 물질에 미쳤고 재물을 빼앗는 노예들이지. 그들은 근본적으로 예술가가 아니야. 예술가는 무엇이지? 만약 내 그림이 진짜 사람들의 사랑을 받았다면 돈은 많이 가질 수 있겠지만 나는 고상한 돈키

호테처럼 될 수 없고, 현실적인 알렉상드로 뒤마이어야 해. 재산을 저급의 유흥가에서 다 써버리는 거야. 계속 떠돌아다니면서 허름한 음식점에서 일하는 종업원들한테 합리적으로 돈을 주고, 같이 웃고 떠들며 술 마시는 아가씨들한테도, 혹은 땀을 범벅으로 흘리면서 일하는 장거리 운전기사, 행상을 하는 사람들의 호주머니로 돈이 들어가게 만드는 거지. 나는 죽기 전에 돈이 없었으면 좋겠어. 나는 죄책감은 전혀 없이 마음씨 착하고 빈곤한 사람들을 상상할 수 있어. 일정한 수입을 받아서 저렴한 옷 한 벌을 연인에게 선물로 사 주고, 고기 두어 근 끓여서 아내와 아이들을 위로하는 거야. 그들이 호화로운 부잣집 처마 밑에서 연인과 데이트하면서 간단하게 즐기는 것보다 낡은 집에서 고기 냄새를 맡으면서 즐거운 노래와 웃음소리로 떠들썩하는 모습을 그려 보곤 해. 그럼 내가 죽을 때 한평생 좋은 일만 한 기독교 신자처럼 조용히 미소 지을 수 있을 거야. 마치 사탕을 손에 쥐고 자는 아이들처럼 말이야.

"남방 건달이 뭐 어때서? 나는 이미 좋아했는데?" 안편은 한쪽 다리를 들어올려 욕조 안을 휘젓는다. 그리고 발로 천천히 내 몸 밑을 더듬더니 내 자지 위에 놓는다. "탄모우는 일찍 죽었어. 사람이 죽으면 사실 문제가 안 되는데 그의 영혼이 다른 사람 안에 사는가 아닌가가 문제지. 하지만 탄모우의 영혼은 내 마음 속에서 이미 죽었어. 그렇지 않다면 부서진 과거들을 낱낱이 만난 지 며칠밖에 안 되는 건달한테 토로하겠어?"

안편이 발로 그곳을 마사지해 주니 기분이 아주 좋았다. 나는 물 안에서 몸을 반듯하게 하고 눈을 감으면서 물었다. "탄모우는 도대체 어떻게 죽은 거야?"

"총살되었어."

"뭐라고?" 나는 눈을 뜨고 안펀을 보았다. 장난치는 표정이 아니었다.

"맞아. 총살되었어."

"그가 어떻게 총살되었어?" 안펀이 나한테 알려준 탄모우의 인상은 '총살'과 관련을 지을 수 없었다.

"나도 예전에 이해가 안 갔어. 하지만 현실이야. 사람의 생각과 논리대로 가지 않을 거야." 안펀은 여전히 차분하게 말했다. "내가 진쩌우에 있을 때 악몽 속에서 그를 만난 것처럼 진짜 일이 생겼어. 그때 그가 있었던 남방의 도시는 아주 엄격하게 도시를 통제하고 범죄 예방을 위해 법을 강력하게 집행했어."

"그가 무슨 죄를 지었어?"

"한때 그는 죄를 지었는데, 결코 용서받을 수 없었어." 안펀은 자신의 두 다리를 가져갔다. 앉아서 두 팔에 자기의 아래턱을 얹었다. "예를 들면 리즈화 그리고 그녀의 상하이 남자. 리즈화와 탄모우의 부모가 싸울 때, 바로 내가 임신해서 싸우던 그때에 상하이 남자는 야부린산으로 왔다. 리즈화가 병원에 들어가고 나올 때 그는 거의 자괴감에 빠져서 통제할 수 없는 상태였어. 한 달 동안 상하이에 가 있다가 다시 돌아와서 보니 요염하기 그지없던 여인은 이미 한쪽 얼굴과 목에 화상을 입어 도저히 쳐다볼 수 없는 괴물로 변해 있었어. 하반신도 화상을 입어 엉망진창이 되었지. 아마 섹스도 할 수 없게 되었을 거야. 여인은 흐리멍덩해지기까지 해서 온종일 작은 베란다에 앉아 빛을 쬐고 반나절씩이나 한마디 말도 하지 않았어. 상하이 남자는 몹시 조급해했어. 어느 날 갑자기 발작하더니 주방에서 큰 식칼을 가지고 나와서는 '너희들 모두 죽여 버릴 거야! 악당들!' 하고 소리쳤지."

"너희들은 그를 가게 했어?" 나는 물었다. "우리 남방 남자들에게 서는 그 같은 혈기를 보기 힘들지."

"리즈화는 그 사람 앞으로 가서 그를 끌어안았어. 그의 몸을 따라 미끄러져 내려갔지. 무릎을 꿇었어." 안편은 계속 차분하게 말했다.

나와 안샹은 한쪽에 서서 그들을 묵묵히 쳐다보았어. 리즈화는 "당신 먼저 칼을 내려놓아요. 애들이 놀래요" 하고 말했어. 남자도 무릎을 꿇었어. 자신의 여인과 마주 꿇어앉아 있었어. 칼도 마루에 놓았어. 리즈화는 "당신은 꿇지 말아요. 내가 당신한테 한 가지 일을 고백하려 해요. 당신한테 진 빚이에요. 때문에 무릎을 꿇고 말해야 합니다. 나는 한평생 얼굴이 팔리는 일을 많이 했지만 다른 사람한테 무릎을 꿇은 적이 없어요. 이후에도 그 누구한테도 무릎을 꿇지 않을 겁니다. 당신은 쪼그리거나 앉거나 해도 다 좋으나 절대로 꿇어서는 안 됩니다. 당신이 무릎을 꿇으면, 나는 마음속 말을 할 수 없어요" 하고 말했어.

남자는 눈물을 뚝뚝 흘렸어. 그는 마루에 앉아서 두 손으로 리즈화의 다리를 힘껏 잡았지. 리즈화는 손으로 상하이 남자를 도와 눈물을 닦아주었어. "아까는 사람을 죽이겠다 하고 지금은 나약하게 눈물을 흘리고 있어요. 당신 정말로 용기를 내세요. 외지 사람인 당신은 원래 나와 내 딸하고 아무런 관계가 없었잖아요. 너무 깊게 빠지지 마세요. 이번 일에 끼어들지 말아요. 당신이 어서 안샹을 데리고 상하이로 가세요. 이젠 오지 마세요. 우리를 잊어야만 당신들이 편안하게 살 수 있어요. 조금 넉넉하면 돈을 남기고 가세요. 안편이 내년에 고등학교를 졸업합니다. 일 년 동안 그 애를 키워야 합니다. 그 아이가 열여덟 살이니 대학에 입학할지, 아니면 일할지 더 이상 관계하지 않을 것입니다. 그러나 올해만큼은 어떻게 넘겨야 합니다. 이런 모습으로는 더 이상 돈 벌 수 없고, 집을 나서는 것마저 힘들어요. 당신은 그냥 떠나세요. 아주 먼 곳으로 떠나세요. 이번 일에 말려들지 마세요. 안샹은 아직 어립니다." 그녀는 다시 당부했어. "여자 아이는 키우기 쉽지 않아요. 교육을 잘 시켜도 쉽게 해를 당해요. 나쁜 것을 가르치면 더 큰 해를 당하게 되죠. 절대 남자 혼자서 딸을 키우면 안 됩니다. 당신은 반드시 안샹 친모한테 자신을 굽히고 머리를 숙여 그 아이를 맡겨야 합니다. 그녀한테 아이를 잘 키워달라고 하세요. 훌륭한 사람이 되게 키워달라고 하세요."

리즈화와 상하이 남자는 그날 저녁 생사의 이별을 하듯이 유언을 서로 주고받았어. 그들은 계속 마룻바닥에 앉아 울다가 말했다 했어. 그날 저녁밥은 상하이 남자가 했어. 그는 요리에 설탕을 많이 넣었었어. 우리는 먹다가 모두 달다고 했지. 리즈화는 웃었어. "달면 좋지, 달면 좋지." 상하이 남자는 밥그릇에 눈물을 뚝뚝 떨어트렸어. 이튿날 아침 상하이 남자는 안샹을 데리고 떠났어. 안샹이 내 옆에서 일어날 때 나는 잠에서 깼어. 안샹은 옷을 입은 후 침대에서 내려왔어. 그리고 침대 밑에서 유리와 같은 눈으로 나를 보면서 서 있었어. "언니 언제 상하이에 와서 나를 찾을 거야?" 나는 "언니 내년에 상하이에 있는 대학에 붙으면 만나는 거지?" 하고 말했다.

상하이 남자는 내 작은 침대에 와서 베개를 두드렸어……. 그는 그 돈들이 모두 내 베개 밑에 눌려져 있는 줄 알았지. "안편아, 너 이제 곧 어른이 된다. 이 돈을 너희한테 남길 테니 절약해서 쓰렴. 엄마는 모르고 있으니 잘 알아서 사용하렴. 너희 엄마 건강이 안 좋으니 네가 책임을 좀 더 져야 된다. 절대 잊지 마. 탄씨 집안은 나쁜 사람들이야. 너희들을 망쳐 놓았어."

그리고 바로 그는 안샹을 데리고 떠났어. 듣자 하니 그는 상하이에 도착해서 안샹을 전 부인한테 맡기고 연해 도시를 돌아다니면서 탄모우를 찾아다녔대. 몇 년 후 아까 내가 말했던 진쩌우에서 악몽을 꿨을 때 탄모우는 드디어 그 사람한테 발각되었어. 탄모우는 원래 요코하마에서 온지 얼마 안 되었어. 국내로 돌아와서 일본 복사기를 만드는 회사의 상하이 대표부에서 일했었다지. 게다가 탄모우는 쑤저우에서 대학을 다녔고 상하이에 있는 통통한 여자 아이를 알게 되었지. 나중에는 데릴사위로 상하이에서 근무하고 가정을 이뤘던 거야. 당시 큰 도시에서 유행하던 범죄와의 전쟁은 상하이 남자한테 기회를 주었어. 그는 탄모우와 나의 일을 신고했지. 나중에 한 차례 조사가 끝난 후 탄모우는 체포됐어. 조직 폭력죄로 4년의 판결을 받았지. 이 일이 폭로되자 상하이 여자 아이는 그와 이혼했어. 탄모우의 모든 것은 끝나고 말았던 거야. 4년 뒤에 교도소에서 출소한 후 그는 떠도는 개처럼 창장의 연해도시를 돌아다녔어. 남자들은 늘 이렇게 겨루고 복수하곤 하지. 나중에 그는 상하이 남자의 전 부인과 안샹을 찾아 둘을 죽여 버렸어.

그 후에 그는 그 일로 총살되었어. 그는 그렇게 총살되었지. 그래도 싼. 이렇게 총살되었어.

나는 그때 밖에서 되는 대로 살았어. 돈을 벌었지……. 사실 상하이 남자가 떠나 얼마 안 되지 않아 나는 자퇴하고 이리저리 떠돌아 다녔어. 리즈화는 거의 폐인이 되었고 일찍 양로원에 들어갔어. 그때 막 야부린산에 새 양로원이 생겼거든. 교외의 산 아래에 있었어. 새 건물에 새로운 설비를 갖추고 있었지. 리즈화 같은 사람들이 지내기에 아주 좋았어. 밥이 오면 입을 벌리고, 옷이 오면 손을 내밀고, 두문불출하고 여생을 편안히 보낼 수 있었어. 그녀가 그곳에 들어가자마자 나는 나와서 돈을 벌었어. 매년마다 그녀한테 돈을 부쳤어. 양로원 비용과 용돈을 보내주었지. 탄모우가 총살된 지 2년 만에야 나는 그 일을 알았지. 리즈화가 아파서 병원에 입원했고 양로원 사람들은 내가 돈을 부친 주소를 근거로 겨우 나를 찾았대. 어머니의 임종이 가까웠다고 했어. 입원했는데 나를 만나보고 싶다고 했다지. 나는 야부린산으로 돌아갔지. 리즈화는 나를 보고 한 첫마디가 "계집년, 너 알아? 탄모우가 총살되었어. 몇 년 되었어"였어. "왜 총살되었어요?"라고 묻자 그녀는 "걔가 네 동생과 그 애 엄마를 죽였어. 이놈들 가족은 정말 독해. 죽어도 싸지."

나는 한참 침묵하고 있다가 "맞아, 죽어도 싸지" 하고 말했다.

리즈화는 갑자기 웃었다. "너 드디어 깨달았구나. 내 바보 같은 딸년!"

나는 "엄마. 난 그놈을 잘못 알았어요. 그 사람은 죽어도 싸요. 그 많은 돈이 없어졌는데."

리즈화는 눈을 크게 떴어. 그녀는 몹시 놀랐음을 알 수 있었어. 무서운 눈빛이 그녀의 눈에서 나왔어.

"원래 넌 그렇게도 바보였어! 나는 네가 그 돈을 모두 가지고 달아난 줄로만 알았지!"

그리고 그녀는 얼굴을 돌리고 아무 말도 하지 않았어. 나는 그녀의 볼에 입맞춤을 주었어. 이불을 잘 덮어주었지. 계속 병상 옆에 앉아 있으면서 리즈화의 말벗이 되어 주었어. 나흘째 되던 날 그녀는 세상을 떠났지. 그 기간 동안 나하고는 한마디 말도 하지 않았어. 닷새째 되던 날 그녀의 장례를 치렀어. 엿

새째 저녁에는 야부린산 기차역 대합실에 앉아 있었지. 담배를 연이어 피워댔어. 탄모우는 죽었구나. 아, 탄모우는 죽었구나. 너무 황당했지. 몇 년 동안 지켰는데. 무엇 때문인지 몰랐어. 그가 죽기만을 기다렸던가? 죽었으면 죽었지. 내 마음을 아주 고통스럽게 만들어. 리즈화도 죽었어. 걱정이 줄어든 거지. 이럴 땐 크게 소리를 내어 울어야만 했어. 기차역에 사람이 있은들 무슨 관계가 있겠어?

하지만 나는 눈물이 나오지 않았어. 누구도 나를 의식하지 않았지. 이 세상은 다망하고 사람들은 숨 가쁘게 걸어갔어. 그 누구도 걸음을 멈춰서 나를 의식하지 않았어. 나는 그들 가운데 끼여 기차에 올랐지.

야부린산은 내 엉덩이 뒤에 있었어. 야부린산은 안편하고 관계가 없지. 아 씨발! 야부린산 나는 너를 찾지 않을 거다. 너도 다음에는 영원히 나를 찾지 마라. 나는 이렇게 마음속으로 외치면서 야부린산과 결별했어.

나는 물이 좀 차가워진 것을 느끼고 따듯한 물을 더 넣었다. 안편은 더 이상 물 안에 있지 말자고 했다. 그녀는 긴 타월을 감고는 창문가로 갔다. 나도 그녀를 따라 화장실을 나와서 안편의 담배와 라이터를 찾아 가져다주었다. 안편은 담배를 받더니 커튼을 헤치고는 밖을 내다보았다. 그녀는 눈이 더 세게 내린다고 했다.

눈꽃이 온 하늘에 휘날렸다. 송이송이 어지럽게 휘날리고 있었다. 그녀는 재채기를 했다. 그녀가 감기에 걸릴까 다른 타월을 가져다가 그녀 몸에 있는 물기를 닦아주었다. 안편은 돌아서더니 타월로 자신과 나의 몸을 감쌌다. 우리는 묵묵히 상대방을 응시하며 한참을 서 있었다. 방 안의 불빛은 아주 희미했다. 세상은 침묵 속에 있었다. 그냥 눈꽃만 어지러이 휘날렸다. 그들은 그녀의 뒤에서 휘날리고 내 앞에서 휘날렸다. 나는 안편을 더 세게, 더 가깝게, 더 강하게 끌어안았다. 내가 이렇게 그녀를 껴안으면 내 힘으로 그녀의 몸 안에서 빨리 이야기들을 꺼낼 수 있다고 상상했다.

우리 이런 이야기를 하지 말자. 나의 생각이다.

"우리 이런 이야기 그만하자" 하고 나는 말했다. 나는 천천히 그녀의 귓가에 대고 "우리들만의 이야기가 있어야 돼. 우리들만의 이야기가 있어야 돼" 하고 말했다.

안편은 동시에 나를 끌어안았다. "나를 떠나갈 거야?"

"아니." 나는 물었다. "나를 떠나갈 거야?"

"아니." 그녀는 말했다. "누가 먼저 죽는다거나 혹은 우리가 한 세상에 있지 않는다면."

나는 손으로 황급히 안편의 이마를 만져 보았다. 진짜 뜨거웠다. 오늘 그녀가 너무 힘들었고 지난 과거의 일들을 많이 쏟아냈기 때문이라고 생각했다. 나의 이야기만 참담한 줄로 알았고 대부분 시간 동안 웃고만 있었던 안편이 이런 첫사랑의 아픔과 시련이 있었을 줄이야. 안편에게 침대에 올라가자고 했다. 우리는 함께 침대에 누운 후 이불 속으로 들어갔다. 안편은 등을 돌리고 있었고 몸은 구부리고 있었다. 나는 뒤로 그녀를 끌어안은 후 그녀의 체위를 따라 몸을 바싹 붙였다. 나는 어제 저녁 야외의 텐트 안에 있었던 일이 생각났다. 그때에도 우리가 이렇게 붙어서 누워 있었을 때 생각났던 존 레논과 오노 요코, 그들은 왜 그렇게 찍었을까? 존 레논은 설마 길가에서 총알 하나가 그를 찾아오는 것을 알고 있었을까? 아니면 원래 오노 요코의 계책이었을까? 그녀는 존 레논이 자기를 곧 떠난다고 생각했던 걸까? 그 총알이 아니더라도 존 레논은 다른 방법으로 그녀의 옆에서 사라졌을까?

그나마 좋은 건 오노 요코가 아직도 살아 있다는 것이다. 그녀를 만날 기회가 있을 것이다. 그녀에게 정확한 답을 얻고 싶었다.

20장

깨어났을 때 안편의 방이 일층이라는 것을 알게 되었다. 커튼이 열린 곳에서 보니 안편은 창 밖에서 몸을 구부리고 뭔가 바쁘게 하고 있었다. 창문가로 가보니 그녀는 작은 눈사람을 만들고 있었다. 형태는 이미 만들어졌다. 머리는 갸우뚱했고 한 쌍의 작은 자갈로 눈동자를 만들었다. 안편은 눈 밑에서 마른 풀을 꺼내어 세심하게 머리 갈래를 만들었다.

나는 창문의 유리를 두드렸다. 안편은 일어나서 나를 보았다. 그리고는 손으로 입을 막고 웃기 시작한다. 나는 이해할 수 없는 듯 그녀를 보았다. 그녀는 나를 향해 얼굴 표정을 이상하게 짓더니 방 안을 향해 마른 풀을 바지 사이에 대고 흔들었다. 나는 갑자기 정신이 들었다. 옷을 안 입고 벌거벗은 채 창문 뒤에 서 있었던 것이다. 나는 바로 커튼을 쳤다.

간단하게 세수한 후 털옷을 입고 나서야 안편의 방에 생활용품이 가득한 것을 보았다. 마치 오랫동안 생활을 한 방처럼 보였다. 호텔의 방하고 완전히 달랐다. 그녀가 집을 나가서 생활했다는 것을 생각하자 정말 복잡해졌다. 안편을 찾으러 바로 나갔다.

안편은 이미 눈사람을 만들어 놓았다. 세부적인 것도 모두 완성했다. 그녀는 눈밭에 쪼그리고 앉아 자신의 작품을 넋이 나간 듯 뚫어지게 보고 있었다.

일 미터 정도 크기의 눈사람이었다. 외가닥의 머리에 동그란 얼굴은 갸우뚱하고 있고, 한 쌍의 크고 검은 눈을 뜨고 있었다. 눈사람은 멍하니 하늘을 바라본다. 우리를 바라보는 것 같다. 안편은 "내 동생 안샹이야" 하고 말했다. 나는 "아주 귀엽네. 진짜 귀여워. 조금 그렇긴 한데. 뭐랄까. 이 나이에 이런 공허한 표정은 아니지" 하고 말해 주었다.

"매년 겨울 야부리스에 오고 큰 눈이 내리면 나는 눈사람 안샹을 만들어." 그녀는 말했다. "처음 왔을 때 저녁에 갑자기 꿈을 꿨어. 그녀가 야부리스 리조트 부근 어느 한 곳에 있다고 했어. 아마 전설 속의 등향일 거야. 그녀가 그곳에서 그렇게도 행복하게 자랐고 사람들의 사랑을 독차지했어. 많은 남자 아이들은 매일 그녀의 창문 앞에서 노래를 불렀지. 그녀는 한 사람을 선택하려고 할 때 혼란스러웠어. 모든 남자 아이들은 다들 그녀를 사랑했어. 그래서 그녀는 나를 찾아왔어. 이곳에 서서 나의 창문 유리를 두드렸다. 언니라고 불렀지."

"어제 네가 말하지 않았어? 그녀가 죽었다고?" 안편을 일깨워 주었다. 안편은 눈사람을 보더니 '외가닥'과 '머리'를 쓰다듬어 주었다. "맞아. 탄모우한테 살해당했지. 하지만 나한테 남은 마지막 인상이라면 침대 맡에서 한 작별인사 뿐이야. 상하이 남자가 그녀의 작은 손을 잡고 한 발짝, 한 발짝 문을 나갔지. 문은 천천히 그들의 뒷모습 사이로 닫혔어. 그들은 다시는 돌아오지 않았어. 오지 않았지. 몇 년 후 소식으로 들려왔을 뿐이야. 리즈화가 죽어갈 때 한 몇 마디 말이었지."

"그런데 넌 그 아이 그다지 좋아하지 않았잖아. 괴롭히기도 했잖아?" 나는 살랑살랑 한마디 했다.

"그래도 굳게 의지하면서 살았잖아." 안편은 발로 눈을 튀겨서 눈사람의 발 부근을 에워쌌다. "지난 몇 년 후 내가 의외로 걱정한 사람이 바로 그 아이었어. 그냥 그 아이. 남방의 계집년. 조금 변화무쌍한 계집년. 몇 년 동안 나를 언니라고 부른 계집년. 나는 탄모우에 대해서 알 수 없어. 어떻게 손을 쓸 수 있어? 그 일을 언급하지 않을 거야. 그 후 매년 나는 여기에서 그녀를 만들었어. 내가 여기에서 지내는 동안 늘 꿈에서 그녀를 만나곤 해. 밖에서 나를 부르는 소리를 듣는 거야."

안편이 이렇게 말하는 것을 듣다가 갑자기 이상한 생각이 떠올랐다. "안편, 만약 나도 죽었다면 이후에 너 여기에다 나 하나를 더 만들어 줄래? 네 동생하고 같이 서 있게 해줄래?"

안편은 놀란 듯이 나를 보더니 웃었다. "당연히 그렇게 할 수 있지. 만약 그렇다면 동생을 아주 크게 만들 거야. 너희들이 서로 의지할 수 있고 겨울엔 여기에 서서 함께 햇빛을 쬐고 눈바람을 맞도록. 그리고 봄날이 오면 함께 녹아버리는 거야."

"낭만적이다!" 나는 말했다. "그런데 어린애잖아. 큰 여자로 만들면 바로 너야. 안상이 아니고 안편이지."

"만약 그 아이가 살아 있다면 어른이 되었을 텐데." 안편은 눈사람 머리 위에서 높이를 쟀다. "아마 이렇게 높을 거야. 더 높을 수도 있고."

나는 머리를 끄덕였다. 우리는 바닥을 간단하게 정리한 다음 '안상' 곁을 떠났다.

밤에 내린 폭설이 일찍 멈췄나 보다. 하늘은 짙은 회색이다. 또 다른 대낮이 조그마한 광선이 삼엄함을 뚫고 밀려들어왔다. 태양의 위치를 비스듬히 판단할 수 있었다. 아마 점심때인 것 같다. 배고픔이 나한테로 몰려왔다. 나는 말했다. "구걸할 거야." 안편은 또 웃기 시작했다. 우리는 아무런 흔적도 없는 눈밭을 밟고 별관의 음식점으로 향했다.

밥을 먹으면서 식당 벽에 걸려 있는 작은 텔레비전을 보았다. 리조트에 대한 소개를 하고 있었다. 원대한 기획을 소개하는 것 외에 중간중간 MTV를 삽입했다.

듣고 있는가! 겨울이 떠나는 것을.
나는 모년모월에…… 깨어났다.
나는 그리워하고 기다리고 기대한다.
미래는 이 때문에 어찌할 수 없다네.
……

리듬은 아주 듣기 좋았다. 그러나 영상은 정말 엉망이었다. 카메라 기사는 어느 작은 회사 소속일 것이다. 머리와 몸의 동작이 그다지 좋아 보이지 않았다. 게다가 졸렬한 조명의 번쩍거림도 있었다. 영상물 자체가 어수선하기 그지없었다. 그런데도 MTV 안에 여가수는 원곡을 부른 손옌즈가 아니다. 당연히 곡도 손옌즈의 원곡이 아니었다. 안편 같았다. 맞다. 왜 안편이 있지? 배경은 복잡한 술집이고 안편은 몸을 움직인다. 카메라는 안편의 동작에 따라 움직인다. 그녀는 짙은 무대화장만 했을 뿐이다. 그녀는 여유 있게 노래를 부른다.

왼쪽, 오른쪽, 앞을 바라본다.
사랑은 굽이굽이 돌아오는가?
나는 누구를 만났나……?
어떤 대화가 있을까?
내가 기다리는 사람……
그는 얼마나 먼 미래에 있을까?

분명히 안편이다. 그 목소리는 너무 익숙한 소리다. 나는 의심을 품고 안편을 보고 텔레비전을 보았다. 거듭 텔레비전을 보다가 다시 안편을 보았다.

"설마 너야, 안편?"

"그래." 그녀는 머리도 들지 않고 밥을 먹으면서 웃기까지 했다. "리조트는 새 건물로 지어질 거야……. 미래의 새 건물에 있을 거야. 레저 활동을 할 수 있는 많은 업체들이 개업을 할 거야. 그중에서 아주 고급스러운 술집을 기획했어. 이렇게 추운 날에 고객들이 낮에는 스키를 타고 저녁에는 계속 방 안에서 텔레비전만 볼 수는 없잖아. 그들이 가수를 모집한다고 해서 내가 왔어. 전에 와서 시험 삼아 며칠 불렀거든. 그들은 아주 만족했고 녹화해뒀다가 홍보하는 거겠지. 뭐!"

"아! 어쩐지 여기에 있다 했지. 넌 마치 주인 같아." 이렇게 말하고 보니 진짜 많은 일들이 생각났다. 예를 들면 오늘 일어났을 때 안편의 방 안은 아주 많은 생활용품들로 가득 차 있었다. 하루 이틀 잠시 지내는 호텔방이 아니었다.

"그래 맞아. 나는 채용되었으니 새 주인이라 해도 되겠지." 안편은 조금 자신 있어 했다. 나는 그녀 입가에 붙어 있는 밥알을 털라고 했다. 그녀는 밥알을 털다가 오히려 몇 알을 더 묻혔다. 나는 웃음을 참을 수 없었다. 그리고 다시 그녀의 입에 묻은 밥알을 떼어주었다. 안편이 말했다. "어렸을 때 탄모우도 이렇게 놀기를 좋아했어. 나란 사람은 그냥 이래. 밥을 먹고 나면 밥알이 입에, 가슴에, 옷에, 방바닥에 있어. 모두 밥과 반찬이야. 지금까지도 고치지 못했어."

그녀는 또 탄모우를 말했다. 그녀를 한 번 보았다. 살인범에 대해 뭐 그렇게 이야기할 게 있어. 안편은 내 눈빛을 알아차렸다. "미안해. 그 사람 이야기하지 않을게."

나는 말했다. "괜찮아."

그녀는 일어서서 내 등 뒤로 가서 팔로 내 머리를 끌어안는다. 그리고는 그녀의 가슴의 사이로 가져갔다. 나는 지그시 눈을 감았다. 그녀는 내 왼쪽 귀에 대고 말했다. "내가 이 노래를 너한테 불러줄께. 내가 제일 잘 하는 노래야."

"한 번은 안 돼, 한 곡은 모자라." 나는 말했다. "이후 매일 술집에서 너의 친구가 되어주고, 너의 노래를 들을 거야. 네가 즐겨 부르는 노래, 부를 줄 아는 노래 모두 들어볼 거야. 익숙할 때까지 들을 거야. 아마 나는 다른 직업으로 바꿀 수도 있어. 그림은 포기하고 노래 가사나 쓰지 뭐."

안편은 내 등 뒤에서 하하 웃었다. 그녀는 "쓸려면 손옌즈 노래에 담긴 그런 슬로우한 노래로. 슬픈 멜로디라면 내가 부를 수 있어. 왕페이, 룽주얼 같은 가수의 노래도 좋아. 아야의 노래도 좋아해. 하지만 한국 음악은 가식적인 영웅주의 스타일이라서 별로 안 좋아해" 하고 말했다.

난 대중가요에 대해서는 그림 그리는 것처럼 익숙하지 않았다. 당연히 안편과 손옌즈, 왕페이, 룽주얼과 아야에 대해 이야기를 나눌 수가 없었다. 더욱이 한국 음악은 무슨 영웅주의 스타일인지에 대해서는 말할 필요가 없다. 음식점을 떠나자고 이야기했다. 문을 나선 후 안편은 스키를 타러 가자고 했다. 스키라는 말을 듣자 머리가 진짜 마비되었다. 스키 타는 것은 나한테는 넘어지러 가는 것과 같았다. 그런데 생각해 보니 오후에 얼음과 눈으로 뒤덮인 리조트에서 딱히 할 것도 없었다. 그래서 스키나 다시 배워볼 겸 가자고 나섰다. 그녀를 따라 도구들을 빌려 스키장에 도착했다.

나는 스키복을 어떻게 입는지 몰랐다. 그냥 어린애처럼 안편이 시키는 데로 따라 했다. 안편을 따라 장비를 갖춘 후에 슬로프를 따라 올라가기 시작했다. 몇 발자국 올라서니 다양한 광경을 볼 수 있었다. 일부 스키어들은 우리 곁을 우르르 빨리 걸어 지나갔다. 어떤 사람들은 날카로운 소리를 내고, 어떤 사람들은 큰소리로 웃고, 어떤 사람들은 질겁하는 소리를 쳤다. 뒤를 돌아보면 다양한 경관은 언제나 끊임없이 변하고 있었다. 구름도 우리의 허리에 닿은 것 같았다. 숲은 흰 눈으로 덮여있었고 생기발랄함을 드러내었다. 어떤 것은 옅은 녹색이고, 어떤 것은 빨간색이고, 어떤 것은 황금색이었다. 슬로프 위에 올라가자 하늘은 매우 파랗기 그지없었다. 중간 중간 경치가 화려하고 아름다웠는데 마치 선경 같았다. 나는 너무 놀라고 의아해서 "왜 이래?"라고 물었다. 안편은 돌아보면서 "뭐가, 어떻다고?" 하고 물었다. "이런 경치 말이야. 하늘같아." 안편은 하하 크게 웃었다. "이만한 높이로 하늘에 있다고?" 나는 말했다. "높이뿐만 아니라 경치도." 안편은 "아주 평범한 건데. 여기는 원래 이래" 하고 말했다. 그리고 나를 잡아당겨 몸을 굽히는 방법을 알려주었다. 몸을 펴고 절반 정도 구부려. 무릎은 90도 굽혀야 해. 그러면서 시범동작을 보여주었다. 그리고 나를 잡아당겨서 아래로 활강했다.

나는 머리를 끝도 없는 운해 속에 던졌다. 심지어 눈까지 감고 안편이 잡은 그 손에만 의지해 아래로 미끄러져 내려갔다. 얼마 못 가서 완전히 창공을 날고 있다고 느꼈다. 몸의 무게를 느끼지 못했다. 몸에서 느낄 수 있는 것은 그냥 귀가에서 들려오는 화려한 바람 소리와 안편이 잡은 내 손 안의 감각이었다. 설마 기적이 진짜 일어났는가? 기적이 진짜 일어났다! 그런데 기적은 왜 일어났지? 진짜 말도 안 된다. 나는 확실히 잘 날았다. 정말 자신이 있었다. 공기 속을, 안개 속을, 숲과 운해 사이를, 산비탈을, 흰 눈을 뚫고 날아다녔다. 내 스키는 능숙하게 쌓인 눈을 파헤쳤다. 네 줄기로 눈 속의 파도를 만들어 양 옆에 눈이 튀었다. 나의 스키는 수시로 뛰어올랐다. 한 고지에서 다른 고지로 뛰어올랐다. 높은 곳에서 낮은 곳으로 떨어졌다가 다시 높은 곳으로 올랐다. 나의 한쪽 팔은 스틱을 쥐었다. 새 날개 마냥 펼치고 공중에서 아름다운 활강을 했다. 얼마나 지났는지 몰랐다. 눈을 뜨려고 했지만 갑자기 생긴 눈앞의 광경에 마치 강렬한 전류에 얻어맞은 것 같았다. 화려한 대지와 숲은 바람에 따라 흔들거렸다. 마치 거대한 칼라 카펫이 무대 위 조명에 비치는 동시에 거인이 끌고 가 흔들어 일으키는 것 같았다. 숲 뒤에는 광활한 전원이 있다. 햇빛 아래에 수많은 옅은 녹색의 논밭 길이 종횡으로 나 있었다. 멀고 먼 허공에는 신기루가 마을에 걸려 있었다. 구름이 걸려 있었고, 그 집들은 햇빛 아래에 윤곽이 드러나게 되었다. 나는 흥분해서 외쳤다.

"안펀 빨리 봐봐! 등향이야!"

나는 몸을 돌볼 겨를이 없었다. 자세하게 보지도 못하고 말이 떨어지자 운해 속에 떨어졌다. 쾅하는 소리가 나더니 너 몸이 다시 돌아온 것 같았고 매우 육중함을 느꼈다. 안펀은 스키를 교차해 끽 하는 소리를 내고서 급히 멈췄다. 트랙 안에 정지했다. 하지만 난 고삐가 풀어진 야생마처럼 그녀의 손에서 벗어나더니 앞으로 계속 굴러갔다.

나는 몇 십 미터 내던져졌다. 안펀은 그 자리에 서서 나를 멍하니 쳐다보았다. 한 번, 두 번, 도대체 얼마나 뒹굴어 눈밭에 꽂혔는지 모른다. 그녀는 그제야 미끄러져 내려왔다. 별 문제 없는지 살펴보았다. 나는 "있다. 끝났어. 몇 군데 이미 넘어져서 찢어졌어. 몸이 분해되었어" 하고 불평했다.

"어딘데? 빨리 나한테 보여줘. 어디야?" 그녀는 긴장한 듯 내 몸을 일으켜 세웠다.

"엉덩이가 두 조각이 되었어, 불알이 두 쪽이 되었어."

안편은 하하 크게 웃었다. 웃느라 힘이 다 빠졌다. 나는 유리한 형세를 이용해 그녀를 눈밭에 넘어뜨렸다. 우리는 눈밭에서 눈싸움을 했다. 마치 눈썰매를 끄는 시베리안 허스키 같았다. 나는 그녀를 땅에 넘어뜨렸다. 다시 그녀를 누른 후 안고 뒹굴었다. 두 사람이 기진맥진할 때까지 그러고 있었다.

우리는 반듯하게 눈밭에 누웠다. 하늘은 아까 도중에 있을 때처럼 그렇게 화려하고 회색을 띠었다. 여전히 문을 나설 때처럼 납과 철을 한 곳에 넣은 것 같았다. 너무도 이상했다. 사람이 특수한 속도에서 환각이 생길 수 있냐고 물었다. 왜냐하면 스키 탈 때 정말로 여러 가지 신기한 경관들을 보았다. 마치 선경과 흡사했다.

"게다가 등향은 숲속 저 쪽에 있었어. 운해 아래에 있는 마을과 전원이야." 나는 손시늉을 하면서 안편한테 알려주었다. 안편은 "매년 여기에서 스키를 탔지만 한 번도 등향을 본 적이 없어. 아까 나를 부를 때 나도 그 화려한 것을 봤지만 자세하게 보지는 못했어. 비탈 아래로 미끄러져 내려가는 바람에 보지 못했어."

"말도 안 되는 것은 내가 뜻밖에도 그렇게도 숙련되게 위에서 활강해 내려왔거든. 나는 듯이. 나중에 넘어져 쓰러졌지만." 내가 제일 당혹스럽게 생각하는 것은 내 자신의 역량과 기술의 기적이었다. 안편은 자신 있게 "너를 도와주지 않을 테니 너 혼자 다시 타 봐" 하고 말했다.

나는 굴복하지 않고 일어나서 슬로프 꼭대기로 올라갔다. 안편은 나보고 너무 힘드니 하지 말라고 했다. 내일 다시 와서 하라고 했다. 나는 그녀의 말을 듣지 않고 단숨에 비탈 위에 올라갔다. 안편은 하나의 작은 점으로 변했다. 멀고 먼 곳에 있는 내리막 아래 끝에 있었다. 머리가 온통 땀투성이라서 서서 휴식하지 않으면 안 되었다. 바로 그때 주위를 둘러보면서 목숨을 걸고 맹세했다. 컬러풀한 운해, 설경의 숲, 푸른 하늘은 정말 조금도 보이지 않았다. 설마 잠깐 사이에 날씨가 변했나? 속담에 산 위의 날씨는 여자의 마음처럼 변화가 심하다고 했다. 설마 진짜 날씨가 변한 것인가? 나는 곰곰히 생각해 보니 날씨가 변한 것 같았다. 안편이 아래에서 나를 이따금 부르는 소리를 들었다. 너무 멀어 희미하게 전달되었다. 나는 갑자기 차가운 바람에 외로움을 느꼈다. 아래를 내려다보니 스키어는 한 명도 보이지 않았다. 하늘과 땅 사이는 죽은 듯이 조용했다. 그냥 안편의 소리만 아래에서 이따금 들려왔다. 조금 무서웠다. 이것도 너무 이상해졌다. 나는 황급히 준비 동작을 몇 번하고 몸을 쪼그리고 앉아 두 스틱을 뒤로 밀었다.

나의 몸은 날기 시작했다. 그리고 그 짧은 몇 초 사이에 정연히 날아올랐다. 동작과 자세는 다음 동작을 해야 하는 기억에 저장할 시간이 없었다. 배운 것을 실제로 활용할 수 없었다. 내 몸은 다른 자세로 변해 있었다. 사실은 일부러 꾸몄던 것이다. 나는 사실 바로 혼란하기 그지없었고 바로 엎어졌다. 곤두박질하고, 다시 곤두박질

했다. 마치 채소를 팬에 볶는 것처럼 뒹굴어 내려갔다. 당연히 어떤 곤두박질은 보기에 정말 멋졌다. 공중회전과 같은 것이었다. 모양새도 기이하고 다양했다. 점점 빨리 빙빙 돌아서 나중에는 거대란 회색의 회전판 속으로 들어갔다. 회전판은 쿵탕탕 산비탈 아래로 굴러 내려왔다. 나중에는 큰 거대한 돌 하나가 별로 두텁지 않은 얼음을 내리치는 것 같이 찢어지는 소리를 냈다.

"등향을 봤어?"

안편의 말을 들었을 때에는 한참 지나서 들었다. 안편은 나를 끌어안고 눈밭에 앉아서 쉴 새 없이 머리, 몸을 흔들어댔다. 눈을 뜨고서는 "아무것도 보지 못했어. 정말, 눈앞에 있는 거랑 똑같았어. 회색들뿐이야" 하고 대답했다.

"너를 올라가게 하지 말았어야 했는데." 안편은 조금 후회했다. "하지만 나 진짜 허공에서 아름다운 풍경을 봤어. 꿈속에서 봤던 등향 같았어. 몇 년 동안 찾아다녔는데 어찌 네 눈앞에 나타났단 말이야. 나도 답답하거든. 게다가 네가 나하고 같이 있을 때 그렇게도 잘 탔는데 너를 혼자 올려 보내다니. 결과는 이렇게 되었고." 안편은 혀를 내밀었다. 나는 일어나서 팔과 다리를 몇 번 움직였다. 모든 것이 다 있고 정상이었다. 득의양양해서 웃었다. 안편은 "봐봐! 팔다리는 다 있지만 물건들을 다 잃어 버렸잖아."

그녀가 산비탈을 가리키는 방향대로 보았다. 정말 내가 가지고 있던 스틱, 스키, 심지어 스키화가 띄엄띄엄 길에 떨어져 있었다. 가장 먼 곳에 있는 것은 스틱이었다. 슬로프의 가장 높고 가장 먼 곳에 있었다. 아마 제일 먼저 뒹굴 때 잃어버린 것 같았다. 나는 웃음을 참지 못했다. 안편은 입을 삐죽거리고 익살맞은 표정을 짓더니 하나 하나 주워왔다.

나는 여전히 기이한 상황에 묻혀 있었다. 안편은 물건들을 다 수집하고 와서는 내 몸 위에 있는 눈을 털어주면서 "심각하게 생각하지 마. 아마 우리 자신이 각각 상대방의 등향일 거야. 손을 잡고 같이 나는 거야. 그래야만 세상이 다르다는 것을 발견할 수 있어" 하고 말해 주었다.

이따금 안편이 마음대로 한마디씩 내뱉을 때면 나는 놀랐다. 그녀가 솔직하다고 말하면 정말 그녀는 그 누구보다 솔직했다. 그녀를 철학적이라고 생각하면 그녀가 하는 몇 마디 말은 후세에 전할 만했다.

248

21장

잠자기 전에 안편은 한참 동안 나의 몸을 안마해 주었다. 부서진 뼈가 다시 붙고 바르게 맞춰진 것 같고, 혈액도 시원하게 다시 흐르는 것 같았다.

나도 그녀를 안마해 주겠다고 했다.

안편은 좋다면서 기쁜 듯이 엎드렸다. 등을 만지는 데 성공했다. 안편은 금방 잠이 들었다. 나는 그곳에 앉아서 그녀를 지켜보았다. 요 며칠 동안 겪었던 일들을 곰곰이 생각하며 그녀를 지켜보았다. 나의 마음은 자신도 모르게 많이 따스해졌다. 머리에 갑자기 많은 스토리를 한 번에 집어넣다보니 뒤엉켜 있었다. 한참 후 이 스토리가 생각나고, 한참 후 다른 스토리가 생각나서 머리가 복잡했다. 특히 현실을 벗어난 현상들을 생각할 때면 머리가 찢어지는 듯했다. 응당 이런 일들을 생각하지 말아야 했다. 현실 생활에서 갖출 수 없는 것들을 세속적인 생각에 놓고 흥분하지 말아야 했다. 이건 정말 재미없고 미련했다. 아무튼 안편이 내 옆에 살아있으니 이것만이라도 진실이라니 만족했다.

안편은 돌아눕더니 잠에서 깨어났다. 신기한 눈빛으로 나를 바라보았다. 나는 아직 안마를 제대로 하지 않았다고 했다. 다시 그녀의 몸을 안마하기 시작했다. 그녀는 계속 웃으면서 몸을 비비 꼬면서 비켰다.

"여기는 내가 간지러워하는 부분이야." 그녀는 "등이 좀 둔하고, 앞부분은 좀 민감해" 라고 말했다.

그녀의 말에도 나는 일부러 더 크게 행동했다. 안편은 더 참지 못하고 침대에서 내려와 화장실로 들어갔다. 한참 후 그녀는 벌거벗은 채로 이불 속으로 들어갔다. 나도 옷을 벗은 후 이불 속으로 들어가서 그녀의 젖가슴에 손을 올렸다. 그 떨어져나간 젖꼭지가 내 손 안에서 움직였다. 마음이 몹시 아팠다.

"너 이전에 아무도 이걸 만진 적이 없어." 그녀는 말했다. "그들은 내 몸을 갖고 싶지 않았을 거야. 깨물고……"

"사랑하는 안편, 잊어버려." 나는 "나는 과거가 필요 없어. 과거를 말하지 않으면 안 되는 거야?" 하고 물었다.

안편은 머리를 끄덕인다.

나는 몸을 아래로 내려 입술로 젖꼭지를 빨았다. 안편은 멍하니 천정을 올려보았다. 갑자기 "예전에 결혼을 생각해본 적이 있어?" 하고 물었다.

"결혼?" 나는 빨던 동작을 멈추고 반듯하게 누웠다. 안편은 뒤돌아 눕더니 턱을 내 가슴에 괴고 있었다. "진짜 결혼을 생각해 보았던 적이 없었어."

"만약 내가 너한테 시집간다면 내가 늙었다고 할래?" 안편의 눈에는 상상들이 가득했다. 나는 대답했다. "물론 아니지. 너하고 함께 있으면서 한 번도 나이를 생각해 본 적이 없어."

우리 둘은 결혼식을 상상하기 시작했다. 안편은 사시사철 네 가지 색으로 입는 것이 좋다고 했다. 네 가지 종류의 드레스를 입어야 하고, 나는 그냥 옅은 색상의 양복 한 벌만 입으면 된다고 했다. 나는 "그거 너무 촌스럽지 않나?"라고 말했다. 안편은 그럼 연미복 한 벌 맞춰 입으라고 했다. 나는 좋기는 하지만 서구 스타일이 아니냐고 했다. 키도 작고, 연미복은 길어서 나를 아주 빈약하고 초라하게 할 것 같다고 했다.

"무슨, 초라하다고? 하하." 안편은 또 신나서 말하기 시작했다. "키 작은 남자가 큰 옷 입은 것을 추하다고 해? 아니면 벌거벗어라. 지금 벌거벗는 것이 유행이잖아. 벌거벗어. 그러면 용맹스럽잖아."

"지금 진짜 유행은 미인의 문신이야. 신부가 문신을 한 후 결혼하는 것이 얼마나 유행인데." 나는 말했다. "자신의 사랑, 이상적인 인생관, 개인의 기본 정보들을 몸에 새기는 거야……. 성명은 안편, 성별 여, 고향은 야부린산, 결혼 이유는 우리가 서로가 상대의 등향이기 때문이다."

"아이고. 건달 화가야." 안편은 돌아눕더니 내 위에 올라탄다. "나는 반드시 웨딩드레스를 입을 거야. 여자가 웨딩드레스 입으면 천국에 들어가는 것처럼 거룩하게 꾸미는 거야."

이어서 그녀는 신부를 맞이할 때 내게 그녀 앞에 서서 사랑의 노래를 한 곡 불러달라고 했다. "어떤 노래를 부를 건지 알려줘. 깊게 생각하지 말고 얼른 불러야 된다."

"두 마리 호랑이, 두 마리 호랑이. 빨리 달려라, 빨리 달려라……." 나는 나오는 대로 몇 구절 불렀다. 안편은 또 웃음을 참지 못했다. 나는 "만약 그렇다면 미리 악기 하나를 배워야겠네. 아침에 만나서 부터 시작하고 또 시작한다. 예를 들면 얼후를 켤까? 아니야, 그건 너무 슬퍼. 색소폰을 불까, 아니면 기타를 치든지. 그래 맞다. 기타로 하자. 대학 때 며칠 배운 적이 있어. 구입한 기타를 같은 방 위 침대를 쓰는 선배한테 선물했어." 그리고는 노래를 부르기 시작했다. 빨리 달려라, 빨리 달려라. 하나는 귀가 없고, 하나는 꼬리가 없고. 참, 이상하구나! 참, 이상하구나!

"누가 귀가 없어? 누가 꼬리가 없어? 참 이상해!" 안편은 내 코를 잡으면서 물었다. 나는 말했다. "내가 귀가 없어. 왜냐하면 내가 너의 귀를 건드려야 하기 때문에 너는 귀가 없으면 안 되는 거야. 네가 꼬리가 없어. 왜냐하면 내가 꼬리가 있어야 신혼 방에 들어갈 때 꼬리를 흔들어 신부를 데리고 들어가지."

우리는 다음 '예식을 계획했다.' 안편은 "밖에 나가서 여행하는 것이 좋아. 세계 일주를 하는 거야. 가능하면 자전거를 타고 달리면 좋고. 혹은 열기구를 타고 하늘 위에 올라가서 세상을 보는 거야" 하고 말했다. 나는 "가능하다면 달에 가는 것이 좋지. 달 속의 오강은 신랑의 들러리를 하게 하고, 상아는 신부 들러리를 하게 하고, 토끼는 내 연미복을 들게 하자" 하고 말했다. 안편이 말했다. "이건 비현실적이야. 제일 좋기는 산소주머니를 준비하는 거야. 저번 저녁에 잤던 비닐텐트처럼 말이야. 밀봉을 하고 산소를 주입하는 거야. 큰 바다 깊은 곳으로 가서 파도를 따라 떠다니다가 어딘가에 도착하면 그곳에서 상륙하는 거지. 그곳의 시민이 되고 작은 시민들을 낳고. 줄줄이 모두 작은 시민이 되고, 마치 작은 바다거북처럼. 하하!" 나는 "좋은 생각이네. 운이 좋으면 오스트레일리아에 상륙하게 되고, 운이 그냥 그러면 마다가스카르에 상륙하는 거지." 안편은 중간에 끼어들었다. "마다가스카르는 오스트레일리아보다 좋아. 난 모든 사람들이 가고 싶은 곳으로 가지 않을래."

"그러면 태평양에 있는 아무 파란 섬에 오르지 뭐." 나는 말했다. "그곳에 사람들이 살지 않는다면 우리는 가서 선악과를 먹고, 애기를 낳고 아담과 하와가 되어 새로운 인류를 창조하는 거야."

"이게 좋다. 좋겠다." 안편은 흥분하면서 진짜 그런 날이 올 것처럼 느꼈다. 그런 작은 섬이 우리 눈앞에 나타난다면 하나님께서 주신 큰 결혼선물일 거야. "내가 인류를 창조하는 하와라면 첫날부터 내 아이들에게 거짓되고 악하고 추한 것을 가르치지 않을 거야. 사람들이 전혀 이런 것을 가지고 있음을 모르게 할 거야. 사람은 그냥 진선미만 가지고 있어야 다 좋을 것 같아."

"그런데 세상에 외딴 섬은 없어." 나는 그녀에게 찬물을 끼얹지 않을 수 없었다. "만약 있다 해도 다른 나라한테 일찍 점령당하게 되겠지. 다시는 거룩하지도 않고, 침범할 수도 없지."

"너는 항상 비관적이냐! 좀 좋은 상상 좀 하면 안 돼?"

"아마 더 나쁜 결과가 있을 수도 있어." 나는 말했다. "예를 들면 우리가 지중해까지 떠다니다가 상륙한 곳이 시리아면 더 혼란스럽잖아. 아차! 상륙해서 보니 리비아 땅이라면 모두가 카다피 정부에 반기를 들고 싸움을 하고 있을 거야. 나토에서 미사일을 쏘고 있겠고. 당연히 지중해까지는 떠가지 않겠지. 동쪽으로 가는 것이 쉽겠지. 지척의 거리에 있다면 쉽겠지. 만일 한국 혹은 일본으로 떠내려가서 머리를 들고 보니 사람들의 구호 소리가 있다면…… 후쿠시마 핵발전소에 오신 것을 환영합니다."

"사실 내가 생각하고 있는 결혼식은 친구들과 함께 하는 거야. 분주하게 이리저리 다니며 며칠 전부터 신랑을 놀리는 재미난 꾀들을 이야기해 주는 거야." 안편은 손가락으로 내 이마를 눌렀다. "너는 진짜 못났다. 그건 무슨 엉터리 같은 생각이야." 잠시 중단하더니 그녀는 "수십 번이나 상상했어. 아버지가 있어야 되는데. 머리가 하얀 아버지한테 습관처럼 애교를 부리고, 심지어 심한 장난도 하면서. 시집갈 때 아버지는 거듭 물어보겠지. 그 자식이 너를 정말로 사랑하니? 너는 그 남자의 부귀를 좋아하냐? 아니면 그 남자의 빈곤함에 연민을 느낀 거니? 아버지는 한 글자, 한 구절 세심히 다듬어서 말해 주는데 나는 성의 없이 대해. 내가 시집가던 날 아버지는 이리저리 바빠서 등은 늘 땀으로 젖어있겠지. 아버지는 나를 웨딩카에 앉히고 친히 신랑한테 넘겨주는 거야. 7할의 걱정과 사랑에 3할의 경고를 가지고 있을 거야. 신랑과 나한테 서로 잘 살라고 말씀해 주시고. 어머니는 웃으며 눈물을 흘리시는 거야. 울 때엔 웃음을 짓고. 나를 시집보내려고 몇 가닥 흰머리가 더 생겼고 잔소리가 더 많아졌어. 결혼 전날 저녁에 내 방에 들어와서 나를 안고 집에서 자는 마지막 날을 보내고. 어머니는 내가 처녀가 아니라는 것을 일찍 알았지만 신혼 밤에 있을 작은 일들을 속삭여주서. 나는 그냥 일반적인 웨딩카에 앉으려 했어. 신랑이 직접 운전하는 자전거 한 대면 제일 좋아. 먼 곳에서 보면 빨간색 오토바이지만 가까이 보면 은색 자전거야. 나는 그 남자의 등에 의지해서 떠나고 그 남자는 길에서 바보처럼 고백하는 거야. 내가 가는 곳이 아주 낡은 작은 마을이거나 외지고 먼 산골이거나 불편하고 낙후된 곳이라도 괜찮아. 그냥 웃는 얼굴을 보고, 웃음소리를 듣고, 낮에는 떠들썩하고, 밤에는 조용하기만 하면 돼. 그리고 딸 아이 하나를 낳는 거야. 사랑스러운 눈망울을 가지고 있고, 사랑할 줄 알고, 증오를 경시할 줄 아는 아이야……."

안편의 얼굴에는 무한히 갈망하는 표정이 담겨 있었다. 조금 실망스러운 표정도 담겨 있었다. 보기에는 아주 간단한 요구였다. 하지만 안편은 과연 가능할까? 오늘 이 세상에서 내가 그녀한테 해줄 수 있을까? 내가 해줄 수 없으면 누가 해줄 수 있을까? 마음이 아플 수밖에 없었다. 나는 황급히 안편을 더 세게 끌어안으면서 "나는 괜찮아. 모든 것, 전부다 갖지 말자. 다 필요 없어. 우리에게는 서로의 사랑과 미래가 있잖아" 하고 말했다.

나는 이 말을 되풀이했다. 반복되는 말 속에 안편은 잠들어 버렸다. 그녀의 눈꺼풀이 움직이는 것을 보니 아주 좋은 꿈에 빠져 있는 것 같다. 그녀의 얼굴에서는 평소의 평안함과 즐거움으로 회복되었다. 나는 갑자기 감동의 눈물을 흘렸다. 침대에 있는 스탠드 등을 끄고 어둠 속에서 눈물을 닦았다. 창문 밖에 부스럭부스럭 눈 내리는 소리가 들렸다. 눈송이는 어둠을 뚫고 대지에 떨어질 때의 소리는 부드럽다가 단단했다. 내가 보기엔 부드러운 것은 모두 눈꽃이었

다. 엄동설한에 자신을 안정되게 하는 것이 눈꽃이 아니고 무엇이겠
는가? 부드럽지 않다면 또 어떻겠는가? 엄동설한에 단단한 것은 얼
음이다. 대지에 있는 어떠한 단단한 구석에 떨어진다 해도 모두 부
서지고 말 것이다.

얼마 지나자 갑자기 주위가 점점 추워졌다. 나는 안편과 같이 낮
에 갔던 스키장으로 다시 돌아가서 공중으로 날아오르는 꿈을 꿨
다. 안편은 하늘에서 갑자기 내 손을 놓더니 달나라 상아처럼 공중
에서 높이 날아다녔다. 나는 빠르게 낙하했다. 마치 큰 얼음덩이처
럼 펑 하는 소리와 함께 단단한 물건에 떨어졌다. 다행스럽게도 빨
리 일어섰다. 이때 나는 산비탈 중간에 떨어졌다. 눈 더미 속에 붉
은 색이 보였다. 나는 바로 두 손으로 많은 눈들을 파헤쳤다. 심장
은 더 세차게 떨렸다. 나는 놀랍게도 이미 튜닝된 빨간색 차 한 대
를 발견했다. 안편의 파로내자 승용차였다⋯⋯. 나는 깜짝 놀라서
깼다.

"안편!"

나는 식은땀을 흘리고 앉았다. 침대 머리 등을 켜니 주위에 아무
도 없었다. 안편이 보이지 않았다. 안편의 옷도 보이지 않았다. 나는
소리 내어 불렀다.

"안편, 안편. 어디 있어?"

방 안은 죽은 듯이 조용했다. 나는 벌거벗은 채로 침대에서 내려
와 방에 있는 모든 등을 켰다. 화장실에 가서 찾았는데도 없었다.
안편의 신발도 보이지 않았다. 나는 바로 옷을 입고 밖에 나가 찾았
다. 로비는 어둡고 아무도 없었다. 전등도 켜 있지 않았다. 나는 문

밖으로 나가서 다른 건물에 갔다. 겨우 어둡고 낡아빠진 복도를 찾았다. 안에는 거미줄로 꽉 차 있었다. 거미줄은 얼굴을 끊임없이 감았다. 손으로 그것들을 치웠다. 복도 공기는 건조하고 썩어빠진 먼지 냄새가 났다. 재채기를 하고나서야 드디어 3층에 있는 출구에 올라갔다. 여기는 나와 안편이 처음 담소를 나누며 등향차를 마셨던 카페이다. 눈 내리는 밤 춥고 황량한 리조트에 안편이 여기 말고 어디로 갈 수 있겠는가?

나는 드디어 검은 그림자 하나를 발견했다. 카페 가운데에 앉아있었다. 나는 안편을 불렀다. 그녀가 낮은 소리로 대답했고 나는 그녀를 향해 걸어갔다. 그녀는 어둠 속에서 나를 바라보고 있었다. 그녀의 눈은 반짝거리고 있었다. 그녀는 맞은편에 앉아서 그녀의 얼굴을 어루만졌는데 눈물범벅이었다.

"안편, 왜 그래? 한밤중에 왜 여기에 있는 거야?"

안편은 흐느꼈다. 몹시 흐느꼈다. 그녀가 여기에서 그냥 이렇게 울고 있었다. 나의 마음은 가라앉았다. 지난 며칠 동안 나와 안편은 항상 그림자처럼 붙어 있었다. 우리가 서로의 불행, 슬픔, 아픔을 이야기할 때 안편은 한 방울의 눈물도 흘리지 않았었다. 하지만 지금 그녀는 뜻밖에 이렇게 깊게 흐느끼고 있다. 춥고 눈이 내리는 한밤에 낡고 오래된 건물 꼭대기에서 매우 흐느끼고 있다.

안편의 목소리는 이미 쉬었다.

"방금 잠에서 깨어났어. 갑자기 지난 며칠의 일들이 생각났어. 거의 아무런 관계가 없던 너와 단둘이서 서로 사랑을 나누며 뒤엉켜 있었잖아. 사실인 것 같지 않아. 네 옆에서 달콤히 잠을 잤는데. 너의 몸은 따뜻하고 호흡은 편안함을 느낄 수 있었어. 그래서 내 마음이 많이 안정되었어. 하지만 잠을 잘 수가 없어서 텔레비전을 봤어. 야부린산 지역의 뉴스에 새로운 뉴스를 방송되었어."

안편이 말하더니 다시 울기 시작했다. "무슨 뉴스였는데? 무슨 뉴스인데 네가 이렇게 슬퍼해?"

"교통사고 뉴스야." 안편은 계속해서 말했다. "야부린산 리조트로 가는 길에서 두 차가 서로 부딪혔는데 방송을 보니 한 대는 택시였고 다른 한 대는 빨간 차였어. 내 파로내자랑 얼마나 똑같던지."

그 말을 듣자 바로 안심이 되었다. 바로 이거였구나. 안편의 차를 찾아오지 않은 것이 조금 후회되었다. 등향을 찾다가 돌아오는 길에 파로내자를 잃어 버렸던 것이 아닐까? 맞다. 우리는 오는 내내 뜨거운 사랑을 나누고 지난 과거의 회상에 빠져서 멍청하게 환상을 본 거지. 도중에 차를 잃어 버렸고 아마도 굽어진 곳에서 잃어 버렸던 것 같다. 안편은 적어도 한 번은 환각을 겪었다. 우리가 야부리스 리조트 건물 꼭대기를 볼 때 그녀의 차가 산비탈 가운데에 누워 있다고 했었다. 그런데 나는 아무것도 보지 못했었다. 그리고 아까 꾸었던 꿈속에서 내 자신이 차에 부딪혔다. 파로내자를 잃어버린 것은 이미 우리의 걱정거리였다. 심지어 안편의 마음에 있는 병일지도 모른다. 빨간색 차량의 사고 뉴스를 보고 공포에 빠졌을 것이다.

그녀를 정신이 들게 해야 했다. 나는 일어나서 뒤로 그녀의 뒤통수를 끌어안았다. 두 손으로 그녀의 얼굴을 어루만졌다. 그녀의 눈물은 아직까지 흘러내리고 있었다. "사랑하는 자기야. 내 손의 감정을 느낄 수 없어? 우리는 잘 있잖아."

안편은 손을 내밀어 내 두 손을 잡지만 자신의 흐르는 눈물을 참지 못했다. "무서워 죽겠어. 이렇게 무서워 본 적이 없었어. 몇 십 년 동안 수많은 사람, 수많은 사건이 있어도 난 한 번도 무서워한 적이 없어. 나는 그냥 술집여자야. 내가 뭐 무서울 게 있어? 그런데 난 지금 무서워 죽겠어. 내 마음속에서 구원해달라는 소리를 들을 수 있어! 만약 그 사고가 나였다면, 아니 우리였다면 우리의 모든 것이 다 가짜가 아닌가? 나는 하나의 영혼이고, 너도 하나의 영혼? 아니면 우리가 다 꿈속을 거닐고 있는 거야? 내일 아침 일어나서 보니 너는 모르는 남방 사람이 되어 있고, 여기엔 화가가 아예 오지도 않았다면. 나는 여전히 가수로 사랑도 없이 남자들의 쾌락을 위해 술을 마시고 소리 높여 노래 부르며 힘들게 살아가는 거야. 그러다가 깊이 잠들고 꿈속에 빠진 걸까?"

나는 바로 그녀의 횡설수설하는 말을 제지했다. 나는 그녀의 입을 막고는 이마를 만졌다. 그녀는 매우 놀라고 추웠던 것 같다. 심한 열이 나면서 환각이 생겼을 것이다. "안편, 우리 방으로 돌아가자. 우리 아무렇게나 생각하지 말자. 내일 아침에 차를 찾으러 가자. 그냥 차만 찾으면 모든 걱정이 다 없어질 거야."

그녀는 소리 내지 않고 일어서서 나를 끌어안았다. 그녀의 힘은 몹시 셌다. 심지어 내 자신의 갈비뼈 소리를 들을 수 있었다. 그녀 때문에 눌려서 부러지는 것 같았다. 여기는 너무 추웠고 함박눈이 날렸으며 어떤 때에는 우리한테로 날아왔다가 흩어져 버렸다. 안편은 허탈해서 힘이 다 빠져 있었다. 그녀를 업고 돌아가겠다고 하자, 그녀는 내가 업을 수 없을 것이라고 걱정했다. "안편, 안편! 너 이렇게 나를 우습게 생각하면 안 돼, 나는 남자야."

아무런 여유를 부리지 않았다. 바로 그녀를 업고 층계를 내려가려고 했다. 작은 건물을 지나서 큰 건물에 들어선 후 어둠속에서 방 안으로 들어갔다. 방 안은 역시 따스했다. 이불 안도 역시 따스했다. 안편을 도와 옷을 벗기고 따가운 수건으로 그녀의 몸을 닦아주었다. 얼어붙은 몸을 점점 따스하게 만들어줬다. 안편은 아주 빨리 잠이 들었다. 나는 그녀 곁에 있는 이불 안에 들어가서 텔레비전을 켜고 볼륨을 낮췄다. 많은 채널은 이미 끝났고, 단지 야부린산 오락 채널 두 개만 프로그램을 방영하고 있었다. 쉴 새 없이 리모컨으로 뉴스 프로가 있는지 확인했다. 뉴스는 있었지만 무슨 교통사고 같은 뉴스는 없었다. 나는 이렇게 한 시간을 보냈지만 교통사고와 관련된 뉴스를 보지 못했다.

아마 안편이 진짜 아팠던 것이다.

나는 그녀의 곁에 누워서 그녀를 꽉 끌어안았다. 모르는 사이에 나를 떠나 다시 그런 공포에 빠질까 두려웠다.

내일 차를 찾거나 아니면 경찰에 잃어 버렸다고 신고할 것이다. 모레, 늦어도 모레는 그녀를 데리고 남방으로 갈 것이다. 내 고향 타이창, 그 멀고도 먼 작은 마을에 데리고 갈 것이다. 몇 년 동안 집으로 가지 않았지만 안편이 있다면 데리고 갈 것이다. 예쁘고 온화하고 웃음이 넘치고 선량한 안편을 데리고 내 부모한테로 갈 것이다. 아마 안편의 달콤하고 친화력 있는 목소리로 아버지, 어머니를 부른다면 우리 부모님도 희색이 만연해서 나를 대할 것이다.

나는 안편의 귀가에 대고 소곤소곤 속삭였다.

"안펀, 너 들을 수 있어? 사랑해."

나는 사실 아무 소리도 내지 않았다. 그냥 마음속으로 몇 번 불렀다. 나의 입술은 안펀의 얼굴에 있는 눈물에 닿았다. 이것은 새로운 눈물일 것이다. 맞다. 사랑하는 안펀아! 내가 보기에는 넌 큰 눈물 저장고가 있어. 그걸 다 쏟아내면 좋을 거야.

내가 다시 일어났을 때에는 날이 이미 밝았다. 안펀은 뜻밖에 없었다. 나는 황급히 밖으로 나가서 음식점, 작은 건물의 테라스, 심지어 그녀가 환각이 생겼던 리조트 꼭대기에 있는 산비탈에 올라갔다. 차도 없었고 안펀의 그림자도 없었다.

몇 시간 후 내 위장은 또다시 심한 통증과 경련이 일어났다.

나는 얼른 방으로 돌아와서 물 한 잔을 마셨고 침대에 앉았다. 다시 재채기를 했다. 갑자기 불안한 감각이 들었다. 안펀에게 정말 일이 생겼는지? 그녀가 걱정한 대로 정말로 영혼일 수도 있었다. 나는 매일 있었던 모든 활동, 모든 이야기들을 자세히 더듬었다. 하나 또 하나의 의혹들이 우르르 몰려왔다. 자세히 생각해 코니 모두 다 사실과 어긋났다. 일상적인 말도 터무니없었다. 일부 이야기들은 끝나지도 않았다. 예를 들면 첫날에 나하고 말했던 사랑의 전설이다. 만약 일찍 그녀한테 물었더라면 그 한 쌍의 가출한 사람들이 얼음과 눈으로 뒤덮여있는 곳에서 나체로 얼음조각으로 변한 후 서로 껴안으니 어떻게 되었지? 그 답 안에 혹시 나와 그녀의 운명이 숨겨져 있었던 것은 아닐까? 그러나 난 그 이야기를 거의 까먹었다. 그리고 안펀의 목 뒤에 반점이 몇 개 있었지? 그것이 나의 주의와 호기심을 불러일으킨 적이 있었다. 그 후 나는 한 번도 그 반점을 다시 주의

하지 않았다. 애초에 나는 왜 그 반점을 주의하고 의심했지? 내 초등학교 친구였던 마리의 목 뒤에도 반점이 몇 개 있어서가 아니었던가?

하지만 반점이 있는 사람은 많았다. 사람마다 거의 다 있다고 해도 된다. 대다수 사람들은 목 뒤에 반점이 자라지.

나는 방 안에 있는 책상에서 만년필과 메모지 한 장을 찾아서 안편의 초상을 그리기 시작했다. 안편이 내 생활에서 사라지는 것이 두려웠다. 그녀가 하나의 그림자였고 꿈과 같았다. 혹시라도 컴퓨터 게임에 나오는 가상인물일까 두려웠다. 나는 안편이 없으면 안 되었다. 내 눈앞에서 그녀가 분명할 때 그녀의 얼굴을 그려야 했다. 그녀가 제일 사랑스러운 표정, 내가 제일 좋아한 표정을 찾아서 뚜렷하게 그렸다. 비대칭의 갈색머리, 화기애애한 얼굴, 고혹적인 미소의 얼굴, 그녀의 보조개와 웃음, 세게 잡은 그 가늘고 하얀 손……. 나는 그녀를 그린 후 신고를 하러 갈 것이다. 경찰이 반드시 그녀를 찾아낼 것이다. 그녀의 파로내자의 자취도 알아낼 것이다.

이때 갑자기 이상한 생각이 났다. 설마 안편이 마리인가?

그런데 나는 바로 이 황당한 상상을 지워 버렸다. 목 뒤에 몇 개의 반점이 있는 것 외에는 한 명은 몇 년 전에 나하고 연관이 있다가 죽었다. 그녀들은 같은 시기의 사람이 아니었다. 누가 누구라고 말할 수 없었다.

그런데 다른 의문이 갑자기 들었다.

그럼 안편의 동생 안상은?

나는 이런 상상을 받아들일 수 없었다. 위는 또다시 경련이 일어났다. 방 안에서 뒹굴고 침대에서 나뒹굴었다. 오장에 경련이 일어나기 시작했다. 사지가 마비되었다. 안편의 서랍을 열어서 등향차를 찾았다. 나는 얼른 한 봉지를 우렸다. 찻물은 거품이 생소한 맛을 냈다. 약간 시큼하고 코를 자극했다. 한 모금 마시니 구강과 식도는 즉시 통증이 왔다. 아주 저급한 차였다. 허름한 여관에서 무료로 주는 차보다 훨씬 좋지 않았다. 나는 땅바닥에 쪼그리고 앉아서 격렬하게 구토했다. 내가 마신 등향차는 붉은 피로 변했고 구토를 일으켰다. 너무 많다 못해 심지어 코에까지 들어갔다. 콧구멍에서 피가 나는 것 같았다. 영문을 알 수 없는 저급한 등향차를 흘렸다.

갑자기 내 눈앞에 칼을 들고 있는 탄모우와 피바다 속에 쓰러진 마리 모녀가 나타났다. 내 머리에는 쿵 하는 거대한 소리가 울렸다. 내가 나 자신 같지 않았다. 너무 초조해서 방 안에서 발을 구르고 가죽 구두로 문을 찼다. 그리고 안편의 화장대에서 가위를 찾아서 막 휘둘렀다. 벽과 유리창에 머리를 부딪쳤다.

"안편, 돌아와 줘."

자신도 모르게 으르렁거리고 그 소리도 점점 더 커졌고 점점 미쳐 갔다. 이런 소리들은 내 몸과 함께 허공에서 분해되어 날카로운 얼음조각으로 변해 사방에 떨어졌다. 나는 이런 얼음조각에 자꾸 맞았다. 눈앞은 어두움에 잠겼고 어제 스키 탈 때처럼 내 자신이 공중에서 떨어져 어둠 속으로 들어갔다.

0

12월 25일 새벽, 야부리스 리조트 작은 건물 꼭대기에 있는 KTV 에 가수 안편이 있다. 안편은 여기에서 성탄절을 마음껏 즐기려고 밤을 새는 손님들을 위해 저녁 내내 노래를 불렀다. 대머리로 오십 살 정도의 타이완 사업가가 저녁 내내 손엔즈의 〈만남〉을 일곱 번 이나 시켰다. 안편은 참으며 일곱 번이나 불렀다. 매번 그녀가

……나는 앞으로 날아간다.
시간의 바다를 난다.
우리도 예전에 사랑 때문에 상처를 받지.
나는 길을 보면서,
꿈의 입구가 조금 좁아.
내가 너를 만난 것은 제일 아름다운 것.
어느 날 나의 수수께끼는 풀릴 거야.

를 부를 때면 대머리 타이완 사업가는 작은 테이블에 엎드려 운다. 일곱 번 불렀을 때는 이미 새벽 4시경이었다. 다른 손님들은 소리를 지르며 거칠게 항의했다. "이 노래 너무 많이 했어. 한두 번 들으면 괜찮은데, 저녁 내내 이 노래만 들을 수 없잖아. 끝없이 이것만 듣네." 안펀은 죄송하다고 말하고는 밴드에게 반주를 멈추게 했다. 타이완 사업가는 테이블에서 얼굴을 들더니 멍하게 그녀를 바라본다.

"미안합니다. 선생님. 잘 부르지 못했네요." 안펀은 걸어가서 그 사람 앞에 앉았다. 타이완 사업가는 호주머니에서 수표 여러 장을 꺼내더니 고집을 부리면서 안펀에게 넣어주었다. 안펀은 감사하다고 말한 후 돈을 챙기고, 그 사람한테 미지근한 물을 따라주었다.

"손옌즈의 노래를 많이 좋아하시나요?" 그녀는 말했다. "선생님, 물을 좀 드세요. 술을 좀 많이 하신 것 같습니다. 저녁에 술을 적지 않게 드신 것 같습니다."

"어떤 가수를 특별히 좋아하지 않지만 이 노래만은 아주 좋아해요." 타이완 사업가는 긴 한숨을 쉬고 입에 술 냄새를 풍기면서 "내가 좋아했던 사람은 이 가수와 비슷한 나이였어요. 그녀는 나의 영원한 우상이었죠. 이 노래를 좋아했었죠. 하지만 그녀…… 얼마 전에 아무런 말도 없이 나를 버리고 먼저 천당으로 갔어요."

타이완 사업가는 목이 메도록 통곡했다. 나중에 타이완 사업가는 "아가씨, 나하고 같이 술 한 잔 마실 수 없는가?" 하고 말했다. 안펀은 "미안합니다. 선생님과 함께 술을 마시고 싶지만 지금은 안 됩니다. 퇴근 후 약속이 있어 차를 몰고 마을에 가야 합니다" 하고 말했다.

"대신 선생님과 함께 담배를 한 대 하겠습니다."

안편은 그 사람을 몇 마디 위로했다. 타이완 사업가와 자신의 담배에 불을 붙였다. 타이완 사업가는 몇 모금 피우더니 흐리멍덩하게 한참 말하다가 책상에 엎드려 잠들어 버렸다. 안편은 종업원에게 손님을 잘 모시라고 분부했다. 손님의 방 호수를 찾아서 방으로 모시라고 했다. 안편은 정리하고 리조트 근처에 임대한 집에 돌아와서는 씻고 자려고 준비 중이었다. 이때 그녀는 산 아래에 있는 야부읍에서 살고 있으며 자주 KTV에 드나드는 손님의 전화를 받았다. 마을로 돌아오는 길에서 한 유랑하는 미친 여자를 봤는데 누더기 옷을 입고 마을 어귀 큰 나무 아래에 앉아 있었다고 했다.

"너와 비슷해. 목 뒤에 반점이 몇 개 있었어. 혹시 너의 동생이 아니야?"

손님이 이렇게 말하자 안편의 심장은 세게 뛰었다. 그 손님하고 익숙한 사람이었다. 바로 중학교 외국어 교사이다. 40살 정도로 싱글이고 끈질기게 안편을 쫓아다녔다. 그녀를 보러 매일 KTV에 왔다. 최근 안편이 그 사람한테 자신의 지난 과거를 이야기해 주었다. 오늘 저녁도 야부리스에 남아서 노래를 부르는 것은 마치 여기에 자신의 친척이 기다리고 있을 것 같기 때문이라고 했다.

"아마 내가 너의 어둠 속의 친척일 거야."

교사는 조금 흥분했다. 안편은 말했다. "그게 아니죠. 잘못 아셨어요. 내가 말한 것은 어둠 속에 있다는 거예요." 안편이 말한 모든 말, 모든 이야기의 줄거리가 마음속에 있다 보니 유랑녀를 보고 그녀의 목 뒤에 있는 반점까지 확인하고는 안편하고 연결시킨 것이다.

안편은 전화로 웃으면서 말했다. "선생님, 너무 예민하지 마세요. 반점이 있는 여자야 많죠. 내 동생은 죽은 지 벌써 몇 년 되었어요. 우리 둘은 아무런 혈연관계가 없어요."

이렇게 말했지만 안편은 그래도 문을 나섰다. 건물 뒤에 있는 주차장에 가서 자신의 차를 몰았다. 안편의 차는 빨간 스코다였다. 상하이의 대중차와 합작한 체코의 대중 브랜드였다. 안편은 몇 년 전에 파로내자라고 부르는 체코차를 좋아했다. 어찌된 영문인지 폴란드차를 체코차로 생각했다. 혹시 그녀의 생각 속에 폴란드와 체코를 같다고 여기고 있는지는 알 수 없었다. 아무튼 체코차에 빠져서 몇 년 전 이 스코다를 구입했다.

안편은 시동을 걸고 히터를 켠 다음 차에서 내려 차에 있는 눈을 털었다. 이번 성탄절이 참 이상했다. 대머리 타이완 사업가가 자기한테 〈만남〉을 일곱 번이나 부르게 하고, 나중에는 그녀와 같이 술을 마시자고 한 것을 생각하고 있었다. 그녀는 조금 후에 차를 몰아야 된다고 거짓말을 했다. 그런데 실제로 차를 몰아야 했다.

전화로 들은 그 여자가 당연히 어떤 유랑녀인지 몰랐고, 죽은 지 몇 년 된 동생인지도 몰랐다. 그런데 한 가지 힘이 그녀를 이끌었다. 아마 그녀의 호기심 때문일 것이다. 그녀는 차에 오르자마자 운전대를 잡고 가속페달을 밟았다. 차는 얼음과 눈 천지인 길에서 한번 미끄러지더니 주차장을 벗어나 내리막을 따라 우회하면서 달렸다. 이때 날이 조금 밝아왔다. 밝아오는 여명과 산위에 뒤덮인 눈이 서로 엇갈려 빛을 내고 있었다. 하늘과 땅 사이에 이런 빛들이 서로 섞이어 발산되어 환상적인 색채를 만들어냈다. 북방의 추운 아침에는 사람들의 기적이 아예 없었다. 그러나 시간은 여전히 내달리고 안펀도 혼자서 시간과 함께 달렸다. 그리하여 눈앞에 있는 이런 풍경은 사실 만물의 모든 소리가 조용할 때 들리는 기척이었다. 마치 사람들의 온화한 외모 속에 설레는 마음과 같았다.

차는 굽은 길을 돌아 오르막에 올랐다. 안펀이 전조등을 켤 때 푸른 시트로앵 택시 한 대가 고삐가 풀린 것처럼 앞에 나타났다. 택시는 빠르게 미끄러져 내려갔고 안펀의 스코다 머리 왼쪽을 향해 달려왔다. 안펀은 급하게 방향을 돌리고 브레이크를 밟았다. 쾅 하는 큰 소리가 골짜기에 울려 퍼졌다. 두 차는 서로 충돌해서 팅겨나갔다. 시트로앵 택시는 눈길에서 빙글 돌더니 뒷문이 떨어져 나갔다. 한 사람이 뒷좌석에서 떨어져 나와 땅바닥에 나뒹굴었다. 시트로앵은 기사와 같이 통제할 수 없이 아래 산비탈로 미끄러져 내려갔다. 우르르 쾅 소리를 내며 산골짜기에 굴러 떨어졌다.

쾅하는 소리를 들은 안펀은 자신의 머리가 앞 유리에 부딪혔다가 팅기는 것을 느꼈다. 에어백이 순간에 폭발했다. 자신과 의자가 밀리며 찢어지는 소리가 나는 것을 들었다. 즉시 모든 것이 조용해졌다. 그녀는 아주 짧은 놀라움 속에서 아무런 도움 없이 깨어났다. 에어백 옆에 엎드렸다. 이때 자신의 차가 길과 산골짜기 사이에 걸려 있고 차머리가 길을 향하고 있음을 발견했다. 다행히도 그녀는 순조롭게 안전벨트를 풀고 차문을 열고 차에서 기어 나왔다. 자세히 보지는 못했지만 차머리가 부딪혀 거의 없어진 것을 발견했다. 그리고 스코다는 중심을 잃고 쾌당 쾌당 산골짜기에 떨어졌던 것이다.

안펀은 멍하니 길가에 서 있었다. 입과 코에서 피가 밖으로 흘렀다. 비린내 같기도 하고 달콤한 뜨거운 눈물이 그녀를 적신다.

몇 미터밖에는 시트로엥에서 떨어져 나온 사람이 눈밭에 누워 있었다.

그 사람은 몸을 움직이면서 안편이 있는 곳을 향해 애쓰게 몸부림치는 것을 안편은 발견했다. 안편은 바로 그 사람이 있는 곳에 가서 쪼그리고 앉았다. 이때 마침 날이 밝아왔다. 붉은 아침 해가 내리비쳤다. 안편은 동쪽을 향해서 보았다. 많은 구름층은 일출이 있는 곳에 모여 있었다. 태양은 어지러이 흩어져 보였고 그래도 많은 빛들을 내보냈다. 그녀는 이런 햇빛에 화상을 입은 듯 했다. 눈앞에는 수없이 많은 반점들로 출렁거렸다.

그녀는 머리를 숙이고 한참 후에야 그 사람을 똑똑히 볼 수 있었다. 창백하고 여윈 얼굴이었다. 스무 살 조금 넘은 청년이었다. 그 사람의 몸에서는 땀 냄새가 풍겼다.

"이봐요, 이봐요, 괜찮아요?" 안편은 손을 내밀어 그 사람의 얼굴을 짚어보았다.

청년은 입술을 두 번 움직이더니 아주 낮은 소리를 냈다. 안편은 들었다. "나 추워요"라고 하는 것 같았다. 아니면 "안녕하세요"일 수도 있었다. 그 다음 안편은 그 사람이 잠깐 웃고는 눈을 감는 것을 보았다.

안편은 그 사람을 안으려고 시도했지만 성공하지 못했다. 그녀 자신도 너무 힘들었다. 그래서 그녀는 눈밭에 앉아 있는 힘껏 그 사람의 머리를 끌어안고 그 사람의 상반신을 그녀의 품안에 안았다.

"나 추워요."

맞다. 그 사람은 춥다고 말했던 것이다. 안펀은 있는 힘껏 그 사람의 머리를 흔들면서 불렀다.

"이봐요, 이봐요! 이름이 뭐예요? 미남, 이름이 뭐예요?" 그녀는 "잠들면 안 돼요. 너무 추워요. 상처 입었죠? 잠들면 죽게 되요"라고 말했다.

안펀은 거듭 거듭 그 사람을 불러 깨웠다. 동시에 자기의 두터운 오리털 옷을 벗어 청년의 머리를 자기의 따스한 품으로 안았다. 그렇게 끊임없이 그 사람의 머리를 흔들고 자신의 품 안에 넣었다. 따스하게 하면 깨어날 것 같았다. 한참 후 그 사람은 아무런 움직임이 없었다. 안펀은 자신도 버티지 못할 것 같아서 눈꺼풀과 싸움을 벌였다. 입과 코에 피가 고여 있다 보니 호흡하기도 어려웠다. 그리하여 그녀는 자신의 몸과 신경을 풀기 위해 잠시 휴식하려고 했다…….

오전9시 경에 차 한대가 왔다. 택배회사 차량이었다. 타이어에 체인을 감은 소형버스가 나타났다. 기사는 그들 앞에서 차를 멈추고 내리더니 몹시 놀랐다. 눈앞에는 남자와 여자가 서로 끌어안고 있었다. 남자는 누워 있었으며 여자는 엎드려 있었다. 남자는 여자의 품에 기대 있었다. 그들의 주위에는 자동차 부품들로 가득했다. 차량 범퍼, 깨진 유리들이었다. 심지어 이미 찌그러진 하늘색 차문도 있었다. 택배회사 기사가 두 번 불렀는데도 두 사람은 아무런 대답이 없었다. 그는 조심스럽게 다가가 보니 자는 것 같기도 하고 죽은 것 같기도 했다. 그들의 얼굴을 한 번 확인하고 아직 체온이 있음을 알았다. 기사는 머리를 돌려 자기의 차로 미친 듯이 달려가더니 자신의 차 앞에서 크게 넘어지고 말았다. 그는 얼른 자신의 차에서 핸드폰을 찾았으나 신호가 미약함을 알았다. 몇 번 시도해서 드디어 경찰과 구급차에 전화를 걸었다.

두 사람은 부근에 있는 읍내 병원에 실려가 응급치료를 받았다. 여러 조치를 취해도 그들은 깨어나지 않았다. 하지만 그들은 죽지 않았다. 중대한 사고 후 자주 볼 수 있는 준사망 상태였다. 여러 내외 상처에 관련한 응급조치 후 두 사람은 WIP(무희망 생명유지)실에 실려 들어갔다. 이어서 병원과 경찰 쪽의 협조로 최대한 두 사람의 미약한 생명을 유지시켰다. 아울러 급히 두 사람의 신분을 밝혀서 가족들한테 알려주었다.

병원에서는 "ZDDD(임종을 도와주는 기구)연합단체"라는데 연락했다……. 이것은 유엔에서 후원하는 전 세계의 생명과 인도주의 관련 민간조직이다. 이 병원은 마침 세계 여러 곳에 분포된 300여 개 되는 회원 병원 중에 하나였다……. 그리하여 병원에서는 특수하게 생명의 위험한 정보를 수집하고 접수하여 인터넷을 통해 조직 본부 사이트에 전송했다. 실제 상황에 따라 인터넷을 통해 세계 여러 곳에 있는 각 분야의 최고 전문가들에게 보내진다. 전문가들은 인터넷으로 진찰하고 빠른 시간 내에 유효한 치료 방법을 제공한다. '치료 처방'이라 말하는 것은 당연하지만 '편안한 처방'이라고 말하는 것이 좋다. ZDDD의 목적은 환자가 사망 가까이에 있을 때 정신적으로 도움을 주는 것이기 때문이다. 임종할 무렵 환자의 특별한 소원, 감정 등과 교류하여 도움을 주는 것이다. 이렇게 그 두 사람의 정보는 당일 본부에 전송되었다. 환자의 특수성 때문에 많은 전문가들의 관심을 불러일으켰다. 오랜 토론을 거친 후 중국에 있는 일류 전문가들을 현장에 파견하여 임종을 도와주려 했다. 그날 저녁 6시경 ZDDD 중국 수석전문가 판야오부샤오 여사가 남편 판씨의 동행 하에 가기로 했다. 그들은 폭설을 무릅쓰고 북경에서 비행기로 출발해 중간에 차로 갈아타고 병원에 도착했다.

판야오부샤오 여사는 도착 후 자신의 몸을 세밀하게 씻고 소독했다. 그리고 그날 저녁부터 WIP에 들어가서 두 사람의 생명 반응을 구체적으로 관찰했다. 그들의 의식 신호를 잡아냈었다. 판야오 여사는 특수 의료기인 HFIJHOFIO를 가져왔다. ZDDD조직에서 발명한 의료기이다. 우리말로 '심령감응기'라고 한다. 사실 판야오 여사는 이런 용어가 잘못되었다고 말했다. 영문으로는 서구의 옛날이야기에서 나오는 인물의 이름이다. 그 인물은 심령감정사였다. 생과 사를 결정하는 문(Gate)에 미리 와서 등록하는 영혼들을 책임졌다. 전생의 사람 성품에 대해서 분석하고 하나님한테 이 영혼이 가야할 곳을 제시한다. 천국인가? 지옥인가? 아니면 연옥(煉獄)인가? 아니면 인간 세상에 다시 돌려보낼까에 대한 의견을 제출한다. 하지만 전달하기 어려운 것은 바로 문화 차이였다. 중국에서는 유물론적인 특징이 있는 것만을 인정한다. 보이지 않고 만질 수 없는 것에 대해 '미신' 심지어는 '속임수'라고 정의한다. 중간 번역자와 판야오 여사가 여러 번 토의한 후에 '심령감응'이라는 단어가 비교적 중성적이니 쓰자고 결정했다. 의료기는 무선감응기와 애플 컴퓨터로 이루어졌다. 생명에 대한 반응과 의식을 감응하여 수집하고 희미하게나마 검색할 수 있다. 그것이 심전기, 뇌파해독기와 같은 의료기들이랑 도대체 어떤 다른 점이 있는가? 솔직하게 말하면 인류가 발명하여 사용한 그러한 의료기들이 수집하고 해독하는 대상은 사람의 생리반응이다. 그러나 HFIJHOFIO의 수집과 해독의 대상은 사람의 감정이다. 바로 영혼이다. 판야오 여사는 ZDDD의 세계 여러 전문가들과 같이 영혼의 존재를 믿었다. 이러한 믿음은 후천적인 학습과 인지에서 온다. 그녀도 자신의 경험을 통해서 이러한 믿음을 가지게 되었다.

2004년 서른두 살이었던 노처녀 야오부샤오는 북경대학 의학원에서 신경심리학 박사과정에 있었다. 졸업을 앞두고 어느 날 저녁에 그녀와 여러 학우들은 산리툰에 있는 바에서 새벽까지 술 마시고 춤추며 놀았다. 자신의 숙소에 돌아온 후 이유를 알 수 없이 층계에서 실족하여 복도에서 쓰러져 혼수상태가 되었었다. 그 후 며칠 동안 야오부샤오는 혼수상태에 있었다. 두뇌에 출혈이 일어나고, 심장박동이 미약해져 준사망 상태에 이르렀었다. 다행히 의사의 부단한 노력과 학우들의 극진한 정성으로 야오부샤오는 점점 정신이 돌아오게 되었다. 그러나 뇌신경에 큰 후유증이 남아 한쪽 팔은 장애가 발생되었다. 갈비뼈의 위치가 바뀌게 되었고, 4분의 1정도의 두개골은 금속으로 대체했다. 2개월의 노력과 치료를 통해서 마침내 의식을 완전히 회복했다. 감정적인 측면에서 보면 그녀는 죽음에서 탈출한 건강한 사람이다. 그 후 그녀는 순조롭게 논문을 제출했고 박사학위를 받게 되었다. 졸업 후 그녀는 두 가지 큰 인생계획을 했다. 첫 번째 대형 국가과학 연구소 규모의 중국신경심리연구소 초빙 제의를 거절했다. 그리고 바로 ZDDD조직에 합류하여 중국지부 수석

전문가 되었다. 둘째는 퇴원 후 그녀는 판씨 성을 가진 후배한테 사랑의 고백을 하고 바로 결혼한다는 것이었다. 이 두 가지 일을 밝힐 때 모든 지인들은 놀랐다. 야오부샤오가 사고 나기 전에 그들 사이에 어떤 애정의 낌새가 있음을 아무도 눈치 채지 못했다. 그 사람은 그냥 그녀의 많은 학우 중의 한 명이었다. 야오부샤오가 병원에 입원할 때에 모두 교대로 간호했었다. 그녀 옆에 있던 남자들은 적어도 십여 명이 되었다. 당시 어느 누구와도 특별한 감정이 없었다. 아니 야오부샤오는 그때 혼수상태였기 때문에 어느 누구하고도 감정의 교류를 할 수 없었다.

사실 수수께끼는 바로 여기에 있었다.

"나는 사실 계속 깨어 있었어. 너희들이 본 것처럼 그렇지 않아. 거의 죽어 있는 껍데기처럼."

그 후 판야오부샤오는 많은 학술세미나에서 당시의 광경과 자신의 경험을 설명했다. "내가 쓰러지는 그 순간에 나는 진짜 어둠 속에 넘어진 것을 느꼈다. 그 후부터는 아무것도 없었다. 얼마나 지났는지는 모르겠지만 내가 어떤 굴 속 같은 소용돌이에서 천천히 올라갔다. 내 몸 위에 멈추었다. 이때 마침 빛이 점점 밝아왔다. 빛의 조도는 낮았지만 물 안에서 눈을 뜨고 세상을 보고 있는 것 같았다. 하지만 분명 광선이었다. 이런 광선을 통해서 내가 시멘트 복도 바닥에 누워 있는 것을 보게 되었다. 옆에는 자전거 두 대가 세워져 있었다. 그중 한 대는 이미 내 옆에 넘어져 있었다. 얼굴과 치마 밑으로 보이는 다리는 모두 피범벅이었고, 입가에도 피가 묻어 있었다. 구토한 음식 찌꺼기들도 묻어있었다. 나의 피부는 창백했다. 그

때 나는 너무도 조급했다. 내 자신이 피를 많이 흘린 것을 느꼈다. 만약 그 누구도 나를 병원에 데리고 가지 않았으면 아마 정말 목숨을 잃었을 것이다. 내가 몹시 조급할 때 복도에서 발걸음 소리가 들려왔다. 한 사람이 층계를 내려가고 있었다. 그 사람이 내가 있는 위 층계를 올라올 때 나는 있는 힘껏 살려달라고 외쳤다. 그러자 그 중년 남자는 층계 아래로 머리를 내밀었다. 나는 그렇게 발견되었다. 얼마 안 되어 아주 복잡한 그림자를 보았다. 떠들썩한 사람 기척을 듣고서 마음이 안정되었다. 너무 피곤했고 한숨을 쉬고 조금 편안하게 있었다. 나는 내 몸 안에 걸어가서 누웠다⋯⋯."

처음에는 많은 사람들이 판야오부샤오의 이야기를 의심했다. 그들은 그냥 고의로 과장되게 자신의 학술의 오류를 정당화하는 줄 알았다. 많은 인문학자들은 그녀가 과학의 이름으로 미신을 정당화하는 줄 알았다. 반면 판야오부샤오를 믿는 사람들은 그녀와 판학생의 평소 인품을 통해서 판단했다. 이야기의 관건은 판학생이 몰래 야오학생을 좋아했던 것이다. 겉으로 한 번도 나타내지 않았다. 야오학생의 사고 전에도 그에 대해서 아무것도 모르고 있었다. 그러나 야오학생이 '혼수상태'였을 때 그녀는 판학생의 사랑을 알게 되었다. 당시 많은 부분에서 사랑의 감정을 드러냈다. 예들 들면 야오부샤오가 깨어난 후 판학생이 그녀를 동무해줄 때 그녀를 보는 눈길에 사랑과 아픔의 뜨거운 감정이 담겨 있었다. 수차례 그녀가 판학생하고 같이 병실 문을 나서서 엘리베이터에 들어가고 엘리베이터 문이 닫힐 때마다 안에 다른 사람이 있든 없든 판학생의 눈물은 계속 흘러내렸다. 그때 그녀는 아주 감동받았지만 그녀는 그와 함께 엘리베이터를 나서지 못했다. 너무 멀리 가면 자신의 몸과 점점 더 멀어지는 것 같았고 점점 무서웠고 피곤했다. 매번 눈으로 그를 보내고는 얼른 병실에 돌아와서는 자신의 몸에 들어갔다. 어느 날 오후 판학생은 중환자실 밖에 있는 의자에서 잠들었다. 그녀는 자신의 몸에서 빠져나가 그의 옆에 앉아서 그를 바라보았다. 그 후 판학생이 꿈꾸는 것을 보았다. 그녀는 3D세계에 들어가서 화면 안에서 천천히 걸어오는 판학생을 보았다. 그녀를 끌어안고 키스해 주고 그녀는 자기의 미래라고 말하면서 제발 떠나지 말라고 말한다……. 그녀는 혼자서 구시렁구시렁 대답했다. 너를 위해 나는 떠나지 않을 거야. 그 후 판학생은 놀라서 깼다. 그는 뚜렷하게 그 말을 들었다. 놀라 당황하면서 주위를 바라보았다. 다시 망연하게 일어서서 보호실 유리를 통해 안을 들여다보았다. 두 사람은 이런 일에 대해 서로의 의견을 교환한 후 그녀의 중요한 연구 성과로 만들었다. 이것이 바로 인류의 꿈이다. 기본적으로 기억과 감정으로 지배하는 영혼 활동이었다. 두 영혼은 서로 살아있는 육체에서 서로 어울린다. 껍데기만 있는 상황에서 다른 각도의 세상에서 어울린다. 껍데기를 벗어난 영혼이 다른 한 육체 안에 있는 영혼하고 교류한다. 아주 어려워지는 이때 꿈만이 영혼을 실을 수 있는 운반체이고 다른 단순한 영혼 앞에 나타날 수 있다.

야오부샤오가 퇴원한 첫날 판학생은 그녀를 보러 그녀의 숙소에 왔다. 그녀는 갑자기 그에게 말했다. "너 언제 이사 와서 함께 살 거야? 나 너무 외로운 것은 싫어. 내가 외롭게 있으면 행복한 시간을 너무 낭비하게 될 거야. 나는 네가 빨리 나하고 결혼할 수 있는지 결정하라고 할 거야. 한평생 나를 돌봐야 해. 나는 지금 장애인이 야."

판학생은 멍하니 있었다. 너무 놀라서 한동안 아무런 말도 못했다. 야오부샤오는 자기의 '영혼'이 듣고 느꼈던 것을 말하기 시작했다. 아주 작은 상황을 포함해서 말했다.

신뢰할 만한 인품의 진실성이 구비된 그들의 사랑이야기는 나중에 전개할 사업의 과학적인 부분과 필요성을 충분히 증명할 수 있었다. "인체가 뜻밖에 상처를 입었고 거의 죽어갈 때 사람의 정신은 특별히 강인해진다." 판야오부샤오는 어느 한 연구보고서에 이렇게 썼다. "모든 정신 의식은 마치 소환되는 것처럼 한곳에 모여서 영혼을 구성하고 늘 인체 밖으로 나간다. 그는 육체가 죽는 것을 무서워한다. 영혼 자신이 아무데나 가지 못하고, 건강한 육체의 사명을 많이 받다 보니 사람의 대부분 소망과 감정은 자기가 죽기 전에 지인들에게 토로하고 전달한다. 그것은 외롭고 아무런 도움을 주지 못하는 육체의 유일한 심부름꾼이다. 우리가 해야 할 작업은 그 영혼들을 맞이하여 그들이 보내는 정보를 접수하는 것이다. 생명의 최후 소망을 분석하는 것이다."

판야오 부부는 빠르게 이 사업에 몰입하여 전국 각지를 돌아다녔다. 처음에는 언론의 압력과 작업의 장애가 매우 많았다. 하지만 최근 5년간 미국, 프랑스, 러시아 등의 과학자들은 이에 관한 많은 실험 보고서와 연구논문을 발표했다. 즉 생명이 인체를 벗어나기 전후를 증명했고 영혼이 있음을 확신했다. (이러한 것을 정보의 흐름이라고 한다.) 과학자들은 심지어 거의 죽어가는 환자의 병실에 신기한 카메라를 여러 개 설치하여 밤에 활동하는 영혼들을 잡는다. "한 줄기 흩어지고 약한 빛이 인체에서 나온다. 그리고 이런 빛들은 고정되지 않은 형태로 인체주위에서 돌아다닌다. 심지어는 문과 창문의 방향에 따라 이동한다. 장애물인 유리와 벽을 뚫고 걸어 지나간다"와 흡사하다. 세계 각지에 야오부샤오와 같이 죽음에서 다시 살아난 사람들이 과학자들의 방문을 받을 때 대부분 자신의 '사망과정'을 설명한다. 국제적으로 권위가 있는 죽음관련 학술지 《이후의 생명과학》에서는 2010년 중상을 입고 응급치료를 받다가 다행히 다시 살아난 영국의 한 농장주인의 경험을 밝혔다. 그 사고 이후 그는 의사가 수술할 때 조급하게 한 대화, 사용한 도구라, 자기의 파열된 내장과 뜯어낸 후의 두개골, 내부에 피가 가득한 것들을 손금 보듯 했다. 마치 의사와 함께 수술한 것과 같이 익숙했다. 수술을 진행할 때 그녀의 눈동자는 이미 커져 있어 살 수 있는 희망이 거의 없었다. 그녀는 "자기가 마치 수술실 전등 위의 어둠 속에 떠있는 것 같았다. 긴장하며 불빛 아래에서 진행하고 있는 수술을 주시하고 있었다. 반복적으로 자신을 위해 수술이 성공할 것을 기도했다"고 했다. 그 다음 그녀의 영혼은 딸의 울음소리를 듣고 밖으로 나갔다. 딸은 배를 불룩 내밀고 복도에 있는 의자에 앉아서 눈물을 흘리고 있었다. 딸은 임신 8개월째 되는 몸이었다. 한눈에 외손자가 딸의 배 안에 있음을 보았다. "나를 향해 웃고는 머리를 갸우뚱하더니 다시는 나를 보지 않았다." 농장 여주인의 말은 대부분 사람들의 믿음을 얻었다. 이전에 그녀는 의료와 생리에 대한 지식이 하나도 없었다.

"그 사고 이후 그녀는 생리 전문가로 변했다. 최소한 자기를 꿰뚫어보는 전문가였다." 이런 연구보고를 밝힌 연구자 중 한 명인 임 교수는 "우리는 생명 이후 생명의 현상자료를 얻었을 뿐만 아니라 그녀를 통해 생명 이전의 평범하지 않은 것들을 이해하게 되었다. 그 태아는 영혼을 통해 자신의 외할머니와 교류했고 서로 상대방을 바라보았다." 오래전 중국에는 유아가 기이한 세상을 볼 수 있다는 말이 있다. 한 돌 넘은 아이가 갑자기 어디 방향을 보면서 할머니라고 불렀다……. 그 아이의 어머니가 봤는데 아무것도 없었다. 아이의 할머니는 아이가 태어나기 얼마 전에 돌아가셨다. 아이의 어머니는 너무 이상하여 아이한테 할머니가 어디에 있냐고 묻는다. 그러자 아이는 입구를 가리켰다. 아이의 어머니가 걸어가 보았지만 아무것도 보이지 않았다. 그런데 그녀는 한 줄기 전류가 자신의 몸속으로 흐른다는 것을 느꼈다. 이와 같은 경험은 우리의 생활에서 드물지 않게 찾을 수 있다.

"영혼을 찾는 목적은 영혼이 육체 속으로 다시 돌아오게 할뿐만 아니다. 막연한 희망 속에 한 생명을 구원하는 것이다. 더 중요한 것은 영혼을 도와 아직 이루지 못한 소원을 실현시켜주는 것이다." 판야오부샤오 여사는 강조하면서 "그중 제일 중요한 것은 의외의 사고로 사망한 사람들이다. 부분적인 생명은 아무런 준비도 하지 못하고 자기와 관련 있는 생자와 이야기할 시간도 없이 사망해버린다. 그들은 정상적으로 병으로 늙어 죽는 사람들과 다르다. 그들은 원래 건강하고 건장한 몸에 강렬한 소망을 가지고 있다. 그래서 그들의 영혼은 더 강하다. 핸드폰 전지 전기량이 충분할 때 신호가 상대적으로 좋은 것과 같다." 앞에 있는 이 두 젊은이들은 갑작스럽게 심한 타격을 받았다. 빙판길에서 서로 의지하여 생사의 변두리에 있다. 따라서 ZDDD식으로 위로할 수 있는 가장 전형적인 대상들이다. 판야오부샤오 여사는 그들의 이생과 내생을 견고하게 믿는다. 많은 이야기들이 숨겨져 있다는 것도 믿는다. 그녀가 두 사람의 창백한 얼굴을 살펴볼 때 그들은 편안하게 곤히 잠들고 있는 표정이었다. 그러나 그들의 마음은 요동칠 것이라고 생각되었다. 그들 영혼의 의식은 활동하고 있을 것이다.

그 후 며칠 그들은 여전히 눈처럼 하얀 침대보 위에 누워있었다. 하지만 빈틈없이 감긴 몸은 아무런 움직임도 없었다. 호흡기, 조박기, 심전기, 각종 링거, 삽입 호수들이 그 둘을 감싸고 있었다. 아무것도 발생하지 않은 것처럼 보였다. 그렇지만 판야오부샤오 여사는 대량의 생명 활동 정보를 발견하고 수집했다. 예를 들면 이튿날부터 심장의 박동을 스캐닝한 결과 한 가지 유형으로 이루어졌다. 셋째, 넷째 날까지 선형의 파동은 점점 비슷하게 되었다. 매우 놀랄 만했다. 그들의 체온도 부단히 변했다. 어떤 때에는 두 사람의 온도가 동시에 상승했다. 의료기에 표시될 때 판야오부샤오는 바로 두 젊은이 몸을 관찰했다. 이 때 그들의 얼굴색이 약간 붉어지는 것을 발견했다. 평소 상태처럼 과도한 출혈 후에 창백한 얼굴은 아니었다. 제일 가치가 있는 것은 역시 HFIJHOFIO가 수집한 신호였다. 이는 두 젊은이의 생명의 신호에서 온 것이다. 혹은 영혼 활동 신호라고도 한다. 계속해서 의료기에 전달하고 또 컴퓨터에 표시된다. 분석하는 프로그램은 활발히 작동했다. 의료기는 당연히 희미하게 영혼의 정보가 출현한다. 그들의 강약, 신호행동이 멀고 가까움, 영혼정서가 격렬하게 표현하는지 등 상대적으로 간단한 신호를 해독한다. 모든 신호 활동은 분석하는 프로그램에 의해 모니터에 색감, 선, 도형, 파동 상태 등으로 표현된다. 이런 표현의 의미에 대한 해석은 전문가들의 경험과 감정에 따라 결정된다.

설령 이렇다 해도 4일 동안 거의 자지 않고 일한 판야오부샤오 여사는 관찰보고서에 이런 말을 썼다.

"두 젊은이가 열렬한 사랑에 빠져 있는 것을 믿는다. 그들은 생명의 마지막에 감정이 불붙었다."

하지만 모두가 수집한 정보에 따르면 이 두 사람은 전혀 알지 못하는 사이다. 한 사람은 야부리스에서 60여 킬로미터나 떨어진 공항에서 택시를 타고 온 남방 손님이고, 한 사람은 차를 몰고 산을 내려가던 리조트의 KTV에 다니는 가수이다. 두 차는 산길에서 의외의 사고로 출동했다. 택시기사는 현장에서 즉사했지만 이 둘은 아주 짧게 깨어난 적이 있었다. 그중 한 명은 다른 사람을 구하려고 시도했는데 나중에는 지탱하지 못하고 쓰러졌다. 그나마 다행스러운 것은 두 사람은 택시 기사처럼 현장에서 죽은 것이 아니라 생사의 길에서 발버둥치고 있는(여사라고도 하는데 많은 전문가들은 이런 방식을 인정하지 않는다) 상태에 처해 있다는 것이다. 그럼 판야오 여사가 한 판단이 얼마나 맞을까? 신뢰도는 어디에 있을까? 그 희미한 의료기의 언어 안에 있을까?

닷새째 되는 날 경찰서에서 두 사람의 신분을 알아냈다. 안편, 33세, 싱글, 여자, 야부린산시 사람. 어머니와 자랐으나 어머니는 이미 세상을 떠났다. 현재 친인척은 없다. 동료의 말에 의하면 남자친구도 없다. 그녀는 북방의 연해 도시들을 떠돌아다니면서 일했고 고정적인 직업은 없었다. 주로 KTV에서 손님들한테 노래를 불러주었다. 최근 2년 동안 호텔의 바 혹은 KTV에서 노래했다. 사고가 나기 전 2달 전에 야부리스 스키장 리조트 KTV의 가수로 초빙되어 이곳에 머물렀다. 그녀는 예전에 같이 일하는 술집여자와 손님들에게 자기가 일하는 목적을 말했었다. "이유 없이 이곳을 좋아하게 되었다. 마치 친인척이 나타날 것 같은 느낌이 든다." 그녀는 이런 느낌이 한두 번이 아니라고 말했다. 다른 사람이 자세하게 물을 때면 그녀는 안샹이라는 동생이 있었다. 열두세 살 때 남방에서 자신의 첫사랑이었던 남자친구한테 살해당했다고 말했다. 그녀는 그 소식이 잘못되었을 것이라 의심했다. 자신의 첫사랑 남자친구가 그런 사람이 아니며 자기의 동생은 죽지 않았으며 많이 컸다고 말했다. 북방에 돌아가서 어느 한 곳에서 연애하고 생활하면서 언니가 나타나기를 기다린다고 했다. 사실상 안편의 소망은 너무 아름다웠던 것이다. 경찰들의 정보에 따르면 그녀의 동생 안샹은 초등학교 졸업하던 여름방학에 남방의 작은 마을에서 생모와 같이 살해당했다. 그곳에서 안샹은 본명을 되찾아 어머니 성씨인 마씨를 따라서 마리라고 불렸다. 살인범은 탄모우라는 사람이었고 예전에 폭력조직 죄목으로 판결을 받은 적이 있었다. 감옥을 나온 후 복수하기 위해 신고한 사람의 전 부인과 딸을 살해했다. 추적하는 과정에 마리의 초등학교 동학 란샤오티엔을 의심했다. 마리의 치마에서 그가 그려준 마리의 초상화를 발견했고 치마에서 그의 정액을 검출되었기 때문이다. 세상은 얼마나 좁은가. 이번 사건으로 안펀과 란샤오티엔은 관계가 있는 사이임을 알 수 있는 조건을 갖추게 되었다. 이것도 배제시킬 수는 없다. 이번에 란샤오티엔은 그림 시상식에 왔지만 먼저 안펀과 데이트를 할 수도 있었다.

그날 저녁 안펀의 생명선이 미약해지기 시작했다. 한밤중부터는 완전히 사망상태에 빠졌다. 호흡과 심전도의 표시는 완전히 사라졌다. HFIJHOFIO 의료기는 영혼이 한동안 활동하는 것과 안펀의 영혼을 대표하는 신호 광선을 애플 컴퓨터 모니터에 끊임없이 빛을 발사한다. 그러나 그 빛은 끊임없이 약해진다. 뒤에 란샤오티엔의 생명 신호의 컬러 속에 융합이 되었다. 새벽에 되어 모니터에 고독하게 있는 란샤오티엔의 영혼이 가진 색이 없어지기 시작하고 조용해졌다. 나중에는 아주 기이하고 눈부신 광선으로 되었다. 이때 기적이 생겼다. 판야오부샤오 여사는 언제부터인지는 모르겠지만 란샤오티엔의 한쪽 팔이 이불밖에 나와 있는 것을 발견했다⋯⋯. 정말 상상할 수 없었다. 생명의 흔적마저 며칠 동안 사라졌던 젊은이다. 이불로 감싸여 있으면서 어떻게 링거줄로 감싸여 있는 팔을 꺼낼 수 있었단 말인가! 그 팔은 안펀의 침대를 향하고 있었다. 이 한순간에 판야오부샤오의 심령에는 번개와 우뢰를 맞을 때 일어나는 거대한 소리에 정신을 차리는 듯했다. 그녀는 생각하지도 않아도 그 팔의 의도를 알았다. 그녀는 안펀의 침대를 중간으로 몇 발자국 밀었다. 란샤오티엔의 침대와 가까이하여 두 사람의 침대가 서로 기댈 수 있도록 했다. 그리고 그녀의 팔도 이불 안에서 꺼냈다. 안펀의 팔은 좀 차가웠지만 그래도 부드러웠다.

란샤오티엔의 손바닥은 주먹을 쥘락 말락 했다. 판야오부샤오 박사가 조심스럽게 안편의 팔을 그의 손바닥에 놓았을 때 그 두 손은 서로 꽉 잡았다. 그와 동시에 컴퓨터 모니터의 광선들은 눈부시게 빛을 발산했다. 컬러 광선들은 밖으로 넘실거렸다. 마지막 넘실거림에 따라 수축되고 또 수축되더니 점차 흑점들로 이루어진 빛으로 변했다. 그 빛들이 하나의 파형으로 되었다. 마치 하나의 정자가 깊은 어둠 속을 헤엄치며 돌아다니는 것 같았다.

모니터의 화면이 검게 변했다. 판야오부샤오 박사는 란샤오티엔의 다른 의료기들을 보았다. 기록을 보니 그는 이미 이 세상을 떠났다.

판야오부샤오는 알아차리고 창문 옆으로 걸어가서 밖을 바라보았다. 이미 동이 텄다. 동쪽에는 붉은 여명이 떠올랐다. 가까운 건물, 멀고 먼 설산은 여명 속에서 빛나고 있었다. 벽에 걸린 전자시계엔 06:07, 2012-01-01라고 표시되어 있었다.

란샤오티엔의 부모는 아마 남방에서 북방으로 가는 항공기에 올랐을 것이다. 힘들기 그지없던 판야오부샤오 여사는 장애로 불편한 팔을 가지고 열심히 자신의 몸을 움직였다. 정확하게 그녀는 대충 밥 먹고, 세수하고, 소독하는 것을 제외하고 매일 꼬박 5박 6일 거의 이곳을 떠나지 않았다. 너무 피곤하면 옆에 있는 간병인을 위한 쪽방의 작은 침대에서 잠시 눈을 부치곤 했다. 지금 꼭 잡은 두 쌍의 손목을 보자 안심이 되었다. 자기가 열심히 일해서 만들어낸 생명의 기적이라고 생각했다. 맞다. 이렇게 잡은 한 쌍의 손목은 그 무엇보다 아름답고 놀라웠다. 그녀는 매우 감동받았다. 다만 몇 시간 후에 도착할 아들을 잃은 란씨집 부모를 어떻게 위로하고 설득해야 할지를 고민했다. 행복한 두 젊은이들이 갈라지지 말고 함께 길을 떠나서 잿더미가 되더라도 영원히 갈라지지 않게 해야 한다.

2012년 첫 아침은 그렇게도 인자했다. 나란히 누운 두 사람은 마치 평안하게 자는 것처럼 사랑스럽고 고요했다.

판야오부샤오 박사는 그들을 보자 흐르는 눈물을 참을 수 없었다. 그녀의 마음속은 끊임없이 감동을 받았다. 부풀어 오르는 감정은 마치 2004년 자기가 사망의 갈림길에 누워있을 때 판학생이 병원의 엘리베이터에서 그녀를 위해 흘렸던 사내대장부의 눈물을 보는 것 같았다.